W0231573

Selma Lagerlöf

Die schönsten Reisen des kleinen Nils Holgersson

Selma Lagerlöf

Die schönsten Reisen des kleinen Nils Holgersson

In der Übersetzung von Pauline Klaiber

marixverlag

Bibliografische Information der Deutschen Nationalbibliothek
Die Deutsche Nationalbibliothek verzeichnet diese Publikation in der Deutschen Nationalbibliografie; detaillierte bibliografische Daten sind im Internet über http://dnb.d-nb.de abrufbar.

Der Text wurde behutsam gekürzt und redigiert nach der Übersetzung von Pauline Klaiber
Covergestaltung: network! Werbeagentur GmbH, München
Satz und Bearbeitung: SATZstudio Josef Pieper, Bedburg-Hau
Der Titel wurde in der Minion Pro gesetzt.
Gesamtherstellung: CPI books GmbH, Leck – Germany

ISBN: 978-3-7374-0952-0

www.verlagshaus-roemerweg.de

»Und er hatte sich auch noch nie vorgestellt,
wie das wäre,
wenn man hoch in der Luft dahinflöge.
Das war ja gerade,
als flöge man weit weg von seinem Kummer
und seinen Sorgen
und von allen Widerwärtigkeiten,
die man sich denken konnte.«

Inhalt

1 Der Junge

Das Wichtelmännchen

Es war einmal ein Junge. Er war ungefähr vierzehn Jahre alt, groß und gut gewachsen und flachshaarig. Viel nutz war er nicht, am liebsten schlief oder aß er, und sein größtes Vergnügen war, irgendetwas anzustellen.

Es war an einem Sonntagmorgen, und die Eltern machten sich fertig, in die Kirche zu gehen. Der Junge saß in Hemdärmeln auf dem Tischrand und dachte, wie günstig das sei, dass Vater und Mutter fortgingen und er ein paar Stunden lang tun könne, was ihm beliebe. »Jetzt kann ich Vaters Flinte herunternehmen und schießen, ohne dass es mir jemand verbietet,« sagte er zu sich.

Aber es war fast, als habe der Vater die Gedanken seines Sohnes erraten, denn als er schon auf der Schwelle stand, um hinauszugehen, hielt er inne und wendete sich zu ihm. »Da du nicht mit Mutter und mir in die Kirche gehen willst,« sagte er, »so sollst du wenigstens daheim die Predigt lesen. Willst du mir das versprechen?«

»Ja,« antwortete der Junge, »das kann ich schon.« Aber er dachte natürlich, er werde gewiss nicht mehr lesen, als ihm behagte.

Dem Jungen kam es vor, als ob seine Mutter sich noch nie so rasch bewegt hätte. In einem Nu war sie am Bücherbrett, nahm Luthers Postille herunter, schlug die Predigt vom Tage auf und legte das Buch auf den Tisch am Fenster. Sie schlug auch das Evangelienbuch auf und legte es neben die Postille. Schließlich rückte sie noch den großen Lehnstuhl an den Tisch, der im vorigen Jahr auf der Auktion im Pfarrhause zu Vemmenhög gekauft worden war und in dem sonst außer Vater niemand sitzen durfte.

Der Junge dachte, die Mutter mache sich wirklich zu viel Mühe mit diesen Vorbereitungen, denn er hatte im Sinne, nicht mehr als eine oder zwei Seiten zu lesen. Aber zum zweiten Mal war es, als ob der Vater ihm mitten ins Herz sehen könnte, denn er trat zu ihm und sagte in strengem Ton: »Gib wohl acht, dass du ordentlich liest! Wenn wir zurückkommen, werde ich dich über jede Seite ausfragen, und wenn du etwas übergangen hast, geht es dir schlecht.«

»Die Predigt hat vierzehn und eine halbe Seite,« sagte die Mutter, als wollte sie das Maß feststellen. »Du musst dich gleich daran machen, wenn du fertig werden willst.«

Damit gingen sie endlich, und als der Junge unter der Tür stand und ihnen nachsah, war ihm, als sei er in einer Falle gefangen worden. »Jetzt wünschen sie sich Glück, dass sie es so gut eingerichtet haben, und dass ich, solange sie weg sind, über der Predigt sitzen muss,« dachte er.

Aber der Vater und die Mutter wünschten sich sicherlich nicht Glück, sondern sie waren ganz betrübt. Sie waren arme Kätnerleute, und ihr Gütchen war nicht größer als ein Garten. Als sie hierhergezogen waren, hatten sie nicht mehr als ein Schwein und ein paar Hühner füttern können; aber sie waren außerordentlich strebsame und tüchtige Leute, und jetzt hatten sie auch Kühe und Gänse. Sie waren ungeheuer vorwärts gekommen und wären an dem schönen Morgen ganz froh und zufrieden in die Kirche gewandert, wenn sie nicht immer an ihren Jungen hätten denken müssen. Der Vater klagte, dass er so träg und faul sei, in der Schule habe er nicht lernen wollen und er sei ein solcher Taugenichts, dass man ihn mit knapper Not zum Gänsehüten gebrauchen könne. Die Mutter konnte nichts dagegen sagen, aber sie war hauptsächlich betrübt, weil er so wild und böse war, hartherzig gegen die Tiere und boshaft gegen die Menschen.

»Ach, wenn Gott ihm doch die Bosheit austreiben und ihm ein andres Herz geben würde!« seufzte die Mutter. »Er bringt schließlich noch sich selbst und uns ins Unglück.«

Der Junge überlegte lange, ob er die Predigt lesen solle oder nicht. Aber schließlich hielt er es doch fürs beste, diesmal folgsam zu sein. Er setzte sich also in den Pfarrhauslehnstuhl und begann zu lesen. Aber als er eine Weile die Wörter halblaut vor sich hingeplappert hatte, war es, als schläfre ihn das Gemurmel ein, und er fühlte, dass er einnickte.

Draußen war das herrlichste Frühlingswetter. Es war zwar erst der zwanzigste März, aber der Junge wohnte weit drunten im südlichen Schonen, im Dorfe Westvemmenhög, und da war der Frühling schon in vollem Gange. Die Bäume waren zwar noch nicht grün, aber überall sprossten frische Knospen hervor. Alle Gräben standen voll Wasser, der Huflattich blühte am Grabenrand, und das Gesträuch, das auf dem Steinmäuerchen wuchs, war braun und glänzend geworden. Der Buchenwald in der Ferne dehnte sich gleichsam und wurde zusehends dichter, und über der Erde wölbte sich ein hoher, blauer Himmel. Die Haustür war angelehnt, man konnte das Trillern der Lerchen im Zimmer hören. Die Hühner und die Gänse spazierten auf dem Hofe umher, und die Kühe, die die Frühlingsluft bis in den Stall hinein spürten, brüllten hin und wieder: »Muh, muh!«

Der Junge las und nickte und kämpfte mit dem Schlaf. »Nein, ich will nicht schlafen,« dachte er, »sonst werde ich den ganzen Vormittag mit der Predigt nicht fertig.«

Aber was auch der Grund sein mochte, – er schlief dennoch ein.

Er wusste nicht, ob er kurz oder lang geschlafen hatte, aber er erwachte von einem leichten Geräusch, das hinter seinem Rücken hörbar wurde. Auf dem Fensterbrett, gerade vor ihm, stand ein kleiner Spiegel, in dem man fast die ganze Stube überschauen konnte. In dem Augenblick nun, wo der Junge den Kopf aufrichtete, fiel sein Blick in den Spiegel, und da sah er, dass der Deckel von Mutters Truhe aufgeschlagen war.

Mutter besaß eine große, schwere eichene Truhe mit eisernen Beschlägen, die außer ihr niemand öffnen durfte. Darin verwahrte sie alles, was sie von ihrer Mutter geerbt hatte und was ihr besonders ans Herz gewachsen war. Da drinnen lagen einige altmodische Bauerntrachten aus rotem Tuch mit kurzen Leibchen und gefältelten Röcken und perlenbestickten Bruststücken. Auch weiße gestärkte Kopftücher und schwere silberne Schnallen und Ketten waren darin. Die Leute wollten solche Sachen jetzt nicht mehr tragen, und Mutter hatte schon wiederholt daran gedacht, sie zu verkaufen, hatte das aber doch nie übers Herz gebracht.

Jetzt sah der Junge im Spiegel ganz deutlich, dass der Deckel der Truhe offen stand. Er konnte nicht begreifen, wie das zugegangen war, denn Mutter hatte, bevor sie fortging, den Deckel zugemacht. Das wäre Mutter nicht passiert, dass sie die Truhe offen gelassen hätte, wenn er allein zu Hause blieb.

Es wurde ihm ganz unheimlich zumute. Er fürchtete, ein Dieb könnte sich hereingeschlichen haben, und wagte nicht, sich zu rühren, sondern saß ganz still und starrte in den Spiegel hinein.

Während er so dasaß und wartete, dass der Dieb sich zeige, begann er sich zu fragen, was das wohl für ein schwarzer Schatten sei, der auf den Rand der Truhe fiel. Er sah und sah und wollte seinen Augen nicht trauen. Aber was dort im Anfang einem Schatten geglichen hatte, wurde immer deutlicher, und bald merkte er, dass es etwas Wirkliches war; und es war in der Tat nichts andres als ein Wichtelmännchen, das rittlings auf dem Rande der Truhe saß.

Der Junge hatte wohl schon von Wichtelmännchen reden hören, aber er hatte sich nie gedacht, dass sie so klein sein könnten. Das Wichtelmännchen, das dort auf dem Rande saß, war ja nur eine Spanne lang. Es hatte ein altes, runzliges, bartloses Gesicht und trug einen schwarzen Rock mit langen Schößen, Kniehosen und einen breitrandigen schwarzen Hut. Es sah sehr zierlich und fein aus, mit weißen Spitzen um den Hals und um die Handgelenke, Schnallen an den Schuhen und die Strumpfbänder in eine Schleife gebunden. Jetzt eben hatte es einen gestickten Brustlatz aus der Truhe herausgenommen und betrachtete die alte Arbeit mit solcher Andacht, dass es das Erwachen des Jungen gar nicht bemerkt hatte.

Der Junge war äußerst verdutzt, als er das Wichtelmännchen sah; aber eigentlich Angst hatte er nicht vor ihm. Vor einem so kleinen Geschöpf konnte man sich unmöglich fürchten. Und da das Wichtelmännchen von seinem eignen Tun so hingenommen war, dass es weder hörte noch sah, bekam der Junge sogleich große Lust, ihm einen Streich zu spielen, es in die Truhe hineinzustoßen und den Deckel zuzuschlagen, oder etwas Ähnliches.

Aber das Wichtelmännchen mit den Händen anzurühren, das getraute sich der Junge doch nicht; und deshalb sah er sich nach etwas im Zimmer um, womit er ihm einen Stoß versetzen könnte. Er ließ die Blicke vom Kanapee nach dem Klapptisch und vom Klapptisch nach dem Herd wanderen. Er musterte die Kochtöpfe und die Kaffeekanne, die auf einem Brett neben dem Herde standen, den Wasserkrug neben der Tür, und die Löffel, die Messer und Gabeln und die Schüsseln und Teller, die durch die halbgeöffnete Schranktür sichtbar waren. Er sah hinauf zu Vaters Flinte, die neben dem dänischen Königspaar an der Wand hing, und nach den Pelargonien und Fuchsien, die auf dem Fensterbrett blühten. Ganz zuletzt fiel sein Blick auf ein altes Fliegennetz, das am Fensterkreuz hing.

Kaum hatte er das Fliegennetz erblickt, als er es auch schon zu sich heranzog und das Netz nach dem Truhenrande schwang. Und er war ganz überrascht über sein Glück. Er wusste beinahe selbst nicht, wie es zugegangen war, – aber er hatte das Wichtelmännchen wirklich gefangen. Der arme Kerl lag, den Kopf nach unten, in dem langen Netz und konnte sich nicht mehr heraushelfen.

Im ersten Augenblick wusste der Junge gar nicht, was er mit seinem Fang tun solle. Er schwang nur immer das Netz sorglich hin und her, damit das Wichtelmännchen keine Zeit bekomme, herauszuklettern.

Jetzt begann das Wichtelmännchen zu sprechen; es bat und flehte um seine Freiheit und sagte, es habe der Familie seit vielen Jahren viel Gutes getan und wäre wirklich einer besseren Behandlung wert. Wenn der Junge es loslasse, wolle es ihm einen alten Speziestaler geben sowie eine silberne Kette und eine Goldmünze, die so groß sei wie der Deckel an der silbernen Uhr seines Vaters.

Dem Jungen kam zwar das Lösegeld nicht gerade groß vor; aber seit er das Wichtelmännchen in seiner Gewalt hatte, fürchtete er sich gewissermaßen vor ihm. Er fühlte, dass er sich in etwas eingelassen hatte, was fremd und unheimlich war und nicht in diese Welt gehörte; deshalb war er nur sehr froh, es loszuwerden.

Er ging also schnell auf das Angebot ein und hielt das Netz still, damit das Wichtelmännchen herauskriechen könne. Als dieses aber beinahe aus dem Netz heraus war, fiel dem Jungen ein, dass er sich größere Dinge und alles mögliche Gute hätte ausbedingen können. Jedenfalls hätte er die Bedingung stellen können, dass ihm das Wichtelmännchen die Predigt in den Kopf zaubern müsse. »Wie dumm von mir, dass ich es freiließ,« dachte er und begann das Netz aufs Neue hin und her zu schwingen, damit das Wichtelmännchen wieder hineinpurzle.

Aber kaum hatte der Junge das getan, da bekam er eine fürchterliche Ohrfeige, dass ihm war, als zerspringe ihm der Kopf in tausend Stücke. Er flog zuerst an die eine Wand und dann an die andre, schließlich fiel er auf den Boden und blieb da bewusstlos liegen.

Als er wieder erwachte, war er noch in der Hütte. Von dem Wichtelmännchen war keine Spur mehr zu sehen. Der Truhendeckel war geschlossen, und das Fliegennetz hing an seinem gewöhnlichen Platz am Fenster. Wenn dem Jungen nicht die rechte Wange von der Ohrfeige so sehr gebrannt hätte, hätte er sich versucht gefühlt, alles für einen Traum zu halten. »Was aber auch geschehen sein mag, jedenfalls werden Vater und Mutter behaupten, dass es nichts gewesen sei als ein Traum,« dachte er. »Sie werden mir wegen des Wichtelmännchens sicher nichts von der Predigt abziehen, und es wird am besten sein, wenn ich mich jetzt eilig dahinter mache.«

Aber als er an den Tisch ging, kam ihm etwas sehr verwunderlich vor. Das Zimmer konnte doch unmöglich größer geworden sein. Woher kam es denn aber, dass er jetzt so viel mehr Schritte machen musste als sonst, wenn er an den Tisch ging? Und was war denn mit dem Stuhl? Er sah zwar nicht gerade aus, als sei er größer als vorher, aber der Junge musste zuerst auf die Leiste zwischen den Stuhlbeinen steigen und dann vollends auf den Sitz hinaufklettern. Und gerade so war es auch mit dem Tisch. Er konnte nicht auf die Tischplatte hinaufsehen, sondern musste auf die Armlehne des Stuhles steigen.

»Was ist denn aber das?« sagte der Junge. »Ich glaube wahrhaftig, das Wichtelmännchen hat den Lehnstuhl und den Tisch und die ganze Stube verhext.«

Die Postille lag auf dem Tische und anscheinend war sie unverändert. Aber etwas Verkehrtes musste doch daran sein, denn er konnte kein Wort lesen, sondern musste erst auf das Buch selbst hinaufsteigen.

Er las ein paar Zeilen, dann aber sah er zufällig auf. Dabei fiel sein Blick in den Spiegel, und da rief er ganz laut: »Ei sieh, da ist ja noch einer!«

Denn im Spiegel sah er ganz deutlich einen winzig kleinen Knirps in einer Zipfelmütze und Lederhosen.

»Der ist genauso angezogen wie ich,« sagte der Junge und schlug vor Verwunderung die Hände zusammen. Aber da sah er, dass der Kleine im Spiegel dasselbe tat.

Da begann er sich an den Haaren zu ziehen, sich in den Arm zu kneifen und sich im Kreise zu drehen, und augenblicklich tat der Kleine im Spiegel dasselbe.

Jetzt lief der Junge ein paarmal um den Spiegel herum, um zu sehen, ob vielleicht so ein kleiner Kerl hinter dem Spiegel verborgen sei, aber er fand niemand dahinter, und da begann er vor Schrecken am ganzen Leibe zu zittern. Denn jetzt begriff er, dass das Wichtelmännchen ihn selbst verzaubert hatte, und dass er selbst der kleine Knirps war, dessen Bild er im Spiegel sah.

Die Wildgänse

Der Junge wollte durchaus nicht glauben, dass er in ein Wichtelmännchen verwandelt worden war. »Es ist gewiss nur ein Traum und eine Einbildung,« dachte er. »Wenn ich ein paar Augenblicke warte, werde ich schon wieder ein Mensch sein.« Er stellte sich vor den Spiegel und schloss die Augen. Erst nach ein paar Minuten öffnete er sie wieder und erwartete nun, dass der Spuk vorbei sei. Aber dies war nicht der Fall, er war noch ebenso klein wie vorher. Sein weißes Flachshaar, die Sommersprossen auf seiner Nase, die Flicken auf seinen Lederhosen und das Loch im Strumpf, alles war wie vorher, nur sehr, sehr verkleinert.

Nein, es half nichts, wenn er auch noch so lange dastand und wartete. Er musste etwas andres versuchen. O, das Beste, was er tun könnte, wäre gewiss, das Wichtelmännchen aufzusuchen und sich mit ihm zu versöhnen!

Er sprang auf den Boden hinunter und begann zu suchen. Er lugte hinter die Stühle und Schränke, unter das Kanapee und hinter den Herd. Er kroch sogar in ein paar Mauselöcher, aber das Wichtelmännchen war nicht zu finden.

Während er suchte, weinte er und bat und versprach alles nur erdenkliche. Nie, nie wieder wolle er jemand sein Wort brechen, nie, nie mehr unartig sein und nie wieder über einer Predigt einschlafen!

Wenn er nur seine menschliche Gestalt wieder bekäme, würde ganz gewiss ein ausgezeichneter, guter, folgsamer Junge aus ihm. Aber was er auch immer versprach, es half alles nichts.

Plötzlich fiel ihm ein, dass er Mutter einmal hatte sagen hören, das Wichtelvolk halte sich gern im Kuhstall auf, und schnell beschloss er, auch dort nachzusehen, ob das Wichtelmännchen da zu finden sei. Zum Glück stand die Tür offen; denn er hätte das Schloss nicht selbst öffnen können, so aber konnte er ungehindert hinausschlüpfen.

Als er in den Flur kam, sah er sich nach seinen Holzschuhen um, denn im Zimmer ging er natürlich auf Strümpfen. Er überlegte, wie er sich wohl mit den großen, schwerfälligen Holzschuhen abfinden solle, aber in diesem Augenblick entdeckte er auf der Schwelle ein Paar winzige Schuhe. Als er sah, dass das Wichtelmännchen so vorsorglich gewesen war, auch seine Holzschuhe zu verwandeln, wurde er ängstlicher. »Dieser Jammer soll offenbar lange dauern,« dachte er.

Auf dem alten eichenen Brett, das vor der Haustür lag, hüpfte ein Sperling hin und her. Kaum erblickte dieser den Jungen, da rief er auch schon: »Seht doch, Nils, der Gänsehirt! Seht den kleinen Däumling! Seht doch Nils Holgersson Däumling!«

Sogleich wendeten sich die Gänse und die Hühner nach dem Jungen um und es entstand ein entsetzliches Geschrei: »Kikerikiki!« krähte der Hahn. »Das geschieht ihm recht! Kikerikiki! Er hat mich am Kamm gezogen!«

»Ga, ga, ga, gag, das geschieht ihm recht!« riefen die Hühner und sie fuhren ohne Aufhören damit fort.

Die Gänse sammelten sich in einen Haufen, steckten die Köpfe zusammen und fragten: »Wer hat das getan? Wer hat das getan?«

Aber das merkwürdige daran war, dass der Junge verstand, was sie sagten. Er war so verwundert darüber, dass er auf der Türschwelle stehen blieb und zuhörte. »Das kommt gewiss daher, dass ich in ein Wichtelmännchen verwandelt bin,« sagte er, »deshalb verstehe ich die Tiersprache.«

Es war ihm unausstehlich, dass die Hühner mit ihrem ewigen »das geschieht ihm recht« gar nicht aufhören wollten. Er warf einen Stein nach ihnen und rief: »Haltet den Schnabel, Lumpenpack!«

Aber er hatte eines vergessen. Er war jetzt nicht mehr so groß, dass die Hühner sich vor ihm hätten fürchten müssen. Die ganze Hühnerschar stürzte auf ihn zu, pflanzte sich um ihn herum auf und schrie: »Ga, ga, ga, gag! Es geschieht dir recht! Ga, ga, ga, gag! Es geschieht dir recht!«

Der Junge versuchte ihnen zu entwischen, aber die Hühner sprangen hinter ihm her und schrien so laut, dass ihm beinahe Hören und Sehen verging. Er wäre ihnen auch wohl kaum entgangen, wenn nicht die Hauskatze daher gekommen wäre. Sobald die Hühner die Katze sahen, verstummten sie und schienen an nichts andres mehr zu denken, als fleißig in der Erde nach Würmern zu scharren.

Der Junge lief schnell auf die Katze zu. »Liebe Mietze,« sagte er, »du kennst doch alle Winkel und Schlupflöcher hier auf dem Hofe? Sei lieb und teile mir mit, wo ich das Wichtelmännchen finden kann.«

Die Katze gab ihm nicht sogleich Antwort. Sie setzte sich nieder, legte den Schwanz zierlich in einem Ring um die Vorderpfoten und sah den Jungen an. Es war eine große, schwarze Katze mit einem weißen Fleck auf der Brust. Ihr Fell war glatt und glänzte im Sonnenschein. Sie hatte die Krallen eingezogen, ihre Augen waren gleichmäßig grau mit nur einem kleinen, schmalen Schlitz in der Mitte. Die Katze sah durch und durch gutmütig aus.

»Ich weiß allerdings, wo das Wichtelmännchen wohnt,« sagte sie mit freundlicher Stimme. »Aber damit ist nicht gesagt, dass ich es dir sagen werde.«

»Liebe, liebe Mietze, du musst mir helfen,« sagte der Junge. »Siehst du nicht, wie es mich verzaubert hat?«

Die Katze öffnete ihre Augen ein klein wenig, so dass die grüne Bosheit herausschien. Sie spann und schnurrte vor Vergnügen, ehe sie antwortete. »Soll ich dir vielleicht jetzt helfen, weil du mich so oft am Schwanz gezogen hast?« sagte sie schließlich.

Da wurde der Junge böse; er vergaß ganz, wie klein und ohnmächtig er jetzt war. »Ich kann dich ja noch einmal am Schwanz ziehen, jawohl,« sagte er und sprang auf die Katze los.

In demselben Augenblick aber war diese so verändert, dass der Junge sie kaum noch für dasselbe Tier halten konnte. Sie hatte den Rücken gekrümmt – die Beine waren länger geworden, sie kratzte sich mit den Krallen im Nacken, der Schwanz war kurz und dick, die Ohren legten sich zurück, das Maul fauchte, und die Augen standen weit offen und funkelten in roter Glut.

Der Junge wollte sich von einer Katze nicht erschrecken lassen und trat noch einen Schritt näher. Aber da machte die Katze einen Satz, ging gerade auf den Jungen los, warf ihn um und stellte ihm mit weitaufgesperrtem Maul die Vorderbeine auf die Brust.

Der Junge fühlte, wie ihm ihre Klauen durch die Weste und das Hemd in die Haut eindrangen und wie die scharfen Eckzähne ihm den Hals kitzelten. Da begann er aus Leibeskräften um Hilfe zu schreien.

Aber es kam niemand und er glaubte schon sicher, seine letzte Stunde hätte geschlagen. Da fühlte er, dass die Katze die Krallen einzog und seinen Hals losließ.

»So,« sagte sie, »jetzt will ich es genug sein lassen. Für diesmal magst du meiner guten Hausmutter zuliebe mit der Angst davonkommen. Ich wollte nur, dass du wüsstest, wer von uns beiden der Stärkere ist.«

Damit ging die Katze ihrer Wege und sah eben so sanft und fromm aus wie vorher, als sie gekommen war. Der Junge schämte sich so, dass er kein Wort sagen konnte; er lief deshalb eiligst in den Kuhstall hinein, das Wichtelmännchen zu suchen.

Es waren nur drei Kühe im Stall. Aber als der Junge eintrat, begannen sie alle zu brüllen und eine solches Spektakel zu machen, dass man hätte meinen können, es seien wenigstens dreißig.

»Muh, muh, muh!« brüllte Majros. »Es ist doch gut, dass es noch eine Gerechtigkeit auf der Welt gibt.«

»Muh, muh, muh!« riefen alle drei auf einmal. Der Junge konnte nicht verstehen, was sie sagten, so wild schrien sie durcheinander.

Er wollte nach dem Wichtelmännchen fragen, aber er konnte sich kein Gehör verschaffen, weil die Kühe in vollem Aufruhr waren. Sie betrugen sich genau so, als wäre ein fremder Hund zu ihnen hereingebracht worden, schlugen mit den Hinterfüßen aus, rasselten an ihren Halsketten, wendeten die Köpfe rückwärts und stießen mit den Hörnern.

»Komm nur her!« sagte Majros. »Dann geb' ich dir einen Stoß, den du nicht so bald wieder vergessen wirst.«

»Komm her!« sagte Gull-Lilja. »Dann lasse ich dich auf meinen Hörnern reiten.«

»Komm nur, komm, dann sollst du erfahren, wie es mir geschmeckt hat, wenn du mir deinen Holzschuh auf den Rücken warfst, was du immer tatest!« sagte Stern.

»Ja, komm nur her, dann werde ich dich für die Wespen bezahlen, die du mir ins Ohr gesetzt hast!« schrie Gull-Lilja.

Majros war die älteste und klügste von den dreien, und sie war am zornigsten. »Komm nur,« sagte sie, »dass ich dich für die vielen Male bezahlen kann, wo du den Melkschemel unter deiner Mutter weggezogen hast, sowie für jedes Mal, wo du ihr einen Fuß stelltest, wenn sie mit dem Melkeimer daherkam, und für alle Tränen, die sie hier über dich geweint hat.«

Der Junge wollte ihnen sagen, wie sehr er sein schlechtes Betragen bereue und dass er von jetzt an immer artig sein werde, wenn sie ihm nur sagten, wo das Wichtelmännchen zu finden wäre. Aber die Kühe hörten gar nicht auf ihn; sie brüllten so laut, dass er Angst bekam, es könne sich schließlich eine von ihnen losreißen, und so hielt er es fürs beste, sich aus dem Kuhstall davonzuschleichen.

Als der Junge wieder auf den Hof kam, war er ganz mutlos. Er sah ein, dass ihm auf dem ganzen Hof bei seiner Suche nach dem Wichtelmännchen niemand beistehen wollte. Und wahrscheinlich würde ihm auch das Wichtelmännchen, selbst wenn er es fände, wenig helfen.

Er kroch auf das breite Steinmäuerchen, das das ganze Gütchen umgab und das mit Weißdorn und Brombeerranken überwachsen war. Dort ließ er sich nieder, zu überlegen, wie es werden solle, wenn er seine menschliche Gestalt nicht mehr erlangte. Wenn nun Vater und Mutter von der Kirche heimkämen, würden sie sich bass verwundern. Ja, im ganzen Lande würde man sich verwundern und die Leute würden daherkommen von Ost-Vemmenhög und von Torp und von Skurup, ja, aus dem ganzen Vemmenhöger Bezirk würden sie zusammenkommen, ihn anzuschauen. Und wer weiß, vielleicht würden die Eltern ihn sogar mitnehmen, ihn auf den Märkten zu zeigen.

Ach, es war zu schrecklich, nur daran zu denken! Da wäre es ihm schließlich noch am liebsten, wenn ihn nur kein Mensch mehr zu sehen bekäme!

Ach, wie unglücklich war er doch! Auf der weiten Welt war gewiss noch nie ein Mensch so unglücklich gewesen wie er. Er war kein Mensch mehr, sondern ein verhexter Zwerg.

Er begann allmählich zu verstehen, was das heißen wollte, kein Mensch mehr zu sein. Von allem war er nun geschieden; er konnte nicht mehr mit anderen Jungen spielen, konnte niemals das Gütchen von seinen Eltern übernehmen, und es war ganz und gar ausgeschlossen dass sich je ein Mädchen entschließen würde, ihn zu heiraten.

Er betrachtete seine Heimat. Es war ein kleines weiß angestrichenes Bauernhaus, das mit seinem hohen, steilen Strohdach wie in die Erde hineingedrückt aussah. Die Wirtschaftsgebäude waren auch klein und die Äckerchen so winzig, dass ein Pferd sich kaum darauf hätte umdrehen können. Aber so klein und arm das Ganze auch war, es war doch noch viel zu gut für ihn. Er konnte keine bessere Wohnung verlangen als ein Loch unter dem Scheunenboden.

Es war wunderschönes Wetter, rings um ihn her murmelte und knospte und zwitscherte es. Aber ihm war das Herz schwer. Nie wieder würde er sich über etwas freuen können. Er meinte, den Himmel noch nie so dunkelblau gesehen zu haben wie an diesem Tag. Zugvögel kamen dahergeflogen. Sie kamen vom Ausland, waren über die Ostsee gerade auf Smygehuk zugesteuert und waren jetzt auf dem Weg nach Norden. Es waren Vögel von den verschiedensten Arten; aber er kannte nur die Wildgänse, die in zwei langen, keilförmigen Reihen flogen.

Schon mehrere Scharen Wildgänse waren so vorübergeflogen. Sie flogen hoch droben, aber er hörte doch, wie sie riefen: »Jetzt geht's auf die hohen Berge! Jetzt gehts geht's auf die hohen Berge!«

Sobald die Wildgänse die zahmen Gänse sahen, die auf dem Hofe umherliefen, senkten sie sich herab und riefen: »Kommt mit, kommt mit! Jetzt geht's auf die hohen Berge!«

Die zahmen Gänse reckten unwillkürlich die Hälse und horchten, antworteten dann aber verständig: »Es geht uns hier ganz gut! Es geht uns hier ganz gut!«

Es war, wie gesagt, ein überaus schöner Tag, und die Luft war so frisch und leicht, dass es ein Vergnügen sein musste, darin zu fliegen. Und mit jeder neuen Schar Wildgänse, die vorüberflog, wurden die zahmen Gänse aufgeregter. Ein paarmal schlugen sie mit den Flügeln, als hätten sie große Lust, mitzufliegen. Aber jedesmal sagte eine alte Gänsemutter: »Seid nicht verrückt, Kinder, das hieße so viel als hungern und frieren.«

Bei einem jungen Gänserich hatten die Zurufe ein wahres Reisefieber erweckt. »Wenn noch eine Schar kommt, fliege ich mit!« rief er.

Jetzt kam eine neue Schar und rief wie die anderen. Da schrie der junge Gänserich: »Wartet, wartet, ich komme mit!« Er breitete seine Flügel aus und hob sich empor. Aber er war des Fliegens zu ungewohnt und fiel wieder auf den Boden zurück.

Die Wildgänse mussten jedenfalls seinen Ruf gehört haben. Sie wendeten sich um und flogen langsam zurück, um zu sehen, ob er mitkäme.

»Wartet! Wartet!« rief er und machte einen neuen Versuch.

All das hörte der Junge auf dem Mäuerchen. »Das wäre sehr schade, wenn der große Gänserich fortginge,« dachte er; »Vater und Mutter würden sich darüber grämen, wenn er bei ihrer Rückkehr nicht mehr da wäre.«

Während er dies dachte, vergaß er wieder ganz, dass er klein und ohnmächtig war. Er sprang von dem Mäuerchen hinunter, lief mitten in die Gänseschar hinein und umschlang den Gänserich mit seinen Armen. »Das wirst du schön bleiben lassen, von hier wegzufliegen, hörst du!« rief er.

Aber gerade in diesem Augenblick hatte der Gänserich herausgefunden, wie er es machen müsse, um vom Boden fortzukommen. In seinem Eifer nahm er sich nicht die Zeit, den Jungen abzuschütteln; dieser musste mit in die Luft hinauf.

Es ging so schnell aufwärts, dass es dem Jungen schwindlig wurde. Ehe er sich klar machen konnte, dass er den Hals des Gänserichs loslassen müsste, war er schon so hoch droben, dass er sich totgefallen hätte, wenn er jetzt hinuntergestürzt wäre.

Das einzige, was er unternehmen konnte, um in eine etwas bequemere Lage zu kommen, war ein Versuch, auf den Rücken des Gänserichs zu klettern. Und er kletterte wirklich hinauf, wenn auch mit großer Mühe. Aber es war gar nicht leicht, sich auf dem glatten Rücken zwischen den beiden schwingenden Flügeln festzuhalten. Er musste mit beiden Händen tief in die Federn und den Flaum hineingreifen, um nicht hintenüber zu fallen.

Das gewürfelte Tuch

Dem Jungen war es so wirr im Kopfe, dass er lange nichts von sich wusste. Die Luft pfiff und sauste ihm entgegen, die Flügel neben ihm bewegten sich, und in den Federn brauste es wie ein ganzer Sturm. Dreizehn Gänse flogen um ihn her, alle schlugen mit den Flügeln und schnatterten. Es schwirrte ihm vor den Augen und es sauste ihm in den Ohren; er wusste nicht, ob sie hoch oder niedrig flogen, noch wohin er mitgenommen wurde.

Schließlich kam er doch wieder so weit zu sich, um sich annähernd klar machen zu können, dass er doch erfahren müsse, wohin die Gänse mit ihm flogen. Aber dies war nicht so leicht, denn er wusste nicht, wo er den Mut hernehmen sollte, hinunterzusehen. Er war fest überzeugt, dass es ihm beim ersten Versuch ganz schwindlig werden würde. Seinetwegen flogen sie auch etwas langsamer als gewöhnlich.

Als der Junge schließlich aber doch hinuntersah, meinte er, unter sich ein großes Tuch ausgebreitet zu sehen, das in eine unglaubliche Menge großer und kleiner Vierecke eingeteilt war.

»Wohin bin ich denn gekommen?« fragte er sich.

Er sah nichts weiter als Viereck an Viereck. Die einen waren überzwerch, die anderen länglich, aber überall waren Ecken und gerade Ränder. Nichts war rund, nichts gebogen.

»Was ist denn das da unten für ein großes gewürfeltes Tuch?« sagte der Junge vor sich hin, ohne von irgendeiner Seite eine Antwort zu erwarten.

Aber die Wildgänse um ihn her riefen sogleich: »Äcker und Wiesen! Äcker und Wiesen!«

Da begriff der Junge, dass das große gewürfelte Tuch, über das er hinflog, der flache Erdboden von Schonen war. Und er begann zu verstehen, warum es so gewürfelt und farbig aussah. Die hellgrünen Vierecke erkannte er zuerst, das waren die Roggenfelder, die im vorigen Herbst bestellt worden waren und sich unter dem Schnee grün erhalten hatten. Die gelbgrauen Vierecke waren die Stoppelfelder, wo im vorigen Sommer Frucht gewachsen war, die bräunlichen waren alte Kleeäcker und die schwarzen leere Weideplätze oder ungepflügtes Brachfeld. Die braunen Vierecke mit einem gelben Rand waren sicherlich die Buchenwälder, denn da sind die großen Bäume, die mitten im Walde wachsen, im Winter entlaubt, während die jungen Buchen am Waldessaum ihre vergilbten Blätter bis zum Frühjahr behalten. Es waren auch dunkle Vierecke da mit etwas Grauem in der Mitte. Das waren die großen viereckig gebauten Höfe mit den geschwärzten Strohdächern und den gepflasterten Hofplätzen. Und dann wieder waren Vierecke da, die in der Mitte grün waren und einen braunen Rand hatten. Das waren die Gärten, wo die Rasenplätze schon grünten, während das Buschwerk und die Bäume, die sie umgaben, noch in der nackten braunen Rinde dastanden.

Der Junge musste unwillkürlich lachen, als er sah, wie gewürfelt alles aussah.

Aber als die Wildgänse ihn lachen hörten, riefen sie wie strafend: »Fruchtbares, gutes Land! Fruchtbares, gutes Land!«

Der Junge war schon wieder ernst geworden. »Dass du lachen kannst,« dachte er, »du, dem das Allerschrecklichste widerfahren ist, was einem Menschen begegnen kann.«

Er war eine Weile sehr ernst, aber bald musste er wieder lachen.

Nachdem er sich an diese Art des Reisens gewöhnt hatte, so dass er wieder an etwas andres denken konnte als daran, wie er sich auf dem Gänserücken erhalten solle, bemerkte er, dass viele Vogelscharen durch die Lüfte dahinflogen, die alle dem Norden zustrebten. Und es war ein Schreien und Schnattern von Schar zu Schar.

»So – ihr seid heute auch herübergekommen!« schrien einige.

»Jawohl,« antworteten die Gänse. »Was haltet ihr vom Frühling?«

»Noch nicht ein Blatt auf den Bäumen und kaltes Wasser in den Seen!« erklang die Antwort.

Als die Gänse über einen Ort hinflogen, wo zahmes Federvieh umherlief, riefen sie: »Wie heißt der Hof?«

Da reckte der Hahn den Kopf in die Höhe und antwortete: »Der Hof heißt Kleinfeld, heuer wie im vorigen Jahr, heuer wie im vorigen Jahr!«

Die meisten Häuser hießen wohl nach ihren Besitzern, wie es in Schonen Sitte ist, aber anstatt zu sagen: »Dieser Hof gehört Per Matsson und jener Ole Rasson,« gaben die Hähne ihnen den Namen, der ihnen selbst am passendsten erschien. Wenn sie auf einem armen Gütchen oder Kätnerhäuschen wohnten, riefen sie: »Dieser Hof heißt ›Körnerlos‹!« Und von den allerärmlichsten schrien sie: »Dieser Hof heißt ›Frisswenig! Frisswenig‹!«

Die großen, reichen Bauernhöfe bekamen große Namen von den Hähnen, zum Beispiel: Glückshof, Eierberg oder Talerhaus!

Aber die Hähne auf den Herrenhöfen waren zu hochmütig, sich etwas Scherzhaftes auszudenken, sie krähten nur und riefen mit einer Kraft, als wollten sie bis in die Sonne gehört werden: »Dies ist Dybecks Herrenhof! Heuer wie im vorigen Jahr, heuer wie im vorigen Jahr!«

Und etwas weiterhin stand einer, der rief: »Dies ist Swaneholm, das sollte doch jedermann wissen!«

Der Junge merkte, dass die Gänse nicht in gerader Linie weiter flogen. Sie schwebten über der ganzen südlichen Ebene hin und her, als freuten sie sich, wieder in Schonen zu sein, und als wollten sie jeden einzelnen Hof begrüßen.

So kamen sie auch an einen Hof, wo mehrere große ausgedehnte Gebäude mit hohen Schornsteinen standen und rings umher eine Menge kleinerer Häuser.

»Dies ist die Zuckerfabrik von Jordberga!« riefen die Hähne. »Dies ist die Zuckerfabrik von Jordberga!«

Der Junge fuhr auf dem Rücken des Gänserichs zusammen. Diesen Ort hätte er kennen sollen. Er lag nicht weit vom Hause seiner Eltern entfernt, und im vorigen Jahre war er dort Gänsehirt gewesen. Aber alles sah eben ganz anders aus, wenn man es von oben aus betrachtete.

Ei ei! Ob wohl das Gänsemädchen Åsa und Klein-Mats, seine Kameraden vom vorigen Jahre, noch da waren? Und was würden sie wohl sagen, wenn sie wüssten, dass er hoch über ihren Köpfen dahinflog!

Dann verloren sie Jordberga aus dem Gesicht und flogen nach Svedala und Skabersee und wieder zurück über Börringekloster und Häckeberga. Der Junge bekam an diesem einen Tag mehr von Schonen zu sehen als in allen übrigen seines Lebens vorher.

Wenn die Wildgänse zahme Gänse trafen, waren sie am vergnügtesten. Dann flogen sie ganz langsam und riefen hinunter: »Jetzt geht's auf die hohen Berge! Kommt doch mit! Kommt doch mit!«

Aber die zahmen Gänse antworteten: »Der Winter ist noch im Land! Ihr seid zu zeitig dran! Kehrt wieder um! Kehrt wieder um!«

Die Wildgänse senkten sich nieder, damit die zahmen sie besser verstehen konnten, und riefen zurück: »Kommt mit, dann wollen wir euch Fliegen und Schwimmen lehren!«

Aber da fühlten sich die zahmen Gänse beleidigt und sie antworteten auch nicht mehr mit einem einzigen Schnattern.

Aber die Wildgänse senkten sich noch tiefer hinunter, so dass sie beinahe die Erde berührten, und dann hoben sie sich blitzschnell in die Höhe, als wenn sie über etwas furchtbar erschrocken wären. »Oj, oj, oj!« riefen sie. »Das sind ja gar keine Gänse, es sind nur Schafe, es sind nur Schafe!«

Die Gänse auf der Erde gerieten dadurch ganz außer sich und schrien laut: »Wenn ihr nur totgeschossen würdet! Alle miteinander, alle miteinander!«

Als der Junge dies Gezänke hörte, lachte er. Aber dann erinnerte er sich daran, wie sehr er sich ins Unglück gebracht hatte und da weinte er. Aber nach einer kleinen Weile lachte er doch wieder.

Noch nie war er so schnell vorwärts gekommen, und schnell und wild zu reiten, das war von jeher sein Vergnügen gewesen. Und er hätte natürlich nie gedacht, dass es da droben in der Luft so erfrischend sein könnte und dass da ein so guter Erd- und Harzgeruch heraufdränge.

Und er hatte sich auch noch nie vorgestellt, wie das wäre, wenn man hoch in der Luft dahinflöge. Das war ja gerade, als flöge man weit weg von seinem Kummer und seinen Sorgen und von allen Widerwärtigkeiten, die man sich denken konnte.

2 Akka von Kebnekajse

Der Abend

Der große zahme Gänserich, der mit den Wildgänsen davongeflogen war, fühlte sich sehr stolz, dass er über die Südebene in Gesellschaft der Wildgänse hin und her fliegen und mit den zahmen Vögeln Kurzweil treiben konnte. Aber so glücklich er auch war, das schützte ihn doch nicht davor, dass er am Mittag allmählich müde wurde. Er versuchte tiefer zu atmen und schneller mit den Flügeln zu schlagen, aber trotzdem blieb er mehrere Gänselängen hinter den anderen zurück.

Als die wilden Gänse, die ganz hinten flogen, bemerkten, dass die zahme nicht mehr mitkommen konnte, riefen sie der, die an der Spitze flog und den keilförmigen Zug führte, zu: »Akka von Kebnekajse! Akka von Kebnekajse!«

»Was wollt ihr von mir?« fragte die Anführerin.

»Der Weiße bleibt zurück! Der Weiße bleibt zurück!«

»Sagt ihm, schneller fliegen sei leichter als langsam!« rief die Anführerin zurück und streckte sich wie vorher.

Der Gänserich versuchte es zwar, den Rat zu befolgen und seinen Flug zu beschleunigen, aber dadurch wurde er so ermattet, dass er bis auf die beschnittenen Weidenbäume, die Äcker und Wiesen einfassten, hinuntersank.

»Akka! Akka! Akka von Kebnekajse!« riefen nun wieder die hintersten Gänse, die sahen, wie schwer es dem Gänserich wurde.

»Was wollt ihr jetzt wieder?« fragte die Anführerin und schien sehr ärgerlich zu sein.

»Der Weiße fällt! Der Weiße fällt!«

»Sagt ihm, es sei leichter, hoch zu fliegen als niedrig,« rief die Anführerin.

Der Gänserich versuchte auch diesen Rat zu befolgen; aber als er in die Höhe hinaufsteigen wollte, kam er so außer Atem, dass es ihm beinahe die Brust zersprengte.

»Akka! Akka!« riefen die hintersten.

»Könnt ihr mich nicht in Ruhe fliegen lassen?« fragte die Anführerin und schien noch ungeduldiger als zuvor zu sein.

»Der Weiße ist am Hinunterfallen! Der Weiße ist am Hinunterfallen!«

»Wer nicht mit der Schar fliegen kann, der muss wieder umkehren; sagt ihm das!« rief die Führerin. Und es fiel ihr durchaus nicht ein, langsamer zu fliegen, sondern sie streckte sich wie zuvor.

»Aha, so steht es also?« sagte der Gänserich. Es wurde ihm plötzlich klar, dass die Wildgänse ganz und gar nicht daran dachten, ihn nach Lappland mitzunehmen. Sie hatten ihn nur zum Spaß mitgelockt.

Er fühlte sich nur darüber ärgerlich, dass ihn die Kräfte gerade jetzt verließen, da konnte er diesen Landstreichern nicht zeigen, dass eine zahme Gans auch etwas leisten konnte. Und als das ärgerlichste von allem erschien ihm dieses Zusammentreffen mit Akka von Kebnekajse. Obwohl er eine zahme Gans war, hatte er doch von einer Anführerin reden hören, die Akka heiße und beinahe hundert Jahre alt sei. Sie stand so hoch in Achtung, dass sich stets nur die besten Wildgänse an sie anschlossen. Aber niemand verachtete die zahmen Gänse mehr als Akka und ihre Schar, und deshalb hätte ihnen der Gänserich jetzt gar zu gerne gezeigt, dass er ihnen ebenbürtig sei.

Er flog langsam hinter den anderen drein, während er überlegte, ob er umdrehen oder weiterfliegen solle. Da sagte plötzlich der Knirps, den er auf seinem Rücken trug: »Lieber Gänserich Martin! Du wirst doch einsehen, dass einer, der noch nie geflogen ist, unmöglich mit den Wildgänsen bis nach Lappland hinauf fliegen kann. Wäre es da nicht besser, du drehtest um, ehe du dich zugrunde richtest?«

Aber dieser kleine Knirps da auf seinem Rücken war dem Gänserich noch das unangenehmste von allem, und kaum hatte er verstanden, dass der Kleine ihm die Kraft zu der Reise nicht zutraute, als er auch schon beschloss, dabei zu bleiben.

»Wenn du noch ein Wort darüber sagst, werfe ich dich in die erste Mergelgrube, über die wir hinfliegen,« sagte er. Und vor lauter Zorn wuchsen ihm die Kräfte derart, dass er fast ebenso gut fliegen konnte wie die anderen.

Lange hätte er freilich so nicht mehr fortmachen können; aber es war auch nicht nötig, denn jetzt sank die Schar schnell abwärts und gerade bei Sonnenuntergang schossen die Gänse jäh hinunter. Ehe der Junge und der Gänserich es ahnten, waren sie am Strande von Vombsee.

»Hier soll wohl übernachtet werden,« dachte der Junge und sprang vom Rücken des Gänserichs hinunter.

Er stand auf einem schmalen, sandigen Ufer, und vor ihm lag ein ziemlich großer See. Aber der See machte einen hässlichen Eindruck. Er war fast ganz mit Eis bedeckt, das schwarz und uneben und voller Risse und Löcher war, wie das im Frühling zu sein pflegt. Lange konnte es mit dem Eis nicht mehr dauern, es war schon vom Ufer abgetrennt und hatte rundherum einen breiten Gürtel von schwarzem, glänzendem Wasser. Aber das Eis war doch noch da und verbreitete Kälte und winterliches Unbehagen.

Auf der anderen Seite des Sees schien freundliches, angebautes Land zu sein; aber wo die Gänse sich niedergelassen hatten, lag eine große Tannenschonung. Und es sah aus, als ob der Tannenwald die Macht hätte, den Winter an sich zu fesseln. Überall sonst war die Erde frei von Schnee, aber unter den riesigen Tannen lag er noch dicht; er war geschmolzen und wieder gefroren, geschmolzen und wieder gefroren, so dass er jetzt hart wie Eis war.

Dem Jungen war es, als sei er in eine winterliche Einöde gekommen, und es wurde ihm so bänglich zumut, dass er am liebsten laut geweint hätte.

Er war sehr hungrig, denn er hatte den ganzen Tag nichts gegessen. Aber wo hätte er etwas zu essen hernehmen sollen? Im März wächst weder auf den Bäumen noch auf den Feldern etwas Essbares.

Ja, wo sollte er etwas zu essen hernehmen? Und wer würde ihm Obdach gewähren? Wer ihm ein Bett richten? Wer ihn an seinem Feuer niedersitzen lassen und wer ihn vor den Wildgänsen beschützen?

Denn jetzt war die Sonne untergegangen und nun wehte es kalt vom See herüber; die Dunkelheit senkte sich vom Himmel herab, das Unbehagen schlich sich hinter der Dämmerung her und im Walde begann es zu knistern und zu prasseln.

Jetzt war es vorbei mit dem frohen Mut, der ihn beseelt hatte, solange er da oben durch die Lüfte dahinflog und in seiner Angst sah er sich nach seinem Reisegefährten um. Er hatte ja sonst niemand, an den er sich hätte halten können.

Da sah er, dass der Gänserich noch schlimmer daran war als er. Der lag noch immer auf demselben Fleck, wo er niedergesunken war und es sah aus, als liege er in den letzten Zügen. Sein Hals ruhte schlaff auf der Erde, seine Augen waren geschlossen und der Atem war nur noch ein schwaches Zischen.

»Lieber Gänserich Martin,« sagte der Junge, »versuche einen Schluck Wasser zu trinken. Es sind keine zwei Schritte bis zum See.«

Aber der Gänserich rührte sich nicht.

Der Junge war freilich bisher gegen alle Tiere, den Gänserich nicht ausgenommen, recht hartherzig gewesen, aber jetzt erschien ihm dieser als die einzige Stütze, die er noch hatte, und er bekam große Angst, er könnte ihn verlieren.

Er fing gleich an, ihn zu stoßen und zu schieben, um ihn zum Wasser hinzubringen. Das war eine harte Arbeit für den Jungen, denn der Gänserich war groß und schwer; aber schließlich gelang es ihm doch.

Der Gänserich kam mit dem Kopfe zuerst ins Wasser hinein. Einen Augenblick blieb er still liegen, bald aber streckte er den Kopf heraus, schüttelte sich das Wasser aus den Augen und schnaubte. Dann schwamm er stolz zwischen das Röhricht hinein.

Die Wildgänse lagen vor ihm im See. Sobald sie auf die Erde heruntergekommen waren, hatten sie sich ins Wasser gestürzt, ohne sich nach dem Gänserich oder nach dem Gänsereiter umzusehen. Sie hatten sich eifrig gebadet und geputzt und jetzt schlürften sie halbverfaulte Teichlinsen und Wassergräser in sich hinein.

Der weiße Gänserich hatte das Glück, einen kleinen Barsch zu entdecken, rasch ergriff er ihn, schwamm damit zum Strande hin und legte ihn vor dem Jungen nieder. »Das bekommst du zum Dank dafür, dass du mir ins Wasser hinuntergeholfen hast,« sagte er.

Dies war das erste freundliche Wort, das der Junge an diesem Tage zu hören bekam. Er wurde so froh darüber, dass er den Gänserich am liebsten umarmt hätte, aber er wagte es doch nicht. Und auch über die Gabe freute er sich. Zuerst meinte er zwar, es sei ihm ganz unmöglich, den Fisch roh zu essen, dann aber bekam er doch Lust, wenigstens den Versuch zu machen.

Er fühlte nach, ob er sein Messer bei sich hätte, und wirklich hing es noch an seinem Hosenknopf, wenn auch so verkleinert, dass es nicht größer war als ein Zündholz. Aber den Fisch konnte er damit immerhin abschuppen und reinigen; und es dauerte gar nicht lange, da war der Barsch aufgegessen.

Als der Junge gesättigt war, schämte er sich eigentlich, dass er etwas Rohes hatte essen können. »Ich bin offenbar gar kein Mensch mehr, sondern ein richtiges Wichtelmännchen,« dachte er.

Während der Junge den Fisch verzehrte, war der Gänserich ganz ruhig neben ihm stehen geblieben; aber als jener den letzten Bissen verschluckt hatte, sagte er mit leiser Stimme: »Wir sind unter ein recht eingebildetes Wildgänsevolk geraten, das alle zahmen Gänse verachtet.«

»Ja, ich hab es wohl bemerkt,« erwiderte der Junge.

»Es wäre freilich sehr ehrenvoll für mich, wenn ich bis nach Lappland mit ihnen reisen und ihnen zeigen könnte, dass auch eine zahme Gans etwas leisten kann.«

»O jaaa,« erwiderte der Junge gedehnt, denn er traute dies dem Gänserich nicht zu, wollte ihm aber nicht widersprechen.

»Ich glaube aber nicht, dass ich mich auf so einer Reise allein zurechtfinden kann,« fuhr der Gänserich fort, »deshalb möchte ich dich fragen, ob du nicht mitkommen und mir helfen möchtest?«

Der Junge hatte natürlich nichts andres gedacht, als so schnell wie möglich nach Hause zurückzukehren. Er war daher über die Maßen erstaunt und wusste nicht, was er sagen sollte. »Ich glaubte, wir beide seien nicht gut Freund miteinander,« sagte er. Aber das schien der Gänserich ganz und gar vergessen zu haben; er erinnerte sich nur noch daran, dass der Junge ihm vorhin das Leben gerettet hatte.

»Ich müsste eigentlich zu Vater und Mutter zurückkehren,« sagte der Junge.

»O, ich werde dich schon zu rechter Zeit zu ihnen zurückbringen!« rief der Gänserich. »Und ich werde dich nicht verlassen, bis ich dich wieder vor deiner eignen Schwelle niedergesetzt habe.«

Der Junge dachte, es wäre vielleicht ganz gut, wenn er seinen Eltern noch eine Weile nicht unter die Augen käme. Er war daher dem Vorschlag nicht abgeneigt und wollte gerade zustimmen, als er ein lautes Donnern hinter sich hörte. Die Wildgänse waren alle auf einmal aus dem See herausgesprungen und schüttelten jetzt das Wasser von sich ab. Dann ordneten sie sich, die Anführerin an der Spitze, in eine lange Reihe und kamen auf die beiden zu.

Als der weiße Gänserich jetzt die Wildgänse betrachtete, war ihm gar nicht behaglich zumute. Er hatte erwartet, sie mehr den zahmen Gänsen ähnlich zu sehen und sich ihnen mehr verwandt zu fühlen. Aber sie waren viel kleiner als er und keine von ihnen war weiß, sondern alle waren grau, an einzelnen Stellen ins Braune spielend. Und vor ihren Augen hätte er sich beinahe gefürchtet, sie waren gelb und glänzten, als ob Feuer dahinter brennte. Dem Gänserich war immer eingeprägt worden, es sei schicklich, langsam und breitspurig zu gehen, aber diese hier schienen gar nicht gehen zu können, ihr Gang war ein halbes Springen. Am meisten aber erschrak er, als er ihre Füße sah, denn die waren sehr groß und die Sohlen zertreten und zerrissen. Man sah wohl, dass die Wildgänse nie darauf Acht gaben, wohin sie traten und nie einen Umweg machten. Sonst waren sie sehr zierlich und ordentlich, aber an ihren Füßen konnte man sie als arme Landstreicher erkennen.

Der Gänserich konnte dem Jungen gerade noch zuflüstern: »Rede nur keck von der Leber weg, aber sage nichts davon, dass du ein Mensch bist,« da waren auch die Gänse schon bei ihnen angelangt.

Sie blieben vor den beiden stehen und nickten viele Male mit dem Halse und der Gänserich tat dasselbe, nur noch viel öfter. Sobald es des Grüßens genug war, sagte die Anführerin: »Jetzt sollten wir wohl erfahren, was ihr für Leute seid?«

»Von mir ist nicht viel zu sagen,« begann der Gänserich. »Ich bin im vorigen Jahre in Skanör geboren. Im Herbst wurde ich an Holger Nilsson von Westvemmenhög verkauft und dort bin ich bis jetzt gewesen.«

»Du scheinst keine Familie zu haben, auf die du stolz sein könntest,« sagte die Anführerin. »Woher kommt es dann, dass du so keck bist, dich mit den Wildgänsen einzulassen?«

»Vielleicht, um euch wilden Gänsen zu zeigen, dass auch wir zahmen etwas leisten können,« antwortete der Gänserich.

»Ja, das wäre gut, wenn du uns das zeigen könntest,« sagte die Anführerin. »Wir haben nun schon gesehen, wie du fliegen kannst, aber möglicherweise bist du in anderer Hinsicht tüchtiger. Bist du stark im Dauerschwimmen?«

»O nein, dessen kann ich mich nicht rühmen,« antwortete der Gänserich; er glaubte zu merken, dass die Anführerin schon entschlossen war, ihn nach Hause zurückzuschicken, und es war ihm deshalb gleichgültig, was er antwortete. »Ich bin noch nie weiter geschwommen als quer über eine Mergelgrube,« fuhr er fort.

»Dann erwarte ich, dass du ein Meister im Springen bist.«

»Noch niemals habe ich eine zahme Gans springen sehen,« antwortete der Gänserich und machte damit seine Sache noch schlimmer.

Der große weiße Gänserich war nun ganz sicher, dass die Anführerin ihn unter keiner Bedingung mitnehmen werde. Er war deshalb höchst erstaunt, als sie sagte: »Du beantwortest die an dich gestellten Fragen ja recht mutig und wer Mut hat, kann ein guter Reisegefährte sein, wenn er auch im Anfang ungewandt ist. Hättest du nicht Lust, ein paar Tage bei uns zu bleiben, damit wir sehen können, was du leisten kannst?«

»Das ist mir sehr angenehm,« erwiderte der Gänserich äußerst vergnügt.

Hierauf streckte die Anführerin den Schnabel aus und sagte: »Aber wen hast du denn da bei dir? So einen habe ich noch nie gesehen.«

»Es ist mein Gefährte,« sagte der Gänserich. »Er ist sein Lebtag Gänsehirt gewesen und kann uns möglicherweise auf der Reise nützlich sein.«

»Ja, für eine zahme Gans mag das ganz gut sein,« antwortete die wilde. »Wie heißt er?«

»Er hat verschiedene Namen,« sagte der Gänserich zögernd. Er wusste nicht, wie er sich aus der Klemme ziehen sollte, denn er wollte nicht verraten, dass der Junge einen menschlichen Namen hatte. »Ach, er heißt Däumling,« sagte er plötzlich.

»Ist er aus dem Geschlecht der Wichtelmännchen?« fragte die Anführerin.

»Um welche Tageszeit geht ihr Wildgänse schlafen?« fragte der Gänserich hastig und versuchte so um die Antwort auf die letzte Frage herumzukommen. »Um diese Zeit fallen mir immer die Augen von selbst zu.«

Man sah wohl, dass die Gans, die mit dem Gänserich sprach, sehr alt sein musste. Ihr ganzes Federkleid war eisgrau, ohne dunkle Streifen. Ihr Kopf war größer, ihre Beine gröber und ihre Füße mehr zertreten als die der anderen. Die Federn waren steif, die Schultern knochig, der Hals mager. Alles dies kam vom Alter. Nur ihren Augen hatte dieses noch nichts anzuhaben vermocht, sie glänzten heller und sahen jünger aus als die Augen aller anderen.

Jetzt wendete sie sich sehr feierlich an den Gänserich. »So wisse denn, Gänserich, dass ich Akka von Kebnekajse bin und die Gans, die zu meiner Rechten fliegt, ist Yksi von Vassijaure und die zu meiner Linken ist Kaksi von Nuolja. Wisse auch, dass die zweite rechts Kolme von Sarjektjåkko und die zweite links Neljä von Svappavaara ist und dass hinter ihnen Viisi von Oviksfjällen und Kuusi von Sjangeli sind. Und wisse auch, dass die sechs jungen Gänse, die ganz zuletzt kommen, drei rechts, drei links, ebenfalls Hochlandwildgänse aus den besten Familien sind. Du darfst uns nicht für Landstreicher halten, die mit jedem, der ihnen in den Weg kommt, Kameradschaft schließen und du darfst nicht glauben, dass wir mit jemand unsre Schlafstelle teilen, der nicht sagen will, aus welchem Geschlecht er stammt.«

Als die Anführerin Akka auf diese Weise sprach, trat der Junge hastig vor. Es hatte ihn betrübt, dass der Gänserich, der so keck für sich selbst gesprochen hatte, so ausweichende Antworten gab, als es sich um ihn handelte.

»Ich will nicht geheim halten, wer ich bin,« sagte er. »Ich heiße Nils Holgersson, bin der Sohn eines Häuslers und bis zum heutigen Tage bin ich ein Mensch gewesen, aber heute Morgen – –«

Weiter kam der Junge nicht, denn niemand hörte mehr auf ihn. Kaum hatte er gesagt, dass er ein Mensch sei, als die Anführerin drei Schritte und die anderen noch weiter zurückwichen. Und sie reckten alle die Hälse und zischten ihn zornig an.

»Du bist mir doch gleich verdächtig vorgekommen, als ich dich hier auf dem Strand sah, und jetzt musst du dich schleunigst entfernen, wir dulden keine Menschen unter uns,« sagte Akka von Kebnekajse.

»Es ist doch wohl nicht möglich,« versuchte der Gänserich zu vermitteln, »dass ihr Wildgänse euch vor einem so kleinen Wesen fürchtet. Morgen soll er gewiss nach Hause zurückkehren, aber über Nacht werdet ihr ihn doch unter euch dulden müssen. Keiner von uns könnte es verantworten, einen solchen kleinen Kerl sich in der Nacht allein gegen Wiesel und Fuchs verteidigen zu lassen.«

Die Wildgans kam wieder näher heran, aber man sah deutlich, wie schwer es ihr wurde, ihre Furcht zu bezwingen. »Ich bin gelehrt worden, mich vor allem, was Mensch heißt, zu fürchten, einerlei ob klein oder groß,« sagte sie. »Aber wenn du, Gänserich, dafür einstehen willst, dass uns dieser hier nichts Böses tut, dann mag er über Nacht dableiben. Ich fürchte jedoch, unser Nachtquartier wird weder dir noch ihm passen, denn wir begeben uns auf das schwimmende Eis hinaus und schlafen dort.«

Sie dachte wohl, der Gänserich werde bei dieser Ankündigung unschlüssig werden. Er ließ sich aber nichts merken. »Ihr seid sehr klug und versteht es, einen sicheren Schlafplatz auszuwählen,« sagte er.

»Aber du stehst mir dafür ein, dass er morgen nach Hause zurückkehrt.«

»Dann muss auch ich mich von euch trennen,« sagte der Gänserich, »denn ich habe ihm versprochen, ihn nicht zu verlassen.«

»Es steht dir frei, zu fliegen, wohin du willst,« entgegnete die Anführerin.

Damit hob sie die Flügel und flog auf das Eis hinaus, wohin ihr eine Wildgans nach der anderen folgte.

Der Junge war betrübt darüber, dass aus seiner Reise nach Lappland nichts werden sollte, und überdies fürchtete er sich vor dem kalten Nachtquartier. »Es wird immer schlimmer, Gänserich,« sagte er. »Und das erste wird sein, dass wir da draußen auf dem Eise erfrieren.«

Aber der Gänserich war guten Mutes. »Das hat keine Gefahr,« sagte er. »Sammle jetzt nur in aller Eile so viel Stroh und Gras zusammen, als du zu tragen vermagst.«

Als der Junge beide Arme voller dürren Grases hatte, fasste der Gänserich ihn mit seinem Schnabel am Hemdkragen, hob ihn auf und flog aufs Eis hinüber, wo die Wildgänse, den Schnabel unter einen Flügel gesteckt, schon standen und schliefen.

»Breite jetzt das Gras auf dem Eis aus, damit ich etwas habe, worauf ich stehen kann, um nicht anzufrieren. Hilf du mir, dann helfe ich dir auch,« sagte der Gänserich.

Der Junge tat, wie ihm geheißen war, und sobald er fertig war, ergriff ihn der Gänserich noch einmal am Hemdkragen und steckte ihn unter seinen Flügel. »Hier liegst du warm und gut,« sagte er und drückte den Flügel an, damit der Kleine nicht herunterfallen sollte.

Er war so in Flaum eingebettet, dass er nicht antworten konnte; aber warm und schön lag er, und müde war er, und im nächsten Augenblick schlief er.

Die Nacht

Es ist eine bekannte Tatsache, dass das Eis trügerisch ist, und dass man sich nicht darauf verlassen kann. Mitten in der Nacht veränderte die vom Land losgelöste Eisdecke auf dem Vombsee ihre Lage, so dass sie an einer Stelle den Strand berührte. Und da geschah es, dass Smirre, der Fuchs, der damals auf der östlichen Seite des Sees im Park von Övedskloster wohnte, auf seiner nächtlichen Jagd dies sah. Smirre hatte die Wildgänse allerdings schon am Abend gesehen, jedoch nicht erwartet, einer von ihnen beikommen zu können. Jetzt lief er schnell aufs Eis hinaus; als er aber den Wildgänsen schon ganz nahe war, glitt er plötzlich aus und seine Krallen kratzten auf dem Eise. Davon erwachten die Gänse, und sie schlugen mit den Flügeln, um sich in die Luft zu erheben. Aber Smirre war ihnen zu hurtig. Er machte einen Satz, gerade als schleudere ihn jemand vorwärts, ergriff eine Gans am Flügel und stürzte wieder dem Land zu.

Aber in dieser Nacht waren die Wildgänse nicht allein auf dem Eis draußen; sie hatten einen Menschen bei sich, wenn auch einen noch so kleinen. Als der Gänserich mit den Flügeln schlug, erwachte der Junge, er fiel aufs Eis hinunter und saß da ganz schlaftrunken; zuerst konnte er sich die Aufregung unter den Gänsen gar nicht erklären, bis er plötzlich einen kleinen, kurzbeinigen Hund mit einer Gans im Maule davonlaufen sah.

Da sprang er rasch auf, dem Hund die Gans abzujagen. Er hörte noch, dass der Gänserich ihm nachrief: »Däumling, nimm dich in acht! Nimm dich in acht!«

»Aber vor einem so kleinen Hund brauche ich mich doch wohl nicht zu fürchten,« dachte der Junge und stürmte davon.

Die Wildgans, die der Fuchs Smirre mit sich wegschleifte, hörte das Geklapper von des Jungen Holzschuhen auf dem Eis und sie traute ihren Ohren kaum. »Meint der kleine Knirps, er könne mich dem Fuchs abjagen?« dachte sie. Und so elendiglich sie auch daran war, so begann sie doch ganz unten im Halse belustigt zu schnattern, beinahe als lache sie.

»Das erste, was ihm passiert, wird sein, dass er in eine Eisritze purzelt,« dachte sie.

Aber so finster die Nacht auch war, der Junge sah alle Risse und Löcher im Eise und machte große Sätze darüber hinweg.

Das kam daher, dass er jetzt die guten Nachtaugen der Wichtelmännchen hatte und in der Dunkelheit sehen konnte. Nichts war farbig, sondern alles grau oder schwarz, aber er sah den See und das Ufer ebenso deutlich wie bei Tage.

Da wo das Eis ans Land stieß, sprang Smirre hinüber, und während er sich den Uferabhang hinaufarbeitete, rief der Junge ihm zu: »Lass die Gans los, du Lümmel!«

Smirre wusste nicht, wer das gerufen hatte; er nahm sich auch nicht die Zeit, sich umzusehen, sondern lief noch schneller davon. Jetzt rannte er in einen großen prächtigen Buchenwald hinein und der Junge lief hinter ihm her, ohne an irgendeine Gefahr zu denken. Dagegen musste er immerfort daran denken, mit welcher Missachtung er am vorhergehenden Abend von den Gänsen behandelt worden war, und deshalb hätte er ihnen jetzt gar zu gerne bewiesen, dass ein Mensch, wenn er auch noch so klein ist, allen anderen Geschöpfen überlegen sei.

Einmal ums andre befahl er dem Hunde da vor sich, seine Beute loszulassen. »Was bist du für ein Hund, der sich nicht schämt, eine ganze Gans zu stehlen?« rief er. »Lege sie sogleich nieder, sonst wirst du sehen, was für Prügel du bekommst! Lass los, sag ich, sonst werde ich deinem Herrn sagen, wie du dich benimmst!«

Als Smirre merkte, dass er für einen Hund gehalten wurde, der sich vor Prügel fürchtete, kam ihm das so komisch vor, dass er die Gans beinahe hätte fallen lassen. Smirre war ein großer Räuber, der sich nicht mit der Jagd auf Ratten und Feldmäuse begnügte, sondern sich auch in die Höfe wagte und Hühner und Gänse stahl. Er wusste, wie sehr er in der ganzen Umgegend gefürchtet war. Und jetzt diese Drohung. So etwas Verrücktes hatte er seit seiner Kindheit nicht mehr gehört!

Aber der Junge lief aus Leibeskräften; es war ihm, als glitten die dicken Buchenstämme an ihm vorüber, und der Abstand zwischen ihm und Smirre verminderte sich immer mehr. Endlich war er Smirre so nahe, dass er ihn am Schwanz fassen konnte. »Jetzt entreiße ich dir die Gans doch!« rief er und hielt Smirre am Schwanz so fest, als er nur konnte. Aber er war nicht stark genug, Smirre aufzuhalten. Der Fuchs riss ihn so heftig mit sich fort, dass die dürren Buchenblätter umherstoben.

Doch jetzt glaubte Smirre zu entdecken, wie ungefährlich sein Verfolger sei. Er hielt an, legte die Gans auf die Erde, stellte sich mit den Vorderpfoten darauf, damit sie nicht wegfliegen könne, und war auf dem Punkte, ihr den Hals abzubeißen; aber dann konnte er es doch nicht lassen, den kleinen Wicht vorher noch ein wenig zu reizen. »Ja, mach nur, dass du mich bei dem Herrn verklagst, denn jetzt beiße ich die Gans tot,« sagte er.

Wer sich aber sehr verwunderte, als er die spitzige Nase desjenigen sah, den er verfolgt hatte, und zugleich hörte, welche heisere, boshafte Stimme er hatte, das war der Junge. Er war so wütend über den Räuber, der sich über ihn lustig machte, dass gar keine Spur von Furcht in ihm aufstieg. Er packte den Schwanz nur noch fester, stemmte sich gegen eine Buchenwurzel, und gerade, als der Fuchs die offene Schnauze am Halse der Gans hatte, zog er aus Leibeskräften an. Smirre war so überrascht, dass er sich ein paar Schritte rückwärts ziehen ließ, und dadurch wurde die Wildgans frei. Sie flatterte schwerfällig empor, denn ihre Flügel waren verletzt, und sie konnte sie kaum gebrauchen; überdies sah sie in der Dunkelheit des Waldes gar nichts, sondern war so hilflos wie ein Blinder. Sie konnte deshalb dem Jungen keinerlei Beistand leisten, sondern versuchte nur, durch eine Öffnung in dem grünen Blätterdache hinauszugelangen, um den See wieder zu erreichen.

Da warf Smirre sich auf den Jungen. »Kann ich den einen nicht bekommen, so will ich wenigstens den anderen haben,« fauchte er und man hörte seiner Stimme an, wie aufgebracht er war.

»O denke doch ja nicht, dass dir das gelingen werde,« sagte der Junge. Er war ganz aufgeräumt, weil es ihm gelungen war, die Gans zu retten. Auch hielt er sich noch immer an dem Fuchsschwanze fest und schwang sich an ihm, als ihn der Fuchs zu fangen versuchte, auf die andere Seite hinüber.

Das war ein Tanz im Wald, dass die Buchenblätter nur so umherstoben! Smirre drehte sich rund, rund herum, aber der Schwanz schwang sich auch rund, rund herum, der Junge hielt sich daran fest und der Fuchs konnte ihn nicht fassen.

Der Junge war so vergnügt über seinen Erfolg, dass er am Anfang nur lachte und den Fuchs verspottete; aber Meister Reineke war beharrlich, wie alte Jäger zu sein pflegen, und allmählich wurde es dem Jungen doch Angst, er könnte schließlich noch gefasst werden.

Da erblickte er eine kleine junge Buche, die schlank wie ein Pfahl aufgewachsen war, nur um recht bald ins Freie zu gelangen, hoch da droben über dem grünen Laubdach, das die alten Buchen über dem jungen Bäumchen ausbreiteten. In aller Eile ließ der Junge den Fuchsschwanz los und kletterte auf die Buche hinauf. Smirre aber war so im Eifer, dass er sich noch eine ganze Weile nach seinem Schwanz im Kreise drehte. »Du brauchst nicht weiter zu tanzen,« sagte der Junge plötzlich.

Der Fuchs war wütend; diese Schmach, einen so kleinen Knirps nicht in seine Macht zu bekommen, war ihm unerträglich, er legte sich deshalb unter der Buche nieder, um den Jungen zu bewachen.

Der Junge hatte es nicht übermäßig gut da oben; er saß rittlings auf einem schwachen Zweig und die junge Buche reichte nicht hinauf bis zu dem Blätterdach, so dass er auf keinen anderen Baum hinübergelangen konnte; aber er mochte sich auch nicht wieder hinunter auf den Boden wagen. Er fror gewaltig und war nahe daran, ganz steif zu werden und seinen Zweig loszulassen; auch war er entsetzlich schläfrig, hütete sich aber wohl, sich vom Schlaf übermannen zu lassen, aus Angst, dann auf den Boden hinunterzufallen.

O, es war fürchterlich, mitten in der Nacht so im Wald draußen zu sitzen! Er hatte bis jetzt keine Ahnung gehabt, was das bedeutete, wenn es Nacht ist. Es war, als sei alles versteinert und könne nie wieder zum Leben erwachen.

Dann begann der Tag zu grauen und der Junge war froh, als alles sein altes Aussehen wieder annahm, obgleich die Kälte jetzt gegen Morgen noch durchdringender wurde als in der Nacht.

Als endlich die Sonne aufging, war sie nicht gelb, sondern rot. Dem Jungen kam es vor, als sehe sie böse aus, und er fragte sich, warum sie wohl böse sei. Vielleicht weil die Nacht, während die Sonne weggewesen war, eine solche Kälte auf der Erde verbreitet hatte.

Die Sonnenstrahlen sprühten in großen Feuergarben am Himmel auf, um zu sehen, was die Nacht auf der Erde getan hatte, und es sah aus, als ob alles ringsum errötete, wie wenn es ein schlechtes Gewissen hätte. Die Wolken am Himmel, die seidenglatten Buchenstämme, die kleinen, ineinander verflochtenen Zweige des Laubdaches, der Raureif, der die Buchenblätter auf dem Boden bedeckte, alles glühte und wurde rot.

Aber immer mehr Sonnenstrahlen schossen am Himmel auf und bald war alles Grauen der Nacht verschwunden. Die Lähmung war wie weggeblasen und gar vieles Lebendige trat zutage. Der Schwarzspecht mit dem roten Hals begann mit dem Schnabel an einem Baumstamm zu hämmern. Das Eichhörnchen huschte mit einer Nuss aus seinem Bau heraus, setzte sich auf einen Zweig und begann sie aufzuknabbern. Der Star kam mit einer Wurzelfaser dahergeflogen und der Buchfink sang in dem Baumwipfel.

Da verstand der Junge, dass die Sonne zu allen diesen kleinen Wesen gesagt hatte: »Erwacht und kommt heraus aus eurer Behausung, jetzt bin ich hier! Jetzt braucht ihr euch vor nichts mehr zu fürchten.«

Vom See her drang der Ruf der Wildgänse, die sich zur Weiterreise rüsteten, zu dem Jungen herüber; und bald darauf flogen alle vierzehn Gänse über den Wald hin. Der Junge versuchte ihnen zuzurufen; aber sie flogen so hoch droben, dass seine Stimme sie nicht erreichen konnte. Sie glaubten wohl, der Fuchs habe ihn schon lange aufgefressen. Ach, sie gaben sich auch nicht einmal die Mühe, sich nach ihm umzusehen!

Der Junge war vor lauter Angst dem Weinen nahe; aber die Sonne stand jetzt goldgelb und vergnügt am Himmel und flößte der ganzen Welt Mut ein. »Du brauchst dich nicht zu fürchten oder vor etwas Angst zu haben, Nils Holgersson, solange ich da bin,« sagte sie.

Das Spiel der Gänse

Alles im Wald blieb so lange unverändert, wie eine Gans ungefähr braucht, um ihr Frühstück zu genießen; aber gerade um die Zeit, wo der Morgen in den Vormittag übergehen wollte, flog eine einzelne Wildgans unter das dichte Laubdach herein. Zögernd suchte sie ihren Weg zwischen Stämmen und Zweigen und flog ganz langsam. Sobald der Fuchs sie sah, verließ er seinen Platz unter der jungen Buche und schlich zu ihr hin. Die Wildgans wich dem Fuchs nicht aus, sondern flog ganz nahe heran. Smirre machte einen hohen Satz nach ihr, verfehlte sie aber, und die Gans flog in der Richtung zum See weiter.

Es dauerte nicht lange, so kam auch schon eine zweite Wildgans dahergeflogen. Sie nahm denselben Weg wie die vorige und flog noch langsamer und noch näher am Boden. Auch sie strich dicht an Smirre vorüber, und er machte einen so hohen Satz nach ihr, dass seine Ohren ihre Füße berührten; aber auch sie entkam unbeschädigt und setzte still wie ein Schatten ihren Weg nach dem See fort.

Eine kleine Weile verging, da tauchte wieder eine Gans auf, die noch langsamer, noch näher am Boden flog. Smirre machte einen gewaltigen Satz und es fehlte nur ein Haarbreit, so hätte er sie gefasst; aber auch diese Gans entkam ihm.

Kaum war sie verschwunden, so erschien auch schon die vierte Wildgans. Obgleich diese so langsam flog, dass es Smirre vorkam, als könne er sie ohne besondere Schwierigkeit fassen, fürchtete er sich jetzt vor einem neuen Misserfolg und beschloss, sie unangetastet vorbeifliegen zu lassen. Aber sie nahm denselben Weg wie die anderen und gerade, als sie über Smirre hinflog, ließ sie sich so tief heruntersinken, dass er sich doch verleiten ließ, nach ihr zu springen. Er sprang so hoch, dass er sie mit der Tatze berührte; aber sie warf sich rasch zur Seite und rettete ihr Leben.

Ehe Smirre ausgekeucht hatte, erschienen drei Gänse in einer Reihe. Sie flogen ganz in derselben Weise wie die vorhergehenden und Smirre machte hohe Sätze, sie zu erreichen; aber es gelang ihm nicht, eine von ihnen zu fangen.

Jetzt tauchten fünf Gänse auf; aber diese flogen besser als die vorhergehenden und obgleich auch sie Smirre zum Springen verleiten zu wollen schienen, widerstand er doch der Versuchung.

Nach einer ziemlich langen Pause tauchte wieder eine einzelne Gans auf. Das war die dreizehnte. Die war so alt, dass sie ganz grau war und nicht einen einzigen dunklen Streifen auf dem Körper hatte. Sie schien den einen Flügel nicht recht gebrauchen zu können und flog erbärmlich schlecht und schief, so dass sie fast am Boden streifte. Smirre machte nicht nur einen hohen Satz nach ihr, sondern verfolgte sie auch noch springend und hüpfend nach dem See zu; aber auch diesmal wurde seine Mühe nicht belohnt.

Als die vierzehnte Gans erschien, war es ein sehr schöner Anblick, denn sie war ganz weiß, und als sie ihre großen Flügel bewegte, schien ein helles Licht in dem dunklen Wald aufzuleuchten. Als Smirre ihrer ansichtig wurde, bot er seine ganze Kraft auf und sprang halbwegs bis zum Blätterdach empor; aber die weiße Gans flog, wie alle die anderen vorher, unbeschädigt an ihm vorüber.

Nun wurde es eine Weile ganz still unter den Buchen; es sah aus, als sei der ganze Schwarm Wildgänse weitergeflogen.

Da fiel Smirre plötzlich sein Gefangener, der kleine Knirps, wieder ein; er hatte keine Zeit gehabt, an ihn zu denken, seit er die erste Gans gesehen hatte. Aber natürlich war der längst auf und davon.

Doch Smirre blieb auch jetzt nicht viel Zeit, an den kleinen Kerl zu denken, denn eben kam die erste Gans wieder vom See her und flog langsam unter dem Blätterdach hin. Trotz seines Misserfolges freute sich Smirre über ihre Rückkehr und mit einem großen Satz stürzte er auf sie zu. Aber er war zu eilig gewesen, er hatte sich nicht die nötige Zeit zum Berechnen seines Sprunges genommen und sprang nun an ihr vorbei.

Nach dieser Gans kam wieder eine und dann noch eine und dann eine dritte, vierte, fünfte, bis die Reihe mit der alten eisgrauen und der großen weißen abschloss. Alle flogen langsam und nahe am Boden und als sie über Smirre schwebten, senkten sie sich noch tiefer herab, als ob sie ihn einladen wollten, sie zu fangen. Und Smirre verfolgte sie, er machte mehrere Meter hohe Sätze und doch konnte er keine erwischen.

Das war der schrecklichste Tag, den der Fuchs Smirre je erlebt hatte. Die Wildgänse flogen unaufhörlich über seinem Kopf weg, hin und her, hin und her. Große, herrliche Gänse, die sich auf den deutschen Äckern und Heiden fett gefressen hatten, strichen den ganzen Tag durch den Wald so nahe an ihm vorüber, dass er sie wiederholt berührte, und doch konnte er seinen Hunger nicht mit einer einzigen stillen.

Der Winter war kaum vorüber, und Smirre erinnerte sich an die Tage und Nächte, wo er meistens müßig umhergestreift war, weil er auch nicht ein einziges Wildbret erjagen konnte, denn die Zugvögel waren fortgezogen, die Ratten verbargen sich unter der gefrorenen Erde und die Hühner waren eingesperrt. Aber der Hunger des ganzen Winters war nicht so schwer zu ertragen gewesen, als der Misserfolg dieses einen Tages.

Smirre war kein junger Fuchs mehr; oft waren ihm die Hunde an den Fersen gewesen und die Kugeln hatten ihm um die Ohren gepfiffen. Er hatte tief drinnen in seinem Bau gelegen, während die Dachshunde in dessen Gängen waren und ihn beinahe gefunden hätten. Aber alle Angst, die Smirre während einer solchen aufregenden Jagd durchgemacht hatte, war nicht zu vergleichen mit dem Gefühl, das ihn ergriff, so oft er einen missglückten Sprung nach den Wildgänsen machte.

Am Morgen, als das Spiel begann, war Smirre so schmuck gewesen, dass die Gänse bei seinem Anblick gestutzt hatten; Smirre liebte die Pracht, und sein Pelz war glänzend rot, seine Brust weiß, die Tatzen schwarz und der Schwanz üppig wie eine Feder. Aber das schönste an ihm war doch die Spannkraft seiner Bewegungen und der Glanz seiner Augen. Als es jedoch an diesem Tage Abend wurde, hing Smirres Pelz in Zotteln herunter, er war in Schweiß gebadet, seine Augen waren matt, die Zunge hing ihm lang aus dem keuchenden Maule heraus und um die Lippen stand ihm der Schaum.

Den ganzen Nachmittag war Smirre so müde, dass er wie verwirrt war. Er sah nichts andres mehr vor sich als fliegende Gänse. Er sprang nach Sonnenflecken, die auf dem Boden glänzten und nach einem armen Schmetterling, der zu früh aus seiner Puppe geschlüpft war.

Die Wildgänse flogen und flogen unermüdlich hin und wieder; den ganzen Tag hörten sie nicht auf, Smirre zu quälen, sie fühlten kein Mitleid, als sie Smirre verwirrt, aufgeregt, wahnsinnig sahen. Unerbittlich fuhren sie fort, obgleich sie wussten, dass er sie kaum noch sah und nach ihrem Schatten sprang.

Erst als Smirre ganz ermattet und kraftlos, beinah auf dem Punkt, den Geist aufzugeben, auf einen Haufen dürren Laubes niedersank, hörten sie auf, ihn zum Besten zu haben.

»Jetzt weißt du, Fuchs, wie es dem geht, der sich mit Akka von Kebnekajse einlässt!« riefen sie ihm in die Ohren; und damit ließen sie ihn endlich in Ruhe.

3 Das Leben der Wildvögel

Bis zum Samstag durften die Wildgänse auf den Äckern bei Öved weiden, ohne von Smirre gestört zu werden. Aber als sie am Samstag früh auf das Feld hinüberkamen, lag er da im Hinterhalt und verfolgte sie von einem Acker zum anderen. Als nun Akka sah, dass er sie durchaus nicht in Ruhe lassen wollte, fasste sie einen raschen Entschluss, sie erhob sich hoch in die Luft und flog mit ihrer Schar mehrere Meilen weit über die Ebenen von Färs und dem Linderöder Bergrücken hin. Dort ließen sie sich in der Gegend von Vittskövle nieder. Dann wurde es wieder Sonntag. Eine ganze Woche war nun vergangen, seit der Junge verzaubert worden war, und noch immer war er ebenso klein wie am ersten Tage.

Aber es sah nicht aus, als ob ihm das großen Kummer machte. Am Sonntagnachmittag saß er auf einem großen, dichten Weidenbusch am Seeufer und blies auf einer Weidenpfeife. Ringsumher saßen so viele Meisen und Buchfinken und Stare, als auf dem Gebüsch Platz hatten, und zwitscherten ihre Weisen, die der Junge nachzublasen versuchte. Aber der Junge verstand sich nicht besonders auf diese Kunst; er blies so falsch, dass sich den kleinen Lehrmeistern alle Federn sträubten und sie in hellem Entsetzen schrien und mit den Flügeln schlugen. Der Junge aber lachte so herzlich über ihren Eifer, dass ihm die Pfeife entfiel.

Wieder begann er zu blasen, aber auch diesmal ging es nicht besser, und die ganze Vogelschar jammerte: »Heute spielst du noch schlechter als sonst, Däumling! Du bringst keinen reinen Ton heraus. Wo hast du nur deine Gedanken, Däumling?«

»Die sind anderswo,« antwortete der Junge. Und das war ganz wahr. Er musste immerfort daran denken, wie lange er wohl noch bei den Wildgänsen bleiben dürfte, und ob er am Ende schon an diesem Tage noch fortgeschickt werde.

Doch plötzlich warf der Junge die Pfeife weg und sprang von dem Weidenbusch herunter, denn er sah Akka und alle Gänse in einer langen Reihe auf sich zukommen. Sie schritten ungewöhnlich langsam und feierlich daher und dem Jungen wurde sogleich klar, dass er jetzt erfahren werde, was sie mit ihm zu tun gedächten.

Als die Gänse schließlich vor ihm stehen blieben, sagte Akka:

»Du hast allen Grund, dich über mich zu verwundern, weil ich mich noch nicht bei dir bedankt habe, dass du mich aus Smirres Klauen errettet hast. Aber ich gehöre zu denen, die lieber mit Taten als mit Worten danken. Und ich glaube, lieber Däumling, dass es mir gelungen ist, dir einen großen Dienst zu erweisen. Ich habe nämlich an das Wichtelmännchen, das dich verzaubert hat, Botschaft geschickt. Zuerst wollte es nichts davon hören, dich wieder in deine alte Gestalt zu verwandeln, aber ich habe eine Botschaft um die andere geschickt und ihm mitteilen lassen, wie gut du dich hier bei uns aufgeführt hast. Jetzt lässt es dich grüßen und dir sagen, dass du, sobald du wieder nach Hause zurückgekehrt seiest, wieder ein Mensch werden würdest.«

Aber wie merkwürdig! Ebenso vergnügt wie der Junge gewesen war, als Akka zu sprechen angefangen hatte, ebenso betrübt war er, als sie zu sprechen aufhörte. Er sagte kein Wort, sondern wendete sich nur ab und weinte.

»Was soll denn aber das bedeuten?« fragte Akka. »Es sieht aus, als habest du mehr von mir erwartet, als ich dir jetzt geboten habe.«

Aber der Junge dachte an sorgenfreie Tage und lustige Neckereien, an Abenteuer und Freiheit und an die Reisen hoch über der Erde hin, deren er nun verlustig gehen würde, und er weinte laut vor Kummer und Betrübnis. »Ich mache mir nichts daraus, wieder ein Mensch zu werden!« schluchzte er. »Ich will mit euch nach Lappland!«

»Ich will dir etwas sagen,« erwiderte Akka. »Das Wichtelmännchen ist sehr leicht verletzt und ich fürchte, es werde dir schwer werden, es ein andres Mal zu deinen Gunsten zu stimmen, wenn du sein Anerbieten jetzt ausschlägst.«

Es war von jeher merkwürdig gewesen, dass dieser Junge noch niemals jemand eigentlich lieb gehabt hatte, weder Vater noch Mutter, noch den Schullehrer, noch die Schulkameraden, noch die Jungen auf den Nachbarhöfen. Alles, was sie je von ihm verlangt hatten, einerlei, ob es sich um Spiel oder Arbeit handelte, war ihm langweilig vorgekommen. Deshalb gab es jetzt auch keinen Menschen, nach dem er sich gesehnt oder den er vermisst hätte.

Die einzigen, mit denen er sich einigermaßen vertragen hatte, waren das Gänsemädchen Åsa und ihr Bruder Klein-Mats gewesen, ein paar Kinder, die wie er auch Gänse hüteten. Aber auch mit ihnen verband ihn keine richtige Freundschaft. O nein, ganz und gar nicht!

»Ich will nicht wieder ein Mensch werden!« schluchzte der Junge. »Ich will euch nach Lappland begleiten! Deshalb bin ich eine ganze Woche lang artig gewesen.«

»Es soll dir nicht verweigert werden, uns zu begleiten, so lange du Lust hast,« sagte Akka. »Aber überlege dir nun zuerst, ob du nicht lieber nach Hause zurückkehren möchtest. Es könnte ein Tag kommen, wo du es bereust.«

»Nein,« sagte der Junge, »da ist nichts zu bereuen. Es ist mir noch nie so gut gegangen, wie hier bei euch.«

»Nun, dann sei es also, wie du willst,« sagte Akka.

»Danke, danke!« rief der Junge. Und er fühlte sich so glücklich, dass er jetzt ebenso vor Freude weinen musste, wie er vorher vor Kummer geweint hatte.

4 Haus Glimminge

Schwarze Ratten und graue Ratten

Im südöstlichen Schonen, nicht weit vom Meer entfernt, liegt eine alte Burg, Glimmingehaus genannt. Sie besteht aus einem einzigen hohen, großen und starken steinernen Bau, den man in der ebenen Gegend meilenweit sehen kann. Sie hat nur vier Stockwerke, ist aber so mächtig, dass ein gewöhnliches Bauernhaus, das auf demselben Gut steht, sich wie ein Puppenhäuschen dagegen ausnimmt.

Die äußeren Mauern und die Zwischenwände und Wölbungen dieses steinernen Hauses sind alle so dick, dass im Innern kaum noch für etwas andres Raum ist als für die dicken Quermauern. Die Treppen sind eng, die Gänge schmal und es sind nur wenig Zimmer da. Und damit die Mauern ihre Stärke behalten sollten, ist auch nur eine kleine Zahl Fenster in den oberen Stockwerken angebracht worden, in dem untersten aber sind überhaupt nur kleine Lichtöffnungen. In den alten Kriegszeiten waren die Menschen nur zu froh, wenn sie sich in ein so großes, starkes Haus einschließen konnten, wie jemand jetzt im eisigkalten Winter froh ist, wenn er in seinen Pelz hineinkriechen kann. Aber als die gute Friedenszeit kam, wollten die Leute nicht mehr in den dunkeln, kalten steinernen Räumen der Burg wohnen; sie haben schon seit langer Zeit Glimmingehaus verlassen und sind in Wohnungen gezogen, wo Luft und Licht hineindringen können.

Zu der Zeit, wo Nils Holgersson mit den Wildgänsen umherzog, befanden sich also keine Menschen in Glimmingehaus, aber deshalb fehlte es da doch nicht an Bewohnern. Auf dem Dach wohnte jeden Sommer ein Storchenpaar in einem großen Nest. Unter dem Dach wohnten zwei Nachteulen, in den Gängen hingen Fledermäuse, auf dem Herd in der Küche wohnte eine alte Katze und drunten im Keller gab es Hunderte von der alten Sorte der schwarzen Ratten.

Ratten stehen nicht gerade in großem Ansehen bei den anderen Tieren; aber die schwarzen Ratten auf Glimmingehaus machten eine Ausnahme und es wurde immer mit Achtung von ihnen gesprochen, weil sie im Streit mit ihren Feinden große Tapferkeit bewiesen hatten und auch sehr viel Ausdauer während der großen Unglückszeiten, die über ihr Volk hingegangen waren. Sie gehörten nämlich einem Rattenvolk an, das einmal sehr zahlreich und mächtig gewesen, jetzt aber am Aussterben war. Während einer langen Reihe von Jahren hatten die schwarzen Ratten, Landratten genannt, Schonen und das ganze Land besessen. Sie waren fast in jedem Keller zu finden gewesen, fast auf jedem Boden, in Scheunen und auf Heuböden, in Vorratskammern und Backstuben, in den Wirtschaftsgebäuden und Ställen, in Kirchen und Burgen, in Brennereien und Mühlen, sowie in allen anderen von Menschen bewohnten Gebäuden; aber jetzt waren sie von allen diesen vertrieben und beinahe ausgerottet. Nur auf dem einen oder anderen einsam gelegenen Platz konnte man noch einige antreffen, aber nirgends waren sie so zahlreich wie auf Glimmingehaus.

Wenn ein Tiervolk ausstirbt, beruht das meistens auf dem Vorgehen der Menschen; hier aber war das nicht der Fall gewesen. Die Menschen hatten freilich mit den schwarzen Ratten gekämpft, sie hatten ihnen aber keinen namhaften Schaden zufügen können. Wer sie besiegt hatte, das war ein Tiervolk ihres eignen Stammes gewesen, ein Volk, das man die grauen Ratten nannte. Die grauen Ratten, oder die Wanderratten, hatten nicht wie die schwarzen von Urzeiten her im Lande gewohnt. Sie stammten von ein paar armen Einwanderern her, die vor hundert Jahren von einem lybischen Schiff in Malmö ans Land gestiegen waren. Sie waren heimatlose, halb verhungerte Tröpfe, die in diesem Hafen ihren Aufenthalt nahmen, um die Pfeiler unter den Brücken herumschwammen und den Abfall fraßen, der ins Wasser geworfen wurde. Nie wagten sie sich in die Stadt hinein, die den schwarzen Ratten gehörte.

Aber allmählich, nachdem die grauen Ratten an Zahl zugenommen hatten, fassten sie Mut und gingen in die Stadt hinein. Anfangs zogen sie nur in ein paar alte verlassene Häuser, die die schwarzen Ratten aufgegeben hatten; sie suchten ihre Nahrung in Rinnsteinen und auf Misthaufen und nahmen mit allem Unrat vorlieb, den die schwarzen Ratten nicht anrühren wollten. Es waren wetterfeste, genügsame und unerschrockene Tiere und in ein paar Jahren waren sie so mächtig geworden, dass sie es unternahmen, die schwarzen Ratten von Malmö zu verjagen. Sie nahmen ihnen Dachräume, Keller und Magazine weg, hungerten sie aus, oder bissen sie tot, denn sie fürchteten sich durchaus nicht vor Kampf und Streit.

Und nachdem Malmö genommen war, zogen sie in kleineren und größeren Scharen aus, das ganze Land zu erobern. Es ist beinahe unbegreiflich, warum die schwarzen Ratten sich nicht zu einem großen gemeinsamen Heereszug versammelten und die grauen Ratten vernichteten, solange diese noch nicht zahlreich waren. Aber die schwarzen waren wohl von ihrer Macht so überzeugt, dass sie sich die Möglichkeit, das Land zu verlieren, gar nicht vorstellen konnten. Sie saßen ruhig auf ihren Besitztümern, und inzwischen nahmen ihnen die grauen Ratten Hof um Hof, Dorf um Dorf, Stadt um Stadt weg. Sie wurden ausgehungert, verdrängt, ausgerottet. In Schonen hatten sie sich nirgends halten können, ausgenommen auf Glimmingehaus.

Das alte steinerne Haus hatte so dicke Mauern und so wenige Rattengänge führten hindurch, dass es den schwarzen Ratten gelungen war, es zu halten und die grauen Ratten am Hereindringen zu verhindern. Ein Jahr ums andre, eine Nacht um die andre war der Streit zwischen den Angreifern und Verteidigern fortgegangen; aber die schwarzen Ratten hatten treulich Wache gestanden und mit der größten Todesverachtung gekämpft und dank dem alten, prächtigen Haus hatten sie bis jetzt immer gesiegt.

Es muss zugegeben werden, dass die schwarzen Ratten, solange sie die Macht gehabt hatten, von allen lebenden Geschöpfen ebenso verabscheut gewesen waren, wie die grauen es jetzt sind, und das mit vollem Recht. Sie hatten sich über arme gefesselte Gefangene geworfen und sie gequält, sie hatten Leichen aufgefressen, hatten die letzte Rübe aus dem Keller der Armen wegstibitzt, schlafenden Gänsen die Füße abgebissen, den Hühnern die Eier und ihre kleinen mit zartem Flaum bedeckten gelben Küken geraubt und tausend andre Missetaten vollführt. Aber seit das Unglück über sie gekommen war, war das alles wie vergessen, niemand konnte es unterlassen, die letzten des Geschlechts, die den grauen Ratten so lange widerstanden hatten, zu bewundern.

Die grauen Ratten, die auf dem Glimmingehof und dessen Umgebung wohnten, führten den Streit immer weiter und versuchten jede nur mögliche Gelegenheit zu benützen, sich der Burg zu bemächtigen. Man hätte meinen können, sie hätten die kleine Schar schwarzer Ratten wohl im Besitz von Glimmingehaus lassen können, da sie ja das ganze übrige Land besaßen, aber das fiel ihnen gar nicht ein. Sie pflegten zu sagen, es sei ihnen Ehrensache, die schwarzen Ratten doch noch zu besiegen. Aber wer die grauen Ratten kannte, wusste wohl, dass es einen anderen Grund hatte; die Menschen benützten nämlich Glimmingehaus als Kornspeicher und darum wollten die grauen keine Ruhe geben, bis sie es erobert hätten.

Der Storch

Eines Morgens wurden die Gänse, die draußen auf dem Eis des Vombsee standen und schliefen, durch laute Rufe in der Luft sehr früh geweckt. »Trirop! Trirop!« erklang es. »Trianut, der Kranich, lässt die Wildgans Akka und ihre Schar grüßen! Morgen findet der große Kranichtanz auf dem Kullaberg statt!«

Akka streckte schnell den Kopf in die Höhe und antwortete: »Schönen Dank und Gruß! Schönen Dank und Gruß!«

Darauf flogen die Kraniche weiter, aber die Wildgänse hörten noch lange, wie sie über jedem Feld und über jedem Waldhügel riefen: »Trianut lässt grüßen! Morgen findet der große Kranichtanz auf dem Kullaberg statt!«

Die Wildgänse freuten sich über diese Botschaft. »Du hast Glück,« sagten sie zu dem weißen Gänserich, »dass du bei dem großen Kranichtanz anwesend sein darfst.«

»Ist es denn etwas so Merkwürdiges, die Kraniche tanzen zu sehen?« fragte der Gänserich.

»Es ist etwas, was du dir nie träumen lassen könntest,« antworteten die Wildgänse.

»Nun müssen wir überlegen, was wir morgen mit Däumling tun, damit ihm kein Unglück widerfährt, während wir nach dem Kullaberg reisen,« sagte Akka.

»Däumling darf nicht allein bleiben!« rief der Gänserich. »Wenn die Kraniche ihm nicht erlauben, ihren Tanz mit anzusehen, dann bleibe ich bei ihm.«

»Keinem Menschen ist je vergönnt gewesen, der Versammlung der Tiere auf dem Kullaberg beizuwohnen,« sagte Akka, »und ich wage es nicht, Däumling dorthin mitzunehmen. Aber wir wollen später am Tag noch weiter darüber sprechen. Jetzt müssen wir vor allem daran denken, etwas zum Essen zu bekommen.«

Damit gab Akka das Zeichen zum Aufbruch. Auch an diesem Tag suchte sie Smirres wegen das Weidefeld in großer Entfernung und ließ sich erst bei den sumpfigen Wiesen ein Stück südlich von Glimmingehaus nieder.

Diesen ganzen Tag hindurch saß der Junge am Ufer eines kleinen Teichs und blies auf einer Rohrpfeife. Er war schlechter Laune, weil er den Kranichtanz nicht sehen sollte, und konnte sich nicht überwinden, mit dem Gänserich oder mit einer der Wildgänse ein einziges Wort zu sprechen.

Ach, wie bitter war es, dass Akka ihm noch immer misstraute! Wenn ein Junge es abgeschlagen hatte, wieder ein Mensch zu werden, weil er lieber mit einer Schar armer Wildgänse umherziehen wollte, dann müsste sie doch begreifen, dass er sie nicht verraten würde. Und ebenso gut müsste sie begreifen, dass es ihre Pflicht wäre, ihn alles Merkwürdige, was sie ihm nur zeigen könnte, sehen zu lassen; er hatte doch so viel aufgegeben, um bei den Wildgänsen zu bleiben.

»Ich muss ihnen meine Meinung gerade heraus sagen,« dachte er. Aber eine Stunde um die andre verging, ohne dass er seine Absicht ausgeführt hätte. Dies klingt vielleicht etwas merkwürdig, aber den Jungen war wirklich eine Art Ehrfurcht vor der alten Akka überkommen und er fühlte wohl, dass es nicht leicht sein würde, sich ihrem Willen zu widersetzen.

Auf der einen Seite der sumpfigen Wiese, wo die Gänse weideten, lag eine breite steinerne Mauer. Und da geschah es, dass der Blick des Jungen, als er gegen Abend den Kopf aufrichtete, um mit Akka zu sprechen, auf die Mauer fiel. Da entfuhr ihm ein kleiner Schrei der Verwunderung, so dass alle Gänse schnell aufsahen, und auch sie starrten überrascht nach derselben Stelle. Im ersten Augenblick glaubten alle, der Junge nicht ausgeschlossen, dass die grauen rundlichen Steine, aus denen das Mäuerchen bestand, Beine bekommen hätten und auf und davon gingen; aber bald sahen sie, dass es eine Schar Ratten war, die darüber hinlief. Sie bewegten sich sehr schnell und liefen dicht nebeneinander in Marschordnung vorwärts und es waren ihrer so viele, dass sie eine gute Weile das ganze Mäuerchen bedeckten.

Der Junge hatte sich vor Ratten gefürchtet, als er noch ein großer starker Mensch gewesen war. Wie sollte er das jetzt nicht tun, wo er so klein war, dass zwei oder drei von ihnen ihn überwältigen konnten? Ein Schauder nach dem anderen lief ihm den Rücken hinunter, während er den Rattenzug betrachtete.

Aber merkwürdigerweise schienen die Gänse ganz denselben Abscheu vor den Ratten zu haben. Sie sprachen nicht mit ihnen; und als die Ratten vorüber waren, schüttelten sie sich, als ob ihnen Schlick zwischen die Federn gekommen wäre.

»So viele graue Ratten unterwegs,« sagte Yksi von Vassijaure, »das ist kein gutes Zeichen.«

Jetzt wollte der Junge die Gelegenheit ergreifen und Akka sagen, dass er meine, sie müsste ihn eigentlich mit auf den Kullaberg nehmen; aber wieder wurde er daran verhindert, denn ein großer Vogel ließ sich ganz hastig mitten zwischen den Gänsen nieder.

Wenn man diesen Vogel ansah, hätte man denken können, er habe Leib, Hals und Kopf von einer kleinen weißen Gans entlehnt. Aber zu all dem hatte er sich große schwarze Flügel angeschafft, sowie lange rote Beine und einen langen, dicken Schnabel, der viel zu groß für den kleinen Kopf war und ihn herunterzog, so dass der Vogel ein etwas bekümmertes, sorgenvolles Aussehen bekam.

Akka legte in aller Eile ihre Flügel zurecht und verbeugte sich viele Male mit dem Halse, während sie dem Storch entgegenging. Sie war nicht besonders verwundert, ihn so früh im Jahr in Schonen zu sehen, weil sie wusste, dass die Storchenmännchen zu guter Zeit eintreffen, um nachzusehen, ob das Storchennest während des Winters keinen Schaden gelitten habe, ehe die Storchenweibchen sich der Mühe unterziehen, über die Ostsee zu fliegen. Aber sie verwunderte sich doch sehr, was es zu bedeuten habe, dass der Storch sie aufsuchte, denn der Storch geht am liebsten nur mit Leuten seines eigenen Stammes um.

»Ihre Wohnung wird doch nicht in Unordnung sein, Herr Ermenrich?« sagte Akka.

Nun zeigte es sich, dass es ganz wahr ist, wenn es heißt, der Storch öffne nur selten den Schnabel, ohne zu klagen. Und da es dem Storch schwer wurde, die Worte herauszubringen, so klang das, was er sagte, noch betrübter. Zuerst klapperte er eine gute Weile mit dem Schnabel und dann sprach er mit einer heiseren, schwachen Stimme. Er beklagte sich über alles Mögliche; das Nest hoch droben auf dem Dachfirst von Glimmingehaus sei von den Winterstürmen ganz verdorben, und er könne keine Nahrung finden. Die Menschen eigneten sich allmählich sein ganzes Besitztum an. Sie machten seine sumpfigen Wiesen urbar und bebauten seine Moore. Er habe im Sinn, von Schonen wegzuziehen und nie wieder zurückzukehren.

Während der Storch so klagte, konnte es Akka, die Wildgans, die nirgends Schutz und Schirm genoss, nicht lassen, im Stillen zu denken: »Wenn ich es so gut hätte wie Sie, Herr Ermenrich, dann würde ich zu stolz zum Klagen sein. Sie haben ein freier, wilder Vogel bleiben können und sind doch so gut bei den Menschen angeschrieben, dass keiner eine Kugel auf Sie abschießt oder ein Ei aus Ihrem Nest stiehlt.« Aber sie behielt ihre Gedanken für sich und zu dem Storch sagte sie nur, sie könne nicht glauben, dass er ein Haus verlassen wolle, das den Störchen schon seit seiner Erbauung als Heimat gedient hätte.

Jetzt fragte der Storch schnell, ob die Gänse den Zug der grauen Ratten nach Glimmingehaus gesehen hätten, und als Akka antwortete, ja, sie hätten das Teufelszeug wohl gesehen, erzählte er ihr von den tapferen schwarzen Ratten, die seit vielen Jahren die Burg verteidigt hätten. »Aber in dieser Nacht wird Glimmingehaus unter die Herrschaft der grauen Ratten kommen,« sagte der Storch seufzend.

»Warum gerade in dieser Nacht, Herr Ermenrich?« fragte Akka.

»Weil beinahe alle schwarzen Ratten, im Vertrauen darauf, dass alle anderen Tiere auch dorthin eilen würden, gestern Abend nach dem Kullaberg aufgebrochen sind,« antwortete der

Storch. »Aber sehen Sie, die grauen Ratten sind daheim geblieben, und jetzt versammeln sie sich, um in der Nacht in die Burg einzudringen, wenn diese nur von ein paar alten Schwächlingen, die nicht mit nach dem Kullaberg reisen können, verteidigt wird. Sie werden ja auch ihr Ziel erreichen; aber ich habe nun seit so vielen Jahren in friedlicher Nachbarschaft mit den schwarzen Ratten gelebt, dass es mir nicht gefällt, wenn ich mit deren Feinden Umgang pflegen soll.«

Jetzt verstand Akka, warum der Storch zu ihnen gekommen war; er war über die Handlungsweise der grauen Ratten so empört, dass er sich über sie beklagen wollte. Aber nach Art der Störche hätte er sicherlich nichts getan, das Unglück abzuwenden.

»Haben Sie den schwarzen Ratten Nachricht geschickt, Herr Ermenrich?« fragte Akka.

»Nein,« antwortete der Storch, »das würde nichts nützen. Ehe sie zurück sein können, ist die Burg genommen.«

»Seien Sie dessen nicht so ganz sicher, Herr Ermenrich,« sagte Akka. »Ich glaube, ich kenne eine alte Wildgans, die eine solche Schandtat gerne verhindern würde.«

Nachdem Akka dies gesagt hatte, hob der Storch den Kopf und sah sie groß an. Und das war nicht verwunderlich, denn die alte Akka hatte weder Klauen noch Schnabel, die in einem Kampf zu gebrauchen waren. Und überdies war sie ein Tagvogel, sobald die Nacht kam, schlief sie unfehlbar ein, während die Ratten gerade bei Nacht kämpften.

Aber Akka schien fest entschlossen, den schwarzen Ratten beizustehen. Sie rief Yksi von Vassijaure herbei und befahl ihr, die Gänse nach dem Vombsee zu führen, und als die Gänse Einwendungen machten, rief sie gebieterisch: »Ich glaube, es wird für uns alle das Beste sein, wenn ihr mir gehorcht. Ich muss nach dem großen Steinhaus fliegen und wenn ihr mich begleitet, ist es nicht zu vermeiden, dass die Leute vom Hofe uns sehen, und dann schießen sie auf uns. Der einzige, den ich mitnehmen will, ist Däumling. Er kann sich sehr nützlich machen, weil er gute Augen hat und bei Nacht wach zu bleiben vermag.«

An diesem Tag war der Junge in seiner störrischsten Laune und als er hörte, was Akka sagte, richtete er sich in seiner ganzen Länge auf und trat, die Hände auf dem Rücken und die Nase in der Luft, vor, um zu erklären, dass er sich nicht dazu hergeben wolle, mit Ratten zu kämpfen, und sich Akka also nach einer anderen Hilfe umsehen müsse.

Aber in dem Augenblick, wo er sich zeigte, begann der Storch sich zu regen. Er hatte nach der Gewohnheit der Störche mit gesenktem Kopf und den Schnabel gegen den Hals gedrückt, dagestanden. Jetzt begann es jedoch in seinem Hals zu gurgeln, als lache er. Er senkte den Schnabel blitzschnell, erfasste den Jungen und warf ihn ein paar Meter hoch in die Luft hinauf. Dieses Kunststück wiederholte er siebenmal, während der Junge schrie und die Gänse riefen: »Was tun Sie denn, Herr Ermenrich, das ist kein Frosch! Es ist ein Mensch, Herr Ermenrich!«

Endlich stellte der Storch den Jungen doch wieder ganz unbeschädigt auf die Erde. Hierauf sagte er zu Akka: »Ich fliege jetzt nach Glimmingehaus zurück, Mutter Akka. Alle, die dort wohnen, waren sehr ängstlich, als ich wegflog. Sie werden sicherlich sehr froh sein, wenn ich ihnen mitteile, dass die Wildgans Akka und Däumling, der Menschenknirps, kommen werden, sie zu retten.«

Damit streckte der Storch den Hals vor, schlug mit den Flügeln und flog wie ein Pfeil von einem straff gespannten Bogen davon. Akka verstand, dass er sich über sie lustig machte, ließ sich das aber nicht anfechten. Sie wartete, während der Junge seine Holzschuhe suchte, die der Storch von ihm abgeschüttelt hatte, dann setzte sie ihn auf ihren Rücken und flog dem Storch nach. Und der Junge leistete seinerseits keinen Widerstand und sagte auch kein Wort, dass er nicht mitwolle. Er ärgerte sich grün und gelb und schlug ein spöttisches Gelächter auf. Dieser eingebildete Geselle mit den langen roten Beinen glaubte wohl von ihm, er sei zu nichts nütze. Aber er würde ihm schon zeigen, was der Nils Holgersson von Westvemmenhög für ein Kerl war.

Einige Augenblicke später stand Akka im Storchennest auf Glimmingehaus. Es war ein großes, prächtiges Nest. Als Unterlage hatte es ein Rad und darauf mehrere Lagen Zweige und Rasenstücke. Das Nest war so alt, dass verschiedene Büsche und Kräuter da droben Wurzel geschlagen hatten; und wenn die Storchenmutter in der runden Vertiefung mitten im Nest auf ihren Eiern saß, konnte sie sich nicht allein an der großartigen Aussicht über einen Teil von Schonen erfreuen, sondern auch an wilden Rosen und Hauslauch.

Der Junge und Akka konnten gleich sehen, dass hier etwas Außergewöhnliches vorging. Auf dem Rande des Storchennestes saßen nämlich zwei Nachteulen, eine alte graugestreifte Katze und ein Dutzend uralte Ratten mit ausgewachsenen Zähnen und triefenden Augen. Das waren nicht gerade die Tiere, die man sonst in friedlicher Gemeinschaft sieht.

Keines von ihnen wendete sich um, Akka anzusehen oder zu begrüßen. Sie hatten für nichts einen Gedanken, sondern starrten nur unverwandt auf einige lange graue Linien, die da und dort auf den kahlen Winterfeldern zu sehen waren.

Alle schwarzen Ratten saßen ganz still da. Man sah ihnen an, dass sie in der größten Verzweiflung waren und wohl wussten, dass sie weder ihr eigenes Leben noch die Burg verteidigen konnten. Die beiden Eulen rollten ihre großen Augen und zuckten dabei unaufhörlich mit den Federkränzen, die diese umgaben. Dabei erzählten sie mit schauerlich krächzenden Stimmen von der Grausamkeit der grauen Ratten und sagten, derentwegen müssten sie jetzt ihre Wohnung verlassen, denn sie hätten gehört, dass diese Tiere weder Eier noch unflügge Junge verschonten. Die alte gestreifte Katze war ganz sicher, dass die grauen Ratten sie totbeißen würden, wenn sie in so großer Zahl in die Burg eindrängen, und sie keifte unaufhörlich mit den schwarzen Ratten. »Wie konntet ihr auch so dumm sein und eure besten Krieger weggehen lassen?« sagte sie. »Wie konntet ihr den grauen Ratten trauen? Es ist ganz unverzeihlich.«

Die zwölf Ratten erwiderten kein Wort; aber der Storch konnte es trotz seines Kummers nicht lassen, die Katze zu necken. »Hab keine Angst, Mausefängerin,« sagte er. »Siehst du nicht, dass Mutter Akka und Däumling gekommen sind, die Burg zu retten? Du kannst dich darauf verlassen, dass es ihnen gelingen wird. Jetzt muss ich mich zum Schlaf zurecht machen und ich tue es ganz beruhigt. Morgen, wenn ich erwache, wird keine einzige graue Ratte auf Glimmingehaus zu finden sein.«

Der Junge warf Akka einen Blick zu, der andeutete, wie gerne er dem Storch eins auf den Rücken versetzt hätte, als dieser sich jetzt auf den äußersten Rand des Nestes, das eine Bein in die Höhe gezogen, zum Schlafen aufstellte. Aber Akka sah gar nicht beleidigt aus, sie beschwichtigte den Jungen und sagte: »Es wäre sehr schlimm, wenn jemand, der so alt ist wie ich, sich nicht aus größeren Schwierigkeiten als dieser hier heraushelfen könnte. Wenn Sie, Herr und Frau Eule, da Sie sich die ganze Nacht wach halten können, ein paar Aufträge für mich besorgen wollen, dann wird, denke ich, alles noch gut werden.«

Die beiden Eulen waren willig, die Aufträge auszurichten, und Akka befahl dem Eulenmann, die weggereisten schwarzen Ratten aufzusuchen und ihnen zu raten, so schnell wie möglich heimzukehren. Die Eulenfrau aber schickte sie zu der Turmeule Flammea, die in der Domkirche zu Lund wohnte, und zwar mit einem so geheimnisvollen Auftrag, dass Akka ihn der Eulenfrau nur mit flüsternder Stimme anzuvertrauen wagte.

Der Rattenfänger

Es war gegen Mitternacht, als die grauen Ratten nach vielem Suchen endlich ein offenstehendes Kellerloch fanden. Es saß ziemlich hoch in der Mauer, aber die Ratten stellten sich aufeinander, immer eine auf die Schultern der vorhergehenden, und so dauerte es gar nicht lange, bis die mutigste von ihnen durch das Loch springen konnte, sofort bereit, in Glimmingehaus einzudringen, vor deren Mauern so viele ihrer Vorfahren gefallen waren.

Die graue Ratte saß eine Weile im Kellerloch und wartete, dass sie angefallen werde. Das Hauptheer der Verteidiger war allerdings abwesend, aber sie nahm an, dass die zurückgebliebenen schwarzen Ratten sich nicht ohne Kampf ergeben würden. Mit klopfendem Herzen horchte sie auf das kleinste Geräusch; aber alles blieb ganz still. Da fasste der Anführer der grauen Ratten sich ein Herz und sprang in den kalten, dunklen Keller hinein.

Eine graue Ratte nach der anderen folgte dem Anführer. Alle verhielten sich sehr still, und alle erwarteten, die schwarzen Ratten aus einem Hinterhalt hervorbrechen zu sehen. Erst als so viele in den Keller eingedrungen waren, dass keine mehr Platz auf dem Boden hatte, wagten sie sich weiter.

Obgleich sie noch nie in dem Gebäude selbst gewesen waren, fanden sie den Weg doch ohne jegliche Schwierigkeit, und sie fanden auch sehr bald die Gänge in den Mauern, deren die schwarzen Ratten sich bedient hatten, um in die oberen Stockwerke zu gelangen. Ehe sie diese schmalen und engen Treppen hinaufkletterten, lauschten sie wieder sehr aufmerksam nach allen Seiten. Dass sich die schwarzen Ratten so gänzlich zurückhielten, war ihnen viel unheimlicher, als wenn sie sich zu offenem Kampfe gestellt hätten. Sie konnten ihrem Glück kaum trauen, als sie das erste Stockwerk ohne Unfall erreicht hatten.

Gleich beim Eintreten schlug ihnen der Duft des Korns entgegen, das in großen Haufen auf dem Boden lag. Aber es war für sie noch nicht an der Zeit, ihren Sieg zu genießen. Mit der größten Sorgfalt durchsuchten sie zuerst die düsteren, kahlen Gemächer. Sie sprangen in der alten Schlossküche auf den Herd, der mitten auf dem Boden stand, und wären im nächsten Raum beinahe in einen Brunnen gestürzt. Keine einzige der schmalen Lichtöffnungen ließen sie unbeachtet, aber nirgends stießen sie auf schwarze Ratten.

Als nun dieses Stockwerk ganz und gar in ihrer Gewalt war, begannen sie, sich mit ganz derselben Vorsicht des zweiten zu bemächtigen. Wieder mussten sie eine mühevolle gefährliche Kletterpartie durch die Mauern machen, während sie in atemloser Angst erwarteten, dass der Feind über sie herfalle. Und obgleich sie der herrlichste Duft von den Kornhaufen lockte, zwangen sie sich doch, in größter Ordnung die frühere Gesindestube mit ihren mächtigen Pfeilern zu untersuchen, den steinernen Tisch und den Herd, die tiefen Fensternischen und das Loch im Boden, durch das man in früheren Zeiten siedendes Pech auf den eindringenden Feind hinuntergegossen hatte.

Aber die schwarzen Ratten waren und blieben unsichtbar. Die grauen suchten nun den Weg nach dem dritten Stockwerk mit dem großen Festsaal des Schlossherrn, der ebenso kahl und leer war wie alle anderen Gemächer des alten Hauses, und sie drangen sogar bis hinauf ins alleroberste Stockwerk, das nur aus einem einzigen großen, öden Raum bestand. Der einzige Ort, an den sie nicht dachten und den sie nicht untersuchten, war das große Storchennest auf dem Dache, wo gerade in diesem Augenblick die Eulenfrau Akka weckte und ihr mitteilte, dass die Turmeule Flammea ihrem Wunsche willfahrt habe und ihr das Erbetene schicke.

Nachdem die grauen Ratten also gewissenhaft die ganze Burg durchsucht hatten, fühlten sie sich beruhigt. Sie nahmen an, dass die schwarzen Ratten davongezogen seien, ohne an Widerstand zu denken, und frohen Herzens hüpften sie auf die Kornhaufen hinauf.

Aber kaum hatten sie die ersten Weizenkörner verzehrt, als da unten im Hof vor der Burg der weiche Ton einer kleinen scharfen Pfeife ertönte. Die Ratten hoben die Köpfe aus dem Korn, lauschten unbeweglich, sprangen ein paar Schritte vor, als wollten sie die Haufen verlassen, kehrten aber wieder um und begannen aufs neue zu fressen.

Wieder erklang die Pfeife mit starkem, durchdringendem Ton. Und jetzt geschah etwas Merkwürdiges. Eine Ratte, zwei Ratten, ja ein ganzer Trupp ließen die Körner los, sprangen aus den Kornhaufen heraus und liefen auf dem kürzesten Weg, so schnell sie konnten, in den Keller hinunter, um aus dem Haus hinauszukommen. Es waren jedoch noch viele graue Ratten zurückgeblieben. Diese dachten an die Mühe, die es sie gekostet hatte, Glimmingehaus zu erobern, und sie wollten es nicht wieder verlassen. Aber die Pfeifentöne nötigten sie noch einmal, und da mussten sie ihnen folgen. In wilder Eile stürzten auch sie aus den Kornhaufen heraus, rannten durch die engen Löcher in den Mauern und purzelten in ihrem Eifer, hinunterzukommen, übereinander.

Mitten auf dem Hofe stand ein kleiner Knirps, der auf einer Pfeife blies. Rund um sich her hatte er schon einen ganzen Kreis von Ratten, die ihm entzückt und hingerissen zuhörten, und mit jedem Augenblick strömten neue herbei. Sobald er die Pfeife nur eine Sekunde lang verstummen ließ, sah es aus, als ob die Ratten Lust hätten, sich auf ihn zu werfen und ihn totzubeißen, aber sobald er blies, waren sie unter seiner Macht.

Als der Knirps alle grauen Ratten aus Glimmingehaus herausgepfiffen hatte, begann er langsam zum Hof hinaus und auf die Landstraße zu wandern; und alle grauen Ratten folgten ihm, weil ihnen alle die Pfeifentöne so süß in den Ohren klangen, dass sie nicht widerstehen konnten.

Der Knirps ging vor ihnen her und lockte sie mit sich auf den Weg nach Vallby. Unaufhörlich blies er auf seiner Pfeife, die aus einem Tierhorn gemacht zu sein schien, obgleich das Horn so klein war, dass es in unseren Tagen kein Tier gibt, aus dessen Stirn es hätte gebrochen sein können. Es wusste auch niemand, wer die Pfeife verfertigt hatte. Aber die Turmeule Flammea hatte das Horn in einer Nische der Domkirche zu Lund gefunden;

sie hatte es dem Raben Bataki gezeigt, und diese beiden hatten miteinander ausgerechnet, dass dies eines von jenen Hörnern sein müsse, die in früheren Zeiten von den Menschen verfertigt worden waren, die sich Macht über Ratten und Mäuse verschaffen wollten. Der Rabe aber war Akkas Freund und von ihm hatte sie erfahren, dass Flammea einen solchen Schatz besaß.

Und es war in der Tat so, die Ratten konnten der Pfeife nicht widerstehen. Der Junge ging vor ihnen her und blies so lange, als die Sterne am Himmel strahlten, und die ganze Zeit liefen die Ratten hinter ihm her. Er blies beim Morgengrauen, er blies beim Sonnenaufgang und noch immer folgte ihm die ganze Rattenschar und wurde weiter und immer weiter von den großen Kornböden auf Glimmingehaus weggelockt.

5 Der grosse Kranichtanz auf dem Kullaberg

Es muss zugegeben werden, dass in ganz Schonen, wo doch so viele prächtige Schlösser sich erheben, keines von allen so schöne Mauern hat wie der alte Kullaberg.

Der Kullaberg ist niedrig und langgestreckt, er ist durchaus kein großes mächtiges Gebirge. Auf dem breiten Bergrücken liegen Wälder und Felder, und da und dort eine mit Heidekraut bewachsene Fläche. Es ist da oben weder besonders schön noch besonders merkwürdig, und es sieht da gerade so aus wie auf jeder anderen hochgelegenen Gegend in Schonen.

Wer die mitten über den Kamm des Berges hinlaufende Landstraße einschlägt, sagt sich unwillkürlich: »Dieses Gebirge verdient seine Berühmtheit gar nicht. Es gibt hier nichts Sehenswertes.«

Aber dann geschieht es vielleicht, dass er vom Wege abweicht und an den Rand des Berges tritt und über den schroffen Abhang hinabschaut, und da entdeckt er auf einmal so viel Sehenswertes, dass er kaum weiß, wie er alles auf einmal betrachten soll.

Denn der Kullaberg steht nicht wie andre Gebirge auf dem Festlande mit Ebnen und Tälern ringsherum, sondern er hat sich gleichsam so weit ins Meer hineingestürzt, als er überhaupt konnte. Nicht das kleinste Stückchen Land liegt unten am Berg, das ihn gegen die Meereswogen schützte; diese können ganz dicht bis an die Felsenwände heran, können sie auswaschen und nach Belieben formen.

Die merkwürdigen Bergwände mit dem weiten blauen Meer davor und der schimmernden scharfen Luft darüber, das alles zusammen macht das Kullagebirge den Menschen so lieb, dass den ganzen Sommer hindurch große Scharen von ihnen jeden Tag hinaufziehen. Schwerer wäre zu sagen, wodurch es für die Tiere so anziehend wird, dass sie sich jedes Jahr zu einer großen Spielversammlung da vereinigen. Aber dies ist eine Sitte, die seit uralten Zeiten beibehalten ist, und man hätte damals dabei sein müssen, als die erste Meereswoge am Kullaberg zu Schaum zerschellte, um erklären zu können, warum gerade er vor allen anderen zum Versammlungsort gewählt wurde.

Wenn die Zusammenkunft stattfinden soll, machen die Edelhirsche, die Rehe, die Hasen, die Füchse und die übrigen wilden Vierfüßler die Reise nach dem Kullagebirge schon in der Nacht zuvor, um nicht von den Menschen gesehen zu werden. Gerade vor Sonnenaufgang ziehen sie alle nach dem Spielplatz, einer mit Heidekraut bewachsenen Ebene links vom Weg, nicht besonders weit von dem höchsten Gipfel des Gebirges entfernt.

Der Spielplatz ist von allen Seiten von runden Felskuppen umgeben, die die Tiere vor jedermann verbergen, der nicht gerade zufällig an diesen Platz gerät. Und im März ist es nicht sehr wahrscheinlich, dass sich irgend ein Wanderer dorthin verirren sollte. Alle die Fremden, die sonst auf den Felsen herumstreifen und an den Gebirgswänden hinaufklettern, haben die Herbststürme schon vor vielen Monaten fortgejagt. Und der Leuchtturmwächter draußen auf dem äußersten Vorgebirge, die alte Frau im Kullahof und der Kullabauer und sein Hausgesinde gehen nur ihre gewohnten Wege und laufen nicht auf dem einsamen Heideland herum.

Wenn die Vierfüßler auf dem Spielplatz angelangt sind, lassen sie sich auf den runden Felsenkuppen nieder. Jede Tierart bleibt für sich, obgleich selbstverständlich an einem solchen Tag allgemeiner Burgfriede herrscht und kein Tier Angst zu haben braucht, von einem anderen überfallen zu werden. An diesem Tag könnte ein junges Häschen über den Hügel der Füchse hinspazieren, ohne auch nur einen von seinen langen Löffeln einzubüßen. Aber die Tiere stellen sich doch in abgesonderten Scharen auf; das ist alte Sitte.

Bei der großen Versammlung, die in dem Jahre stattfand, wo Nils Holgersson mit den Wildgänsen umherzog, kam Akka mit ihrer Schar später als alle anderen, und das war nicht zu verwundern, denn Akka hatte, um den Kullaberg zu erreichen, über ganz Schonen hinfliegen müssen. Außerdem hatte sie sich, sobald sie erwachte, zuerst nach Däumling umgesehen, der ja viele Stunden lang gegangen war, den grauen Ratten auf der Pfeife vorgeblasen und sie damit weit weg von Glimmingehaus gelockt hatte. Das Eulenmännchen war mit der Botschaft zurückgekehrt, dass die schwarzen Ratten gleich nach Sonnenuntergang daheim eintreffen würden und es war also keine Gefahr mehr, wenn man die Pfeife der Turmeule verstummen ließ und den grauen Ratten erlaubte, zu gehen, wohin sie wollten.

Aber nicht Akka war es, die den Jungen entdeckte, wie er mit seinem langen Gefolge dahinzog, und die sich ganz schnell auf ihn herabsenkte, ihn mit dem Schnabel erfasste und mit ihm in die Luft hinaufstieg, sondern Herr Ermenrich war es, der Storch. Denn auch Herr Ermenrich hatte sich aufgemacht, ihn zu suchen, und nachdem er ihn ins Storchennest hinaufgebracht hatte, bat er ihn um Verzeihung, dass er ihn am vorhergehenden Abend so unehrerbietig behandelt hätte.

Der Junge freute sich sehr darüber, und er und der Storch wurden recht gute Freunde. Akka war auch sehr freundlich gegen ihn und rieb ihren alten Kopf mehrere Male an seinem Arm. Aber am vergnügtesten wurde der Junge doch, als Akka den Storch fragte, ob er es für rätlich halte, dass sie Däumling mit auf den Kullaberg nähmen. »Ich glaube, wir können uns auf ihn ebenso gut verlassen wie auf uns selber,« sagte sie. »Er wird uns den Menschen sicher nicht verraten.«

Der Storch riet sogleich sehr eifrig, Däumling mitzunehmen. »Gewiss müssen Sie Däumling mit nach dem Kullaberg nehmen, Mutter Akka,« sagte er. »Es ist ein Glück für uns, dass wir ihn für alles, was er heute Nacht unseretwegen ausgestanden hat, belohnen können. Und da ich mich noch immer über mein gestriges unpassendes Benehmen gräme, werde ich selbst ihn auf meinem Rücken nach dem Versammlungsort tragen.«

Es gibt nicht viel, was besser schmeckt, als von solchen gelobt zu werden, die selbst klug und tüchtig sind, und der Junge hatte sich noch nie so glücklich gefühlt als jetzt, wo die Wildgans und der Storch auf diese Weise von ihm sprachen.

Der Junge machte also die Reise nach dem Kullaberg auf dem Rücken des Storches und obgleich er das für eine große Ehre hielt, verursachte es ihm doch viel Angst, denn Herr Ermenrich war ein Meister im Fliegen und flog mit ganz andrer Eile davon als die Wildgänse. Während Akka mit gleichmäßigen Flügelschlägen immer geradeaus flog, vergnügte sich der Storch mit einer Menge Flugkünste. Bald lag er in unermesslicher Höhe ganz still da und schwebte durch die Luft, ohne die Flügel zu bewegen, bald ließ er sich mit solcher Eile hinabsinken, dass es aussah, als stürze er hilflos wie ein Stein auf die Erde hinunter, bald flog er zu seinem Vergnügen in großen und kleinen Kreisen wie ein Wirbelwind um Akka herum. Der Junge hatte noch nie so etwas erlebt und obgleich er beständig von Angst erfüllt war, musste er im Stillen doch anerkennen, dass er früher nicht gewusst hatte, was man gut fliegen heißt.

Nur ein einziges Mal wurde während der Reise angehalten, das war, als Akka sich mit ihren Reisegefährten am Vombsee vereinigte und ihnen zurief, dass die grauen Ratten besiegt worden seien. Dann flogen alle miteinander geraden Wegs nach dem Kullaberg.

Hier ließen sie sich oben auf dem Hügel nieder, der den Wildgänsen aufgehoben war und als jetzt der Junge die Blicke von Hügel zu Hügel wandern ließ, sah er, dass auf dem einen das vielzackige Geweih der Edelhirsche und auf einem anderen die Nackenbüsche der grauen Habichte aufragten. Ein Hügel war rot von Füchsen, ein andrer schwarz und weiß von Seevögeln, einer grau von Ratten. Einer war mit schwarzen Raben besetzt, die unaufhörlich schrien, einer mit Lerchen, die nicht imstande waren, sich ruhig zu verhalten, sondern immer wieder in die Luft hinaufstiegen und vor Freude jubilierten.

Wie es von jeher Sitte auf dem Kullaberg ist, begannen die Krähen die Spiele und Vorstellungen des Tages mit einem Flugtanz. Sie teilten sich in zwei Scharen, die aufeinander zuflogen, sich trafen, dann umwendeten und aufs Neue begannen. Dieser Tanz hatte viele Runden und kam den Zuschauern, wenn sie die Tanzregeln nicht kannten, etwas zu einförmig vor. Die Krähen waren sehr stolz auf ihren Tanz, aber alle anderen Tiere waren froh, als er zu Ende war. Er kam ihnen ebenso düster und sinnlos vor, wie das Spiel des Wintersturmes mit den Schneeflocken. Sie wurden schon vom Ansehen ganz niedergedrückt und warteten eifrig auf etwas, das sie ein bisschen froh stimmen würde.

Sie brauchten auch nicht vergeblich zu warten, denn sobald die Krähen fertig waren, kamen die Hasen dahergesprungen. In einer langen Reihe, ohne besondere Ordnung strömten sie herbei. Dazwischen kam einer ganz allein, dann wieder drei oder vier in einer Reihe. Alle hatten sich auf die Hinterläufe aufgerichtet, und sie stürmten so schnell vorwärts, dass ihre langen Ohren nach allen Seiten schwankten. Während des Springens drehten sie sich im Kreis herum, machten hohe Sätze und schlugen sich mit den Vorderpfoten gegen die Rippen, dass es knallte. Einige schlugen viele Purzelbäume hintereinander, andre kugelten sich zusammen und rollten wie Räder vorwärts, einer stand auf einem Lauf und schwang sich im Kreis, ein andrer ging auf den Vorderpfoten. Es war durchaus keine Ordnung da, aber es war viel Aufregung bei diesem Spiel der Hasen, und die vielen Tiere, die zusahen, begannen schneller zu atmen. Jetzt war es Frühling. Lust und Freude waren im Anzug. Der Winter war vorüber, der Sommer nahte. Bald war das Leben nur noch ein Spiel!

Als die Hasen ausgetobt hatten, war die Reihe des Auftretens an den großen Vögeln des Waldes. Hunderte von Auerhähnen in glänzend schwarzem Staat und mit hellroten Augenbrauen warfen sich auf eine große Eiche, die mitten auf dem Spielplatz stand. Der Auerhahn, der auf dem obersten Zweig saß, blies die Federn auf, ließ die Flügel hängen und streckte den Schwanz in die Höhe, so dass die weißen Deckfedern sichtbar wurden. Hierauf streckte er den Hals vor und stieß ein paar Töne aus dem verdickten Hals heraus. »Tjäck, tjäck, tjäck!« klang es. Mehr konnte er nicht herausbringen, es gluckste nur mehrere Male tief drunten in seiner Kehle. Dann schloss er die Augen und flüsterte: »Sis, sis, sis – hört wie schön! Sis, sis, sis!« Und zugleich verfiel er in solche Verzückung, dass er nicht mehr wusste, was rings um ihn her geschah.

Während der erste Auerhahn noch mit seinem sis, sis fortfuhr, fingen die drei, die am nächsten unter ihm saßen, zu balzen an, und ehe sie die ganze Weise durchgebalzt hatten, begannen die zehn, die etwas weiter unten saßen; und so ging es von Zweig zu Zweig, bis alle die Hunderte von Auerhähnen balzten und glucksten und sisisten. Sie fielen alle in dieselbe Verzückung während ihres Gesanges und gerade das wirkte auf die anderen Tiere wie ein ansteckender Rausch. Das Blut war ihnen vorhin lustig und leicht durch die Adern geflossen, jetzt begann es schwer und heiß zu wallen. »Ja, es ist sicherlich Frühling,« dachten die vielen Tiervölker. »Die Winterkälte ist verschwunden, das Feuer des Frühlings ist auf der Erde angezündet.«

Als die Birkhühner merkten, dass die Auerhähne so großen Erfolg hatten, konnten sie sich nicht mehr still verhalten. Da kein Baum da war, wo sie Platz gehabt hätten, stürmten sie auf den Spielplatz hinunter, wo das Heidekraut so hoch stand, dass nur ihre schön geschwungenen Schwanzfedern und ihre dicken Schnäbel hervorsahen, und begannen zu singen: »Orr, orr, orr!«

Gerade als die Birkhühner mit den Auerhähnen zu wetteifern begannen, geschah etwas Unerhörtes. Während alle Tiere an nichts andres dachten als an das Spiel der Auerhähne, schlich sich ein Fuchs ganz leise an den Hügel der Wildgänse heran. Er ging sehr vorsichtig und kam weit auf den Hügel hinauf, bevor ihn jemand bemerkte. Plötzlich entdeckte ihn doch eine Gans und da sie sich nicht denken konnte, dass sich der Fuchs in guter Absicht zwischen die Gänse hineingeschlichen hätte, rief sie schnell: »Wildgänse, nehmt euch in acht! Nehmt euch in acht!« Der Fuchs packte sie am Halse, vielleicht hauptsächlich um sie zum Schweigen zu bringen, aber die Wildgänse hatten den Ruf schon vernommen und hoben sich in die Luft empor. Und als sie aufgeflogen waren, sahen alle Tiere den Fuchs Smirre mit einer toten Gans im Maule auf dem Hügel der wilden Gänse stehen.

Aber weil er also den Frieden des Spieltages gebrochen hatte, wurde schwere Strafe über Smirre verhängt, so dass er sein ganzes Leben lang bereuen musste, dass er seine Rachgier nicht hatte unterdrücken können, sondern es versucht hatte, auf diese Weise Akka und ihrer Schar zu nahe zu kommen. Schnell wurde er von einer Schar Füchse umringt und alter Sitte gemäß verurteilt. Der Urteilsspruch aber lautet: »Wer immer den Frieden des großen Spieltages bricht, wird des Landes verwiesen.« Kein Fuchs wollte das Urteil mildern, denn sie wussten alle, sobald sie etwas derartiges versuchten, würden sie in demselben Augenblick vom Spielplatz verjagt und ihnen nicht erlaubt werden, ihn je wieder zu betreten. Also wurde das Verbannungsurteil ohne Widerspruch Smirre kundgetan. Es wurde ihm untersagt, in Schonen zu verbleiben. Er wurde von seiner Frau und von seinen Verwandten geschieden, von Jagdrevier, Wohnung und von den Schlupfwinkeln, die er bisher zu eigen gehabt hatte und musste sein Glück in der Fremde versuchen. Und damit alle Füchse in Schonen wissen sollten, dass Smirre in dieser Landschaft vogelfrei war, biss ihm der älteste von den Füchsen die Spitze seines rechten Ohrs ab. Sobald dies getan war, begannen die jungen Füchse blutdurstig zu heulen und sich auf Smirre zu werfen. Es blieb ihm nichts andres übrig, als die Flucht zu ergreifen und mit allen jungen Füchsen an den Fersen rannte er vom Kullaberg fort.

Alles das geschah, während die Birkhühner und die Auerhähne miteinander wetteiferten. Aber diese Vögel vertiefen sich in solchem Grade in ihren Gesang, dass sie weder hören noch sehen und sie hätten sich auch gar nicht stören lassen.

Kaum war der Wettstreit der Waldvögel beendet, als die Edelhirsche von Häckeberga vortraten, ihr Kampfspiel zu zeigen. Mehrere Paare Edelhirsche kämpften zu gleicher Zeit. Sie stürzten mit großer Kraft aufeinander los, schlugen donnernd mit den Geweihen zusammen, so dass sich deren Stangen ineinander flochten und einer versuchte den anderen zurückzudrängen. Heidekrautbüschel flogen unter ihren Hufen auf, der Atem stand ihnen wie Rauch vor dem Maule, aus ihrer Kehle drang unheimliches Gebrüll und der Schaum floss ihnen am Bug hinunter.

Ringsum auf den Hügeln herrschte atemlose Stille, während die streitkundigen Hirsche im Treffen waren und bei allen Tieren regten sich neue Gefühle. Alle und jedes einzelne fühlten sich mutig und stark, voll wiederkehrender Kraft, vom Frühling neu geboren, hurtig zu jeder Art Abenteuer bereit. Sie fühlten keinen Zorn gegeneinander, doch hoben sich überall Flügel, Nackenfedern sträubten sich und Krallen wurden gewetzt. Wenn die Hirsche von Häckeberga noch einen Augenblick weitergekämpft hätten, würde auf allen Hügeln ein wilder Kampf entbrannt sein, weil bei allen Tieren ein brennender Eifer um sich gegriffen hatte, zu zeigen, dass auch sie voller Leben seien, dass die Ohnmacht des Winters vorüber sei, dass Kraft ihre Adern schwelle.

Aber die Edelhirsche beendigten ihren Kampf gerade im rechten Augenblick und schnell ging ein Flüstern von Hügel zu Hügel: »Jetzt kommen die Kraniche!«

Und da kamen die grauen wie in Dämmerung gekleideten Vögel, mit langen Federbüschen in den Flügeln und rotem Federschmuck im Nacken. Die Vögel mit ihren langen Beinen, ihren schlanken Hälsen und ihren kleinen Köpfen glitten in geheimnisvoller Verwirrung von ihrem Hügel herab. Während sie vorwärts glitten, drehten sie sich halb fliegend, halb tanzend im Kreise herum. Die Flügel anmutig erhoben, bewegten sie sich mit unfasslicher Schnelligkeit. Es war, als spielten graue Schatten ein Spiel, dem das Auge kaum zu folgen vermochte. Es war, als hätten sie es von den Nebeln gelernt, die über die einsamen Moore hinschweben. Ein Zauber lag darin; alle, die noch nie auf dem Kullaberg gewesen waren, begriffen nun, warum die ganze Versammlung ihren Namen von dem Kranichtanz hat. Es lag eine gewisse Wildheit darin, aber das Gefühl, das diese erweckte, war eine holde Sehnsucht. Niemand dachte jetzt mehr daran, zu kämpfen. Dagegen fühlten jetzt alle, die Beflügelten und die Flügellosen, einen Drang in sich, ungeheuer hoch hinaufzusteigen, ja bis über die Wolken hinauf, um zu sehen, was sich darüber befinde, einen Drang, den schweren Körper zu verlassen, der sie auf die Erde hinabzog, und nach dem Überirdischen hinzuschweben.

Eine solche Sehnsucht nach dem Unerreichbaren, nach dem hinter dem Leben Verborgenen fühlten die Tiere nur einmal im Jahre, und zwar an dem Tag, wo sie den großen Kranichtanz sahen.

6 Im Regenwetter

Nun kam der erste Regentag während der Reise. Solange sich die Wildgänse in der Nähe des Vombsees aufgehalten hatten, war schönes Wetter gewesen; an demselben Tag, wo sie ihre Reise nach dem Norden fortsetzten, begann es zu regnen, und der Junge saß stundenlang tropfnass und vor Kälte zitternd auf dem Rücken des Gänserichs.

Am Morgen, als sie fortzogen, war es hell und warm gewesen. Die Wildgänse hatten sich hoch in die Luft erhoben, gleichmäßig und ohne Eile in strenger Ordnung mit Akka an der Spitze, und die übrigen in zwei scharfen Linien hinter ihr, flogen sie dahin. Sie hatten sich keine Zeit genommen, den Tieren auf den Feldern kleine Bosheiten zuzurufen, aber da sie nicht imstande waren, sich ganz still zu verhalten, ließen sie unaufhörlich im Takt mit ihren Flügelschlägen ihren gewöhnlichen Lockruf ertönen: »Wo bist du? Hier bin ich! Wo bist du? Hier bin ich!«

Es war eine einförmige Reise gewesen; und als die Regenwolken allmählich auftauchten, dachte der Junge, das sei doch einmal eine Abwechslung. Früher, wo er die Regenwolken nur von unten gesehen hatte, waren sie ihm immer grau und langweilig vorgekommen, aber hoch droben zwischen ihnen zu sein, das war etwas ganz andres. Der Junge sah deutlich, dass die Wolken ungeheure Lastwagen waren, die berghoch beladen am Himmel hinfuhren; die einen waren mit riesigen grauen Säcken bepackt, andre mit Tonnen, die so groß waren, dass sie einen ganzen See fassen konnten, wieder andre furchtbar hoch mit großen Kesseln und Flaschen. Und nachdem so viele aufgefahren waren, dass sie den ganzen Himmelsraum füllten, war es, als habe ihnen jemand ein Zeichen gegeben, denn sie begannen alle auf einmal aus Kesseln, Tonnen, Flaschen und Säcken Wasser auf die Erde hinunterzugießen.

In dem Augenblick, wo die ersten Frühlingsgüsse auf die Erde prasselten, stießen alle die kleinen Vögel in den Gehölzen und auf den Wiesen solche Freudenrufe aus, dass die ganze Luft davon widerhallte und der Junge auf seinem Gänserücken erschreckt zusammenfuhr. »Jetzt bekommen wir Regen, der Regen bringt uns den Frühling, der Frühling gibt uns Blumen und grünes Laub und die Blumen geben uns Raupen und Insekten und Raupen und Insekten geben uns Nahrung! Viele und gute Nahrung ist das Beste, was es gibt!« sangen die Vögelein.

Auch die Wildgänse freuten sich über den Frühlingsregen, der die Pflanzen aus ihrem Winterschlaf weckte und die Eisdecke auf den Seen zerbrach. Es war ihnen nicht möglich, noch länger so ernst zu bleiben wie bisher und sie fingen an, lustige Rufe auf die Landschaft unter ihnen hinabzuschicken.

Als sie über die großen Kartoffelfelder, die bei Kristianstadt besonders gut sind und die jetzt noch schwarz und kahl dalagen, hinflogen, riefen sie: »Wacht jetzt auf und bringt Nutzen! Der Frühling ist da, der euch weckt! Nun habt ihr auch lange genug gefaulenzt!«

Wenn sie Menschen sahen, die sich beeilten, unter Dach und Fach zu kommen, ermahnten sie sie und sagten: »Warum habt ihr es denn so eilig? Seht ihr nicht, dass es Brot und Kuchen regnet? Brot und Kuchen!«

Eine große dicke Wolke bewegte sich rasch in nördlicher Richtung vorwärts und schien den Gänsen zu folgen. Sie glaubten wohl, dass sie die Wolke mit sich zögen, denn als sie jetzt gerade große Gärten unter sich sahen, riefen sie ganz stolz: »Hier kommen wir mit Anemonen! Wir kommen mit Rosen, mit Apfelblüten und Kirschenknospen! Wir kommen mit Erbsen und Bohnen, mit Weizen und Roggen! Wer Lust hat, greife zu! Wer Lust hat, greife zu!«

So hatte es geklungen, während die ersten Regenschauer fielen, wo sich noch alle über den Regen freuten. Als es aber den ganzen Nachmittag fortregnete, wurden die Gänse ungeduldig und riefen den durstigen Wäldern rings um den Ivösee zu: »Habt ihr noch nicht bald genug? Habt ihr noch nicht bald genug?«

Der Himmel überzog sich immer mehr mit einem gleichmäßigen Grau und die Sonne verbarg sich so gut, dass niemand herausfand, wo sie steckte. Der Regen fiel dichter, er klatschte schwer auf die Gänseflügel und drang durch die eingeölten Außenfedern bis auf die Haut durch. Die Erde dampfte, Seen, Gebirge und Wälder flossen zu einem undeutlichen Wirrwarr zusammen und die Wegzeiger waren nicht mehr zu erkennen. Die Fahrt ging immer langsamer, die lustigen Zurufe verstummten und der Junge fühlte die Kälte immer mehr.

Aber doch hielt er den Mut aufrecht, solange er durch die Luft ritt. Auch am Abend, als sie sich unter einer kleinen Kiefer niedergelassen hatten, mitten auf einem großen Moor, wo alles nass und kalt war, wo die einen Erdhaufen mit Schnee bedeckt waren und die anderen kahl aus einem Tümpel halbgeschmolzenen Eiswassers aufragten, war er noch nicht mutlos gewesen, sondern war fröhlich umhergelaufen und hatte sich Krähenbeeren und gefrorene Preiselbeeren gesucht. Aber dann wurde es Abend und die Dunkelheit senkte sich so tief herab, dass nicht einmal solche Augen, wie der Junge jetzt hatte, hindurchdringen konnten, und das weite Land sah merkwürdig unheimlich und schreckenerregend aus. Unter dem Flügel des Gänserichs lag der Junge zwar wohl eingebettet, aber Kälte und Feuchtigkeit hinderten ihn am Einschlafen. Er hörte auch so viel Gerassel und Geprassel und drohende Stimmen ringsum, dass ihn furchtbares Entsetzen ergriff und er nicht wusste, wohin er sich wenden sollte. Wenn er sich nicht zu Tode ängstigen sollte, dann musste er fort, dahin, wo es ein wärmendes Feuer und Licht gab.

»Wie wärs, wenn ich mich nur diese eine Nacht zu den Menschen hineinwagte?« dachte er. »Nur so, dass ich ein Weilchen an einem Feuer sitzen dürfte und einen Mundvoll zu essen bekäme. Vor Sonnenaufgang könnte ich ja zu den Gänsen zurückkehren.«

Er kroch sachte unter dem Flügel hervor und glitt auf den Boden hinunter. Weder der Gänserich noch eine der anderen Gänse erwachte, und leise und unbemerkt schlich er über das Moor weg.

Er wusste nicht recht, in welchem Teil des Landes er sich befand, ob in Schonen, in Småland oder in Blekinge.

Aber gerade, bevor sich die Gänse auf dem Moor niedergelassen hatten, hatte er einen Schein von einer großen Stadt gesehen, und dorthin lenkte er jetzt seine Schritte. Es dauerte auch nicht lange, bis er einen Weg fand, und bald war er auf der langen mit Bäumen eingefassten Landstraße, wo auf jeder Seite Hof an Hof lag.

Die Wohnhäuser waren aus Holz und sehr hübsch gebaut. Die meisten hatten mit geschnitzten Leisten verzierte Giebel, und die Glasveranden waren mit der einen und anderen bunten Scheibe versehen. Die Wände waren mit heller Ölfarbe angestrichen, die Türen und Fensterrahmen leuchteten blau und grün, hin und wieder auch rot. Während der Junge dahinwanderte und die Häuser betrachtete, hörte er sogar, wie die Leute in den warmen Stuben plauderten und lachten. Die Worte konnte er nicht verstehen, aber es kam ihm sehr schön vor, menschliche Stimmen zu hören. »Ich möchte wissen, was sie sagen würden, wenn ich anklopfte und um Einlass bäte?« dachte er.

Das war es ja, was er im Sinn gehabt hatte; aber beim Anblick der erleuchteten Fenster war seine Angst vor der Dunkelheit verschwunden. Dagegen fühlte er jene Scheu, die ihn immer in der Nähe der Menschen überkam. »Ich werde mich eine Weile in dem Dorf umsehen,« dachte er, »ehe ich bei jemand um Obdach und Speise anhalte.«

An einem Haus war ein Balkon. Und gerade als der Junge vorüberging, wurden die Balkontüren aufgemacht, und durch feine, lichte Vorhänge strömte ein gelber Lichtschein heraus. Dann trat eine schöne junge Frau heraus und beugte sich über das Geländer. »Es regnet, jetzt wird es bald Frühling,« sagte sie. Als der Junge sie sah, überkam ihn zum ersten Mal ein merkwürdiges Angstgefühl. Es war ihm, als müsse er weinen. Zum ersten Mal ergriff ihn eine gewisse Unruhe darüber, dass er sich selbst von den Menschen ausgeschlossen hatte.

Kurz nachher kam er an einem Kaufladen vorüber. Vor dem Haus stand eine rote Sämaschine. Er blieb stehen und sah sie an und kroch schließlich auf den Bock hinauf. Als er droben saß, schnalzte er mit der Zunge und tat, als fahre er. Er dachte, welches Glück das wäre, wenn er eine so schöne Maschine über einen Acker fahren dürfte.

Einen Augenblick lang hatte er ganz vergessen, wie er jetzt aussah, aber gleich erinnerte er sich wieder daran und eilig sprang er von der Maschine herunter. Eine immer größere Unruhe bemächtigte sich seiner. Ja, wer beständig unter Tieren leben musste, kam doch in vielem zu kurz. Die Menschen waren wirklich recht merkwürdige und tüchtige Geschöpfe.

Er ging an der Post vorbei und dachte da an die Zeitungen, die jeden Tag mit Neuigkeiten von allen vier Enden der Welt kommen. Er sah die Apotheke und die Doktorwohnung, und da musste er denken, welche große Macht die Menschen doch hatten, dass sie Krankheit und Tod bekämpfen konnten. Er kam an die Kirche und dachte an die Menschen, die sie erbaut hatten, um in ihr von einer anderen Welt zu hören, einer Welt außerhalb der, in der sie lebten, sowie von Gott und Auferstehung und einem ewigen Leben.

Und je weiter er kam, desto besser gefielen ihm die Menschen.

Kinder können eben niemals weiter sehen, als ihre Nase lang ist. Was am nächsten vor ihnen liegt, nach dem strecken sie die Hand aus, ohne sich darum zu kümmern, was es sie kosten könnte. Nils Holgersson hatte kein Verständnis dafür gehabt, was er verloren gab, als er ein Wichtelmännchen zu bleiben wünschte; jetzt aber ergriff ihn eine furchtbare Angst, er würde am Ende nie wieder seine rechte Gestalt erlangen können.

Aber wie in aller Welt müsste er es angreifen, um wieder ein Mensch zu werden? Das hätte er schrecklich gerne gewusst.

Er kroch auf eine Haustreppe hinauf und setzte sich da mitten in den strömenden Regen, um zu überlegen. Er saß eine Stunde da, zwei Stunden, und sann und grübelte mit tiefgefurchter Stirn. Aber er wurde nicht klüger; es war, als ob sich seine Gedanken nur immer in seinem Kopf im Kreise drehten. Und je länger er dasaß, desto unmöglicher erschien es ihm, irgendeine Lösung zu finden.

»Dies ist sicherlich viel zu schwer für einen, der so wenig gelernt hat wie ich,« dachte er schließlich. »Ich werde jedenfalls zu den Menschen zurückkehren müssen. Dann muss ich den Pfarrer und den Doktor und den Schullehrer fragen, und auch noch andre, die gelehrt sind und Hilfe für so etwas wissen.«

Ja, er beschloss, dies sogleich zu tun; er stand auf und schüttelte sich, denn er war so nass wie ein Hund, der in einem Wassertümpel gewesen ist.

In diesem Augenblick sah er, dass eine große Eule daherflog und sich auf einen der Bäume an der Straße niederließ. Gleich darauf begann eine Waldeule, die unter der Dachleiste saß, sich zu bewegen und zu rufen: »Kiwitt, kiwitt, bist du wieder da, Sumpfeule? Wie ist es dir im Ausland gegangen?«

»Danke der Nachfrage, Waldeule, es ist mir gut gegangen,« sagte die Sumpfeule. »Ist während meiner Abwesenheit irgendetwas Merkwürdiges passiert?«

»Nicht hier in Blekinge, Sumpfeule, aber in Schonen ist ein Junge in ein Wichtelmännchen verwandelt und so klein gemacht worden wie ein Eichhörnchen, und dann ist der Junge mit einer zahmen Gans nach Lappland gereist.«

»Das ist ja eine sonderbare Neuigkeit, eine sonderbare Neuigkeit! Kann er jetzt nie wieder ein Mensch werden, Waldeule? Sag, kann er nie wieder ein Mensch werden?«

»Das ist ein Geheimnis, Sumpfeule, aber du sollst es doch wissen. Das Wichtelmännchen hat gesagt, wenn der Junge die zahme Gans bewacht, dass sie unbeschädigt wieder heimkommen und – – –«

»Und was noch, Waldeule, was noch?«

»Fliege mit mir auf den Kirchturm hinauf, dann sollst du alles erfahren. Ich habe Angst, es könnte uns hier auf der Straße jemand zuhören.«

Damit flogen die beiden Eulen davon, aber der Junge warf seine Mütze hoch in die Luft. »Wenn ich nur über den Gänserich wache, damit er unbeschädigt wieder heimkommt, dann werde ich wieder ein Mensch. Hurra! Hurra! Dann werde ich wieder ein Mensch!«

Er schrie Hurra und es war merkwürdig, dass man ihn drinnen im Hause nicht hörte. Aber das war nicht der Fall und der Junge lief zurück zu den Wildgänsen auf das nasse Moor hinaus, so schnell ihn seine Beine tragen konnten.

7 Am Ronnebyfluss

Weder die Wildgänse noch der Fuchs Smirre hatten geglaubt, dass sie je wieder zusammentreffen würden, nachdem dieser Schonen verlassen hatte. Aber nun geschah es, dass die Wildgänse ihren Weg über Blekinge nahmen, und da hatte sich Smirre auch hinbegeben. Er hatte die Zeit bis jetzt in dem nördlichen Teil dieser Landschaft verbracht und war äußerst missvergnügt über diesen Aufenthalt. Eines Nachmittags, als Smirre in einer einsamen Waldgegend, nicht weit von dem Ronnebyfluss entfernt, umherstreifte, sah er eine Schar Wildgänse daherfliegen. Er sah sogleich, dass eine der Gänse weiß war, und da wusste er ja, mit wem er es zu tun hatte.

Und sofort begann Smirre hinter den Gänsen herzujagen, einmal, weil ihn nach einer guten Mahlzeit gelüstete, dann aber auch in der Absicht, sich für all den Verdruss zu rächen, den sie ihm bereitet hatten. Er sah sie ostwärts bis zum Ronnebyfluss fliegen; dort änderten sie die Richtung und zogen weiter nach Süden. Er erriet, dass sie sich am Flussufer eine Schlafstätte suchten, und hoffte, ohne besondere Schwierigkeit einige von ihnen erwischen zu können.

Aber als Smirre endlich den Ort erblickte, wo die Gänse sich niedergelassen hatten, entdeckte er, dass es ein sehr gut beschützter Platz war, und dass er ihnen nicht beikommen konnte.

Der Ronnebyfluss ist zwar kein großer und mächtiger Wasserlauf, aber er ist seiner schönen Ufer wegen doch sehr berühmt. Einmal ums andre zwängt er sich zwischen steilen Gebirgswänden hindurch, die senkrecht aus dem Wasser aufragen und vollständig mit Geißblatt, Faulkirschen und Weißdorn, mit Erlen, Ebereschen und Weiden bewachsen sind; an einem schönen Sommertag gibt es nicht leicht etwas angenehmeres, als auf dem kleinen, dunklen Fluss dahinzurudern und hinaufzuschauen in all das Grün, das sich an den rauhen Felswänden festklammert.

Aber jetzt, als die Wildgänse und Smirre an den Fluss kamen, herrschte noch der kalte, raue Vorfrühling, alle Bäume standen noch kahl, und niemand dachte auch nur mit einem Gedanken daran, ob die Ufer schön oder hässlich seien.

Die Wildgänse waren indes sehr froh, dass sie unter einer so steilen Bergwand einen schmalen Sandstreifen sahen, gerade groß genug, um die ganze Schar aufzunehmen. Vor ihnen brauste der Fluss, der jetzt, wo der Schnee schmolz, wild und angeschwollen war, hinter sich hatten sie die unbesteigbaren Felsenwände und herabhängende Zweige verdeckten sie; sie hätten es nicht besser haben können.

Smirre stand oben auf dem Gebirgskamm und schaute zu den Wildgänsen hinunter. »Diese Verfolgung kannst du ebenso gut gleich aufgeben,« sagte er zu sich selbst. »Einen so steilen Berg kannst du nicht hinunterklettern, durch den wilden Strom kannst du nicht schwimmen, und unten am Berg ist auch nicht der kleinste Streifen Land, der zur Schlafstelle der Gänse führen würde. Diese Gänse sind dir zu klug, Reineke. Gib dir keine Mühe mehr, sie zu jagen.«

Aber wie anderen Füchsen auch, wurde es Smirre schwer, ein halb ausgeführtes Unternehmen aufzugeben; er legte sich deshalb ganz außen an den Bergrand und verwandte kein Auge von den Wildgänsen. Während er sie so betrachtete, dachte er an all das Böse, das sie ihm zugefügt hatten. Ja, ihre Schuld war es, dass er aus Schonen verbannt worden war und nach Blekinge hatte flüchten müssen, wo er bis jetzt noch keinen Herrenhofpark, keine zahmen Gänse, kein Wildgehege voller Rehe und leckerer Rehzicklein gesehen hatte. Er arbeitete sich in eine solche Wut hinein, während er so dalag, dass er den Gänsen Tod und Verderben wünschte, sogar wenn er selbst nicht dazu kommen sollte, sie zu verspeisen.

Als Smirres Zorn diesen hohen Grad erreicht hatte, hörte er in einer großen Kiefer dicht neben sich ein Geraschel, und er sah ein Eichhörnchen, das von einem Marder heftig verfolgt wurde, den Baum herunterlaufen. Keines von den beiden bemerkte Smirre, der sich ganz ruhig verhielt und der Jagd zusah, die von Baum zu Baum ging. Er betrachtete das Eichhörnchen, das so leicht durch die Bäume huschte, als ob es fliegen könnte. Er betrachtete auch den Marder, der kein so kunstgerechter Kletterer war wie das Eichhörnchen, aber doch die Baumstämme hinauf und hinunter lief, als seien es ebene Waldpfade.

»Könnte ich nur halb so gut klettern wie eins von diesen beiden,« dachte der Fuchs, »dann dürften die dort drunten nicht länger in Ruhe schlafen.«

Sobald die Jagd zu Ende und das Eichhörnchen gefangen war, ging Smirre zu dem Marder hin, machte aber zum Zeichen, dass er ihn seiner Jagdbeute nicht berauben wolle, auf zwei Schritt Abstand vor ihm Halt. Er begrüßte den Marder sehr freundlich und gratulierte zu dem Ausfall der Jagd. Smirre setzte seine Worte sehr gut, wie dies beim Fuchs immer der Fall ist. Der Marder dagegen, der sich mit seinem langen, schmalen Körper, seinem feinen Kopf, seinem weichen Fell und seinem hellbraunen Fleck am Halse wie ein kleines Wunder von Schönheit ausnimmt, ist in Wirklichkeit nur ein ungeschlachter Waldbewohner und gab dem Fuchs kaum eine Antwort.

»Nur eins verwundert mich,« fuhr Smirre fort, »dass sich ein solcher Jäger wie du mit der Jagd auf Eichhörnchen begnügt, wenn sich so viel besseres Wildbret in erreichbarer Nähe befindet.« Hier hielt er inne und wartete auf eine Erwiderung, aber als der Marder ihn, ohne ein Wort zu sagen, ganz unverschämt angrinste, fuhr er fort: »Wäre es möglich, dass du die Wildgänse dort unten an der Felswand nicht gesehen hättest? Oder bist du kein so guter Kletterer, dass du nicht zu ihnen hinunter gelangen könntest?«

Diesmal brauchte Smirre nicht auf Antwort zu warten. Der Marder stürzte mit gekrümmtem Rücken und gesträubtem Fell auf ihn zu. »Hast du Wildgänse gesehen?« zischte er ihn an. »Wo sind sie? Sag es schnell, sonst beiße ich dir die Gurgel entzwei.«

»Nun, nun, vergiss nicht, dass ich doppelt so groß bin wie du, und sei ein bisschen höflich. Ich wünsche gar nichts weiter, als dir die Wildgänse zu zeigen.«

Einen Augenblick später war der Marder auf dem Wege den Abhang hinunter, und während Smirre zusah, wie er seinen schlangendünnen Körper von Zweig zu Zweig schwang, dachte er: »Dieser schöne Baumjäger hat das grausamste Herz der ganzen Schöpfung. Ich glaube, die Wildgänse werden mir für ein blutiges Erwachen zu danken haben.«

Aber gerade, als Smirre den Todesschrei der Gänse zu hören erwartete, sah er den Marder in den Fluss hinunterplumpsen, so dass das Wasser hoch aufspritzte. Und gleich nachher erklang starkes Flügelschlagen, und alle Gänse flogen in wilder Hast auf.

Smirre wollte den Gänsen schnell nachjagen, aber er war so neugierig zu erfahren, wie sie gerettet worden waren, dass er stehen blieb, bis der Marder wieder heraufgeklettert kam. Der Ärmste war patschnass und hielt ab und zu an, um sich den Kopf mit den Vorderpfoten zu reiben.

»Ich habe mir doch gedacht, dass du ein Tölpel wärst und in den Fluss fallen würdest,« sagte Smirre verächtlich.

»Ich habe mich nicht tölpelhaft angestellt, und du hast nicht nötig, mich zu schelten,« erwiderte der Marder. »Ich saß schon auf einem der untersten Zweige und überlegte, wie ich eine ganze Menge von ihnen töten könnte, als ein kleiner Knirps, nicht größer als ein Eichhörnchen, aufsprang und mir mit solcher Kraft einen Stein an den Kopf warf, dass ich ins Wasser purzelte, und ehe ich wieder aus dem Wasser herauskrabbeln konnte – –«

Der Marder brauchte nicht weiter zu berichten. Er hatte keinen Zuhörer mehr. Smirre war schon weit weg hinter den Gänsen her.

Indessen war Akka südwärts geflogen, eine neue Schlafstelle zu suchen. Es war noch ein wenig Tagesschein vorhanden, und der Halbmond stand hoch am Himmel, so dass sie einigermaßen sehen konnte. Zum Glück kannte sie sich gut in der Gegend aus, denn es war mehr als einmal vorgekommen, dass die Gänse, wenn sie im Frühjahr über die Ostsee flogen, nach Blekinge verschlagen worden waren.

Sie flog also am Fluss hin, solange sie ihn durch die mondscheinbeglänzte Landschaft wie eine schwarze, blinkende Schlange dahingleiten sah. Auf diese Weise gelangten sie bis hinunter zum Tiefen Fall, wo der Fluss sich in einer unterirdischen Rinne verbirgt und dann klar und durchsichtig, wie wenn er von Glas wäre, sich in eine enge Schlucht hinabstürzt, auf deren Boden er in glitzernde Tropfen und umherspritzenden Schaum zerschellt. Unterhalb des Falles lagen einige Steine, zwischen denen das Wasser in wilden Wirbeln aufschäumte, und hier ließ sich Akka nieder. Dies war wieder ein guter Ruheplatz, besonders so spät am Abend, wo keine Menschen mehr unterwegs waren. Bei Sonnenuntergang hätten die Gänse sich nicht gut hier niederlassen können, denn der Tiefe Fall liegt in keiner öden Gegend. Auf der einen Seite erhebt sich eine große Kartonagenfabrik und auf der anderen, die steil und mit Bäumen bestanden ist, liegt der Park von Tiefental, in dem beständig auf den schlüpfrigen und steilen Pfaden Menschen umherstreifen, die sich an dem tobenden Brausen des wilden Stromes erfreuen wollen.

Es war hier gerade wie an dem ersten Platz; keine der Gänse schenkte der Tatsache, dass sie an einen weltberühmten Platz gekommen waren, auch nur einen Gedanken. Später dachten sie freilich, es sei unheimlich und gefährlich, auf solchen glatten, nassen Steinen mitten in einem Stromwirbel zu schlafen, der vielleicht aufwallen und sie mit fortreißen würde. Aber sie mussten zufrieden sein, wenn sie nur vor Raubtieren sicher waren.

Nach einer Weile kam Smirre am Flussufer dahergerannt. Er erblickte die Gänse, die da draußen in den schäumenden Stromschnellen standen, und sah sogleich, dass er auch hier nicht zu ihnen gelangen konnte. Er fühlte sich sehr gedemütigt, ja, es war ihm, als stehe sein ganzes Ansehen als Jäger auf dem Spiel.

Während er darüber nachdachte, sah er einen Fischotter mit einem Fisch im Maul aus dem Wirbel heraussteigen. Smirre ging auf ihn zu, blieb aber mit zwei Schritt Entfernung vor ihm stehen, um zu zeigen, dass er ihm seine Jagdbeute nicht nehmen wolle. »Du bist ein merkwürdiger Kerl, dass du dich mit Fischen begnügst, wenn doch die Steine dort draußen voller Gänse stehen,« sagte Smirre. Er war so erregt, dass er sich nicht Zeit nahm, seine Worte so wohl zu setzen, wie es sonst seine Gewohnheit war.

Der Fischotter wendete nicht einmal den Kopf nach dem Strom. »Dies ist nicht das erste Mal, dass wir uns begegnen, Smirre,« sagte er. Er war ein Landstreicher, wie alle Fischotter, und hatte oft am Vombsee gefischt, wo er auch mit Smirre zusammengetroffen war. »Ich weiß wohl, wie du es anfängst, dir eine Lachsforelle zu ergattern.«

»Ach, bist du es, Greifan?« sagte Smirre erfreut, weil er wusste, dass dieser Fischotter ein kühner und gewandter Schwimmer war. »Da wundert es mich nicht, dass du die Wildgänse gar nicht ansehen magst, denn du bist ja nicht imstande, zu ihnen hinzukommen.«

Aber der Otter, der Schwimmhäute zwischen den Zehen, einen steifen Schwanz, der so gut wie ein Ruder ist, und einen Pelz hat, durch den das Wasser nicht dringen kann, wollte sich nicht nachsagen lassen, dass es einen Wasserwirbel gebe, den er nicht bewältigen könne. Er wendete sich dem Strome zu, und sobald er die Wildgänse erblickte, stürzte er sich über das steile Ufer in den Fluss hinein.

Wäre der Frühling etwas weiter vorgeschritten und die Nachtigallen schon im Park von Tiefental eingetroffen gewesen, dann hätten diese sicher in vielen Nächten Greifans Kampf mit den Wasserwirbeln besungen.

Denn der Otter wurde oft von den Wogen zurückgeworfen und in die Tiefe hinuntergerissen, aber er arbeitete sich immer wieder herauf und weiter nach den großen Steinen hin. Er schwamm in das stille Wasser hinter die Steine und kam so allmählich den Gänsen immer näher. Es war ein gefährliches Werk, das wohl wert gewesen wäre, von den Nachtigallen besungen zu werden.

Smirre folgte dem Otter mit den Blicken, so gut er konnte. Er sah, dass dieser beständig näher an die Gänse herankam, und glaubte überdies zu sehen, dass er schon im Begriff war, zu ihnen hinaufzuklettern. Aber jetzt schrie der Otter plötzlich wild und gellend auf. Smirre sah, wie er rückwärts ins Wasser fiel und mitgerissen wurde wie ein blindes junges Kätzchen. Gleich darauf schlugen die Gänse hart mit den Flügeln; sie erhoben sich alle und flogen davon, sich wieder einen anderen Ruheplatz zu suchen.

Bald nachher kletterte der Otter ans Ufer. Er sagte kein Wort, sondern begann nur, seine eine Vorderpfote zu lecken. Aber als Smirre ihn verspottete, weil es ihm missglückt sei, brach er los.

»An meiner Schwimmkunst fehlte es nicht, Smirre. Ich war bis zu den Gänsen gekommen und wollte eben zu ihnen hinaufklettern, als ein kleiner Knirps auf mich lossprang und mich mit einem scharfen Eisen in den Fuß stach. Das tat mir so weh, dass ich das Gleichgewicht verlor, und dann ergriff mich der Wirbel.«

Er brauchte nicht weiter zu erzählen. Smirre war schon weg und auf dem Weg zu den Gänsen.

Noch einmal musste Akka mit den Gänsen nächtlicherweile die Flucht ergreifen. Zum Glück war der Mond noch am Himmel, und bei dessen Schein gelang es ihr, eine von den anderen Schlafstellen zu finden, die sie in dieser Gegend kannte. Sie flog wieder südwärts, den glänzenden Fluss entlang. Über dem Herrenhof von Tiefental und über Ronnebys dunklem Dach und weißem Wasserfall flog sie hin, ohne sich niederzulassen. Aber eine Strecke südlicher von der Stadt, nicht weit vom Meere, liegt die Ronnebyer Heilquelle mit ihrem Bade- und Quellenhaus, mit großen Gasthöfen und Sommerwohnungen für die Badegäste. Alles dies steht den ganzen Winter hindurch öde und leer, was alle Vögel zur Genüge wissen, und viele Vogelscharen suchen bei harten, stürmischen Zeiten auf den Altanen und Veranden der großen Gebäude Schutz.

Hier ließen sich die Wildgänse auf einem Balkon nieder, und ihrer Gewohnheit gemäß schliefen sie sogleich ein. Der Junge dagegen konnte nicht schlafen, weil er jetzt bei Nacht nicht mehr ohne weiteres unter den Flügel des Gänserichs zu kriechen wagte. Wenn er da zwischen Federn und Flaum gebettet lag, konnte er gar nichts sehen und nur schlecht hören. Dann konnte er nicht über die Sicherheit des weißen Gänserichs wachen, und das war ja das einzige, was ihm wichtig war. Und wie gut war es gewesen, dass er in dieser Nacht nicht geschlafen hatte, sonst hätte er nicht den Marder und den Otter verjagen können. Nein, es mochte mit dem Schlaf gehen wie es wollte, er durfte jetzt nicht mehr an sich selbst, er musste in erster Linie an den Gänserich denken.

Der Junge saß auf einem Balkon, der nach Süden ging, so dass er die Aussicht auf das Meer hatte. Und da er nun doch nicht schlafen konnte und das Meer mit seinen Landzungen und Buchten vor sich hatte, musste er unwillkürlich denken, wie schön das sei, wenn Meer und Land so zusammenstießen wie hier in Blekinge.

So weit war der Junge in seinen Gedanken gekommen, als ihn plötzlich ein langes, unheimliches Heulen, das vom Badehauspark herklang, aufschreckte. Und als er sich aufrichtete, sah er auf dem Rasen unter dem Balkon einen Fuchs im weißen Mondschein stehen. Denn Smirre war den Gänsen noch einmal nachgegangen. Aber als er den Platz, wo sie sich niedergelassen hatten, fand, sah er ein, dass er jetzt auf keine Weise zu ihnen gelangen konnte, und da hatte er vor lauter Wut laut hinausgeheult.

Als der Fuchs so heulte, erwachte die alte Akka, und obgleich sie fast nichts sehen konnte, glaubte sie doch die Stimme zu erkennen. »Bist du es, Smirre, der heute Nacht unterwegs ist?« fragte sie.

»Ja,« antwortete Smirre, »ich bin's, und ich will jetzt fragen, wie euch Gänsen die Nacht gefällt, die ich euch bereitet habe?«

»Willst du damit sagen, dass du es gewesen bist, der den Marder und den Otter auf uns gehetzt hat?« fragte Akka.

»Eine gute Tat soll man nicht leugnen,« sagte Smirre. »Ihr habt einmal das Gänsespiel mit mir getrieben, jetzt hab ich angefangen, das Fuchsspiel mit euch zu treiben; ich hab auch nicht im Sinn, es zu beendigen, solange noch eine von euch am Leben ist, und wenn ich euch durchs ganze Land verfolgen müsste.«

»Du solltest dir aber doch überlegen, ob das recht von dir ist, Smirre, wenn du, der mit Zähnen und Krallen bewaffnet ist, uns, die verteidigungslosen, auf diese Weise verfolgst,« sagte Akka.

Smirre glaubte jetzt, Akka habe Angst, und deshalb sagte er schnell: »Wenn du, Akka, mir den kleinen Däumling, der mir so in die Quere gekommen ist, herunterwirfst, dann will ich Frieden mit euch schließen und werde weder dir noch einer von den deinen je wieder etwas Böses tun.«

»Den Däumling kann ich dir nicht geben,« sagte Akka. »Von der jüngsten bis zur ältesten ist keine unter uns, die nicht gern das Leben für ihn lassen würde.«

»Wenn ihr ihn so lieb habt,« erwiderte Smirre, »dann soll er der erste sein, an dem ich meine Rache kühlen werde, das verspreche ich euch!«

Akka gab keine Antwort mehr und nachdem Smirre noch ein paarmal aufgeheult hatte, wurde alles still. Der Junge war noch immer wach und schaute durch das Balkongeländer auf die Schären hinaus. Vorhin hatte er so angenehme und frohe Gedanken gehabt. Wie Tanz und Spiel waren sie ihm durchs Gehirn gezogen, und er wünschte, dass sie wiederkämen. Aber er konnte die Landschaft nicht mehr mit denselben Blicken betrachten wie vorher und die schönen Gedanken wollten nicht wiederkehren. Da erkannte er, dass die schönen Gedanken scheu und empfindlich sind, und dass Hass und Unfriede sie immer verjagen.

8 Die Reise nach Öland

Am nächsten Morgen flogen die Wildgänse auf eine Schäreninsel, um dort zu weiden. Sie trafen da mit einigen Graugänsen zusammen und diese verwunderten sich sehr, als sie die Wildgänse erblickten, denn sie wussten wohl, dass diese Verwandten von ihnen am liebsten über das Innere des Landes ihren Flug nehmen. Sie waren sehr neugierig und ließen nicht nach mit Fragen und Verwundern, bis die Wildgänse alles erzählten, was sie von dem Fuchs Smirre auszustehen gehabt hatten. Als sie fertig waren, sagte eine der Graugänse, die ebenso alt und ebenso klug wie Akka zu sein schien: »Es ist ein großes Unglück für euch, dass der Fuchs in seiner eigenen Heimat für friedlos erklärt worden ist. Er wird jetzt sicher sein Wort halten und euch bis Lappland verfolgen. Wenn ich an eurer Stelle wäre, würde ich nicht nordwärts über Småland reisen, sondern den Umweg über Öland nehmen, damit er eure Spur vollständig verliert. Wenn ihr ihm ganz entgehen wollt, müsst ihr ein paar Tage auf der Südspitze der Insel verweilen. Es gibt dort Nahrung in Hülle und Fülle und auch gute Gesellschaft. Ihr werdet es gewiss nicht bereuen, wenn ihr hingeht.«

Dies war wirklich ein guter Rat und die Wildgänse beschlossen, ihn zu befolgen. Sobald sie sich gut gesättigt hatten, traten sie die Reise nach Öland an. Keine von ihnen war zwar jemals dagewesen, aber die Graugänse erklärten ihnen den Weg. Sie sagten ihnen, sie sollten nur immer südwärts fliegen, bis sie einen großen Vogelzug erreichten, der an der Küste von Blekinge hinfliege. Alle Vögel, die an der Nordsee überwintert und ihren Sommeraufenthalt in Russland und Finnland hätten, nähmen diesen Weg, und alle suchten Öland auf, um dort auszuruhen. Es werde den Wildgänsen gewiss nicht schwer werden, die Wegrichtung zu erfahren.

An diesem Tage war es ganz windstill und so warm wie an einem Sommertage, also zu einer Seereise das beste Wetter, das es geben konnte. Das einzige Bedenkliche war, dass die Luft nicht ganz klar, sondern der Himmel grau und bedeckt war. Da und dort standen große Wolkenwände, die bis auf den Meeresspiegel heruntergingen und die Aussicht verdeckten. Als die Reisenden aus den Schären herauskamen, breitete sich das Meer so spiegelglatt vor ihnen aus, dass der Junge, als er zufällig hinabsah, meinte, das Wasser sei verschwunden. Es war kein Grund mehr unter ihm, ringsum waren nur Wolken und Himmel. Er wurde ganz verwirrt und klammerte sich ängstlich an den Gänserich an, wie damals, wo er zum ersten Mal auf ihm saß. Er hatte das Gefühl, als könne er sich unmöglich da oben halten, sondern müsse auf einer Seite hinunterfallen.

Es wurde auch immer schlimmer, als die Gänse den großen Vogelweg erreichten, von dem die Graugans gesprochen hatte. Eine Schar Vögel um die andre kam dahergeflogen und alle hielten in derselben Richtung. Sie folgten gleichsam einem vorgezeichneten Weg. Es waren Enten und Graugänse, Mantelmöwen und Lummen, Seetaucher und Eisenten, Säger und Taucher, Strandelstern und Seebirkhühner. Als sich der Junge jetzt vorbeugte und dahin sah, wo das Meer sein sollte, erblickte er den ganzen Vogelzug im Wasser widergespiegelt. Aber wie merkwürdig, er war so verwirrt, dass er gar nicht wusste, was er sah, sondern meinte, alle diese Vögel flögen mit abwärts gekehrtem Rücken daher. Er verwunderte sich auch nicht einmal besonders darüber, denn er wusste selbst nicht mehr, was unten und was oben war. Die Vögel waren ermattet und sehnten sich danach, die Insel möglichst schnell zu erreichen. Keiner schrie oder sagte ein lustiges Wort, und deshalb kam dem Jungen alles so sonderbar unwirklich vor.

»Wie, wenn wir die Erde verlassen hätten?« fragte er sich. »Wie, wenn wir geradeswegs in den Himmel hineinflögen?«

Ringsumher sah er nichts als Wolken und Vögel und allmählich kam es ihm ganz wahrscheinlich vor, dass sie in den Himmel flögen. Da wurde er sehr vergnügt und fragte sich, was er wohl da droben sehen würde. Auf einmal fühlte er sich ganz frei von Schwindel, und der Gedanke, dass er in den Himmel fliege und die Erde verlasse, machte ihn überglücklich.

Aber da hörte er auf einmal einen lauten Schuss knallen und sah ein paar kleine Rauchwölkchen aufsteigen.

In demselben Augenblick entstand eine große Unruhe unter den Vögeln. »Schützen! Schützen! Schützen in Booten!« riefen sie. »Fliegt hoch hinauf! Fliegt außer Schussweite!«

Da sah der Junge auf einmal, dass sie noch immer über dem Meere hinflogen und durchaus nicht im Himmel waren. In einer langen Reihe lagen Boote unten auf dem Wasser, und aus ihnen sandten die Jäger Schuss auf Schuss zu ihnen herauf. Die vordersten Vogelscharen hatten die Jäger nicht beizeiten bemerkt und waren zu niedrig geflogen. Mehrere dunkle Körper fielen aufs Meer hinab, und bei jedem Körper, der hinabstürzte, stießen die Überlebenden laute Jammerrufe aus.

Für den, der sich eben noch im Himmel glaubte, war das Erwachen zu so viel Schrecken und Jammer höchst merkwürdig. Akka flog, so schnell sie konnte, hoch in die Luft hinauf, und dann zog die Schar mit der größten Eile weiter. Die Wildgänse kamen auch wirklich unbeschädigt davon, aber der Junge konnte sich von seiner Verwunderung gar nicht erholen. Wie war es nur möglich, dass jemand auf solche Vögel schoss, wie Akka, Yksi und Kaksi und den Gänserich und alle die anderen! Die Menschen hatten doch wirklich gar keinen Begriff von dem, was sie taten!

Nun ging es weiter durch die ruhige Luft und wieder war es still ringsum wie vorher, nur einige ermattete Vögel riefen ab und zu: »Sind wir noch nicht bald da? Seid ihr sicher, dass wir auf dem rechten Wege sind?«

Und darauf antworteten die an der Spitze: »Wir fliegen gerade auf Öland zu! Wir fliegen gerade auf Öland zu!«

Die Wildenten waren müde und die Seetaucher flogen an ihnen vorbei. »Habt es doch nicht so eilig!« riefen ihnen die Enten zu. »Ihr fresst uns ja alles weg!«

»O es reicht gut für euch und uns!« erwiderten die Seetaucher.

Doch ehe sie so weit gekommen waren, dass sie die Insel sehen konnten, wehte ihnen ein leichter Wind entgegen, der etwas mit sich führte, das wie große weiße Rauchwolken aussah, die wohl von irgend einer Feuersbrunst aufstiegen.

Als die Vögel die ersten Rauchwirbel daherwogen sahen, wurden sie ängstlich und verstärkten ihre Eile. Aber das, was wie Rauch ausgesehen hatte, wallte immer dichter heran, und schließlich hüllte es sie vollkommen ein. Kein Geruch machte sich bemerkbar; der Rauch war auch nicht schwarz und trocken, sondern ganz weiß und feucht, und der Junge erkannte bald, dass es nur Nebel war.

Als der Nebel so dicht wurde, dass man keine Spanne mehr vor sich sehen konnte, begannen die Vögel, sich ganz wie verrückt zu gebärden. Alle, die vorher in so guter Ordnung geflogen waren, fingen jetzt an, einander im Nebel zu necken und zu uzen. Sie flogen kreuz und quer, um einander irrezuführen.

»Nehmt euch in acht!« riefen sie. »Ihr fliegt ja nur im Kreis herum! Auf diese Weise kommt ihr nie nach Öland!«

Alle wussten recht gut, wo die Insel lag, aber sie taten ihr möglichstes, die anderen zu verwirren. »Seht doch die Eisenten!« erscholl es aus dem Nebel heraus. »Sie fliegen in die Nordsee zurück!«

»Nehmt euch in acht, ihr Graugänse!« schrie einer von einer anderen Seite her. »Wenn ihr so weiter fliegt, kommt ihr nach Rügen hinunter!«

Es war, wie gesagt, keine Gefahr vorhanden, dass die fremden Vögel sich nach einer falschen Seite verlocken lassen würden. Wem es aber schwer gemacht wurde, das waren die Wildgänse. Die Schelme merkten bald, dass diese ihres Weges nicht so recht sicher waren, und taten alles, was sie konnten, sie irrezuführen.

»Wo wollt ihr hin, ihr guten Leute?« rief ein Schwan. Und mit recht teilnehmendem, ernstem Ausdruck flog er gerade auf Akka zu.

»Wir wollen nach Öland, aber wir sind noch nie dagewesen,« antwortete Akka. Sie glaubte, dies sei ein Vogel, auf den man sich verlassen könne.

»Das ist doch zu schlimm,« sagte der Schwan. »Man hat euch auf einen falschen Weg gelockt. Ihr seid ja auf dem Wege nach Blekinge. Kommt nur mit mir, ich will euch recht führen.«

Darauf flog er mit ihnen davon, und nachdem er sie von der Vogelstraße so weit weggelockt hatte, dass sie keinen Ruf mehr hörten, verschwand er im Nebel.

Nun flogen die Wildgänse eine Weile ganz aufs Geratewohl weiter. Aber kaum hatten sie die anderen Vögel wiedergefunden, als sich auch schon eine Ente an sie heranmachte. »Das Beste wäre, ihr legtet euch aufs Wasser, bis der Nebel sich verzogen hat,« sagte die Ente. »Man merkt wohl, dass ihr nicht sehr reisegewandt seid.«

Beinahe wäre es den Schelmen gelungen, Akka verwirrt zu machen. Soweit der Junge es verstehen konnte, flogen sie eine gute Weile im Kreis herum.

»Nehmt euch in acht! Seht ihr nicht, dass ihr auf und ab fliegt?« rief ein Seetaucher im Vorbeischießen. Unwillkürlich umklammerte der Junge den Hals des Gänserichs, denn das hatte er auch schon lange gefürchtet.

Wer weiß, wann sie hingekommen wären, wenn sich jetzt nicht in der Ferne das dumpfe Rollen eines Kanonenschusses hätte hören lassen.

Da streckte Akka den Hals vor, schlug hart mit den Flügeln und flog mit voller Sicherheit weiter. Jetzt hatte sie etwas, wonach sie sich richten konnte. Die Graugans hatte ihr ja noch besonders geraten, dass sie sich nicht ganz außen auf der Südspitze niederlassen solle, weil dort eine Kanone stünde, mit der die Menschen auf den Nebel schössen. Jetzt wusste sie die Richtung, und jetzt konnte sie niemand mehr irremachen.

9 Die Südspitze von Öland

Als die Wildgänse und Nils Holgersson Öland schließlich erreicht hatten, ließen sie sich wie alle anderen auf dem Strand unterhalb der Schäferei nieder. Der Nebel lag ebenso dicht über der Insel wie vorher über dem Meer. Aber der Junge war doch erstaunt über die vielen Vögel, die er auf dem kleinen Stückchen des Strandes, das er überschauen konnte, sah.

Es war ein langer, sandiger Strand mit Steinen und Wasserpfützen und einer großen Menge angeschwemmten Tangs. Wenn der Junge die Wahl gehabt hätte, würde er wohl nie daran gedacht haben, sich da niederzulassen; aber die Vögel hielten diesen Ort gewiss für ein wahres Paradies. Enten und Graugänse weideten auf der Wiese, am Ufer hüpften Strandläufer und andre Strandvögel umher. Die Seetaucher lagen im Wasser und fischten, aber am meisten Leben und Bewegung war doch auf den langen Tangbänken vor dem Ufer draußen. Da standen die Vögel nebeneinander und suchten Larven, von denen es eine grenzenlose Menge geben musste, denn man hörte niemals, dass sich irgend eine Klage über Mangel an Futter erhoben hätte.

Die meisten von den Vögeln wollten weiterreisen und hatten sich nur zum Ausruhen hier niedergelassen. Sobald der Anführer einer Schar meinte, seine Reisegenossen hätten sich jetzt genug gestärkt und gelabt, sagte er: »Seid ihr jetzt fertig? Dann begeben wir uns wohl weiter?«

»Nein, warte noch, warte noch! Wir sind noch lange nicht satt!« riefen die Mitreisenden.

»Ihr meint wohl, ihr dürftet euch so vollfressen, dass ihr euch nicht mehr bewegen könnt?« erwiderte der Anführer. Dann schlug er mit den Flügeln und flog davon. Aber mehr als einmal musste er wieder umkehren, weil die anderen nicht zum Weiterfliegen zu bewegen waren.

Unterhalb der äußersten Tangbank lag eine Schar Schwäne. Sie hatten keine Lust, an Land zu gehen, sondern ruhten sich, auf dem Wasser liegend und sich leise hin und her wiegend, aus. Ab und zu tauchten sie mit dem Hals unter und holten sich Speise aus dem Meeresgrund. Wenn sie etwas besonders Gutes ergattert hatten, stießen sie einen lauten Schrei aus, der wie ein Trompetenstoß klang.

Als der Junge hörte, dass Schwäne dort unten lagen, lief er schnell auf die Tangbänke hinaus. Er hatte noch nie wilde Schwäne in der Nähe gesehen. Und er hatte Glück, denn er gelangte ganz nahe zu ihnen hin.

Der Junge war jedoch nicht der einzige, der die Schwäne gehört hatte; sowohl die Wildgänse als auch die Graugänse und die Enten und die Seetaucher schwammen zwischen die Tangbänke hinein, legten sich wie ein Ring um die Schar der Schwäne herum und schauten sie unverwandt an. Die Schwäne bliesen die Federn auf, breiteten die Flügel wie Segel aus und hoben die Hälse hoch in die Höhe. Bisweilen schwamm einer von ihnen zu einer Gans oder einem großen Seetaucher oder einer Tauchente hin und sagte ein paar Worte. Und dann war es, als ob der Angesprochene kaum den Schnabel zu einer Entgegnung zu öffnen wagte.

Doch da war auch ein kleiner Seetaucher, ein kleiner schwarzer Schlingel, dem war diese ganze Feierlichkeit unerträglich. Hurtig tauchte er unter und verschwand unter dem Wasser. Gleich darauf stieß einer der Schwäne einen lauten Schrei aus und schwamm so schnell davon, dass das Wasser hinter ihm schäumte. Dann hielt er an und versuchte, wieder majestätisch auszusehen. Aber gleich darauf schrie ein andrer wie der erste, und im nächsten Augenblick auch ein dritter.

Nun aber konnte es der kleine Seetaucher nicht länger unter dem Wasser aushalten und er erschien wieder an der Oberfläche, klein und schwarz und boshaft. Die Schwäne stürzten auf ihn zu; aber als sie sahen, was für ein kleiner Wicht er war, machten sie rasch kehrt, als ob sie sich für zu gut hielten, mit ihm anzubinden. Der kleine Seetaucher tauchte jedoch von neuem unter und zwickte die Schwäne abermals in die Füße. Das tat ihnen sicher weh und das schlimmste war, dass sie ihre Würde nicht aufrecht erhalten konnten. Da machten sie der Sache rasch ein Ende. Sie schlugen mit den Flügeln, dass es donnerte, jagten ein großes Stück gleichsam auf dem Wasser springend weiter, bekamen schließlich Luft unter die Schwingen und flogen davon.

Als sie fort waren, fehlten sie den anderen Vögeln sehr, und die, denen das Vorgehen des kleinen Seetauchers vorher Spaß gemacht hatte, schalten ihn jetzt wegen seiner Unverschämtheit aus.

Am nächsten Morgen war es noch ebenso nebelig. Die Wildgänse gingen auf die Wiese und weideten; der Junge aber wanderte an den Strand hinunter, sich Muscheln zu sammeln. Es gab dort sehr viele und da er dachte, er komme vielleicht morgen an einen Platz, wo sich für ihn gar nichts zu essen fände, wollte er versuchen, sich ein Säckchen zu machen, in dem er die Muscheln mitnehmen könnte. Auf der Wiese fand er dürres Riedgras, das zäh und stark war, und aus diesem begann er ein Ränzel zu flechten. Er verbrachte mehrere Stunden mit dieser Arbeit; als aber das Ränzel fertig war, fühlte er sich auch recht befriedigt von seinem Werk.

Um die Mittagszeit liefen plötzlich alle Wildgänse eilig auf ihn zu und fragten ihn, ob er den weißen Gänserich nicht gesehen habe? »Vor ganz kurzem war er noch bei uns,« sagte Akka, »aber jetzt wissen wir nicht mehr, wo er ist.«

Heftig erschrocken fuhr der Junge auf. Er fragte die Gänse, ob ein Fuchs oder Adler gesehen worden, oder ob kürzlich irgend ein Mensch in der Nähe gewesen sei? Doch keine von den Gänsen hatte etwas Verdächtiges gesehen; der Gänserich musste sich im Nebel verlaufen haben.

Auf welche Weise der Gänserich aber auch weggekommen sein mochte, das änderte an dem Unglück des Jungen nichts, und angstvoll lief er davon, ihn zu suchen. Der Nebel beschützte ihn, so dass er ungesehen überall hingehen konnte, aber zugleich hinderte er ihn selbst auch am Sehen. Der Junge lief südwärts die Küste entlang bis zu dem Leuchtturm und der Nebelkanone auf der äußersten Spitze. Überall war dasselbe Vogelgewimmel, aber kein Gänserich. Der Junge wagte sich sogar bis zum Ottenbyer Hof, ja er untersuchte jede einzelne der alten, hohen Eichen im Hain; aber nirgends fand er eine Spur von dem Gänserich.

Er suchte und suchte, bis es zu dunkeln anfing. Da musste er nach dem östlichen Strand zurückkehren. Mit schweren Schritten wanderte er dahin und war sehr unglücklich. Ach, es war wohl auch dumm von ihm gewesen, zu hoffen, dass er eine zahme Gans unbeschädigt durch das ganze Land führen könnte! Und doch hatte er so sehr gewünscht, dass es ihm glücke, nicht allein seiner selbst wegen, sondern auch um des Gänserichs willen, den er ebenso lieb hatte wie sich selbst.

Wie er nun so über die Schäferwiese hinwanderte, kam ihm etwas großes weißes aus dem Nebel entgegen, und wer anders war es, als der Gänserich! Ganz unbeschädigt kam er daher und war äußerst vergnügt, dass er endlich den Weg zu den anderen zurückgefunden habe. Der Nebel habe ihn so verwirrt im Kopfe gemacht, sagte er, dass er den ganzen Tag hindurch auf der Wiese umhergeirrt sei. In seiner Freude schlang der Junge die Arme um den Hals des Gänserichs und bat ihn inständig, sich doch in acht zu nehmen und nicht wieder von den anderen wegzugehen. Und der Gänserich versprach hoch und teuer, es nie wieder zu tun. Nie, nie wieder!

Am nächsten Morgen jedoch, als der Junge am Ufer Muscheln suchte, kamen die Gänse wieder dahergelaufen und fragten, ob er den Gänserich nicht gesehen habe.

Nein, ganz und gar nicht. Ja, dann sei der Gänserich abermals verschwunden. Er werde sich bei dem Nebel gerade wie gestern wieder verlaufen haben.

Voll Entsetzen machte sich der Junge eilig auf die Suche. Er fand eine Stelle, wo die Mauer von Ottenby so abgebröckelt war, dass er hinüberklettern konnte. Er suchte dann unten am Strand, der sich hier ausdehnt und allmählich so groß wird, dass Platz für Äcker und Wiesen und Bauernhöfe da ist. Dann stieg er hinauf auf das flache Hochland, das die Mitte der Insel einnimmt; dort gibt es keine anderen Gebäude als Windmühlen, und der Rasen ist so dünn, dass das weiße Kalkgestein darunter hervorschimmert.

Der Gänserich aber war nicht zu finden, und da es allmählich Abend wurde, musste der Junge sich wieder dem Strand zuwenden. Er war jetzt fest überzeugt, dass er seinen Reisekameraden wirklich verloren habe, und dadurch ganz mutlos gemacht, wusste er nicht, was er tun sollte.

Schon war er wieder über die Mauer gestiegen, als er dicht neben sich einen Stein rasseln hörte, und als er sich danach umwendete, glaubte er etwas unterscheiden zu können, das sich in einem Steinhaufen dicht neben der Mauer bewegte. Er schlich näher hinzu, und da sah er, wie der weiße Gänserich mit mehreren langen Wurzelfasern mühselig den Steinhaufen hinaufkletterte. Der Gänserich sah den Jungen nicht, und dieser rief ihn nicht an, denn er wollte zuerst ergründen, warum der Gänserich auf diese Weise ein Mal ums andre verschwand.

Und er erfuhr auch bald die Ursache. Oben auf dem Steinhaufen lag eine junge Graugans, die vor Freude laut aufschrie, als sie den Gänserich erblickte. Der Junge schlich noch näher hinzu, um zu hören, was die beiden sprächen; und da hörte er, dass die Graugans einen beschädigten Flügel hatte und deshalb nicht fliegen konnte; ihre Reisegefährten waren schon weggereist und hatten sie allein zurückgelassen. Sie war am Verhungern gewesen, als der weiße Gänserich am gestrigen Tag ihr Rufen gehört und sie aufgesucht hatte. Und seither war er bemüht gewesen, ihr Nahrung zu verschaffen. Beide hatten gehofft, sie würde hergestellt sein, ehe er die Insel wieder verlassen müsse, aber sie konnte noch immer weder gehen noch stehen. Der Gänserich war sehr betrübt darüber, aber er tröstete sie damit, dass er noch lange nicht wegreisen werde. Schließlich wünschte er ihr gute Nacht und versprach, am nächsten Tag wiederzukommen.

Der Junge ließ den Gänserich vorausgehen, und sobald dieser verschwunden war, schlich er auch auf den Steinhaufen hinauf. Als er nun die junge Gans sah, verstand er, warum der Gänserich ihr seit zwei Tagen Futter gebracht hatte, und warum er nicht gestehen wollte, was er tat. Die Graugans hatte das niedlichste Köpfchen, das man sich denken konnte; ihr Federkleid war wie Seide so weich, und die Augen hatten einen sanften, flehenden Ausdruck.

Als sie den Jungen erblickte, wollte sie entfliehen, aber ihr einer Flügel war beschädigt, er schleifte am Boden und hinderte sie bei allen Bewegungen.

»Du brauchst dich nicht vor mir zu fürchten,« sagte der Junge und hielt an, um ihr zu zeigen, dass sie nicht nötig habe, vor ihm zu fliehen. »Ich bin Däumling, Gänserich Martins Reisekamerad,« fuhr er fort. Dann aber stockte er und wusste nicht, was er sagen sollte.

Tiere haben manchmal etwas an sich, was einem unwillkürlich die Frage in den Mund legt, was für Wesen sie eigentlich seien. Man fühlt sich beinahe versucht, sie für verwandelte Menschen zu halten. Und so war es auch bei dieser Graugans. Sobald Däumling gesagt hatte, wer er war, neigte sie den Hals und Kopf sehr anmutig vor ihm, und mit einer so schönen Stimme, von der der Junge kaum glauben konnte, dass sie einer Gans angehöre, sagte sie: »Ich freue mich sehr über dein Kommen. Du kannst mir gewiss helfen, der weiße Gänserich hat mir gesagt, es gäbe niemand, der so gut und klug sei wie du.«

Dies sagte sie mit einer Würde, von der der Junge ganz eingeschüchtert wurde. »Das kann doch wohl keine Gans sein,« dachte er. »Es ist gewiss eine verzauberte Prinzessin.«

Er hätte ihr schrecklich gern geholfen und so griff er mit seinen kleinen Händen in die Federn hinein und tastete nach dem Flügelknochen. Der Knochen war nicht gebrochen, aber er war aus dem Gelenk geraten, und sein Finger kam an ein leeres Gelenkschüsselchen. »Halt nun fest!« sagte er, fasste den Röhrenknochen tapfer an und drehte ihn dahin, wo er hingehörte. Für einen ersten Versuch machte er seine Sache recht schnell und gut; aber es musste der armen Gans doch sehr, sehr weh getan haben, denn sie stieß nur einen einzigen gellenden Schrei aus und sank dann, ohne noch ein Lebenszeichen von sich zu geben, auf die Steine nieder.

Der Junge erschrak furchtbar. Er hatte ihr ja nur helfen wollen, und jetzt war sie tot. Mit einem großen Satz sprang er von dem Steinhaufen hinunter und lief davon. Er hatte das Gefühl, als habe er einen Menschen getötet.

Am nächsten Morgen war die Luft klar und vollständig frei von Nebel, und Akka sagte, nun solle die Reise fortgesetzt werden. Alle Gänse waren sehr bereit, weiterzureisen, bloß der weiße Gänserich machte Einwendungen, und der Junge wusste den Grund wohl; er wollte nur nicht von der jungen Graugans wegreisen. Aber Akka hörte nicht auf ihn, sondern machte sich gleich auf den Weg.

Der Junge sprang auf den Rücken des Gänserichs, und der Weiße folgte der Schar, obgleich langsam und unwillig. Der Junge aber freute sich, dass man die Insel verließ. Er hatte Gewissensbisse wegen der Graugans, wollte aber dem Gänserich nicht sagen, wie es gegangen sei, als er sie hatte heilen wollen. »Es wäre am besten, wenn Martin es gar nicht erführe,« dachte er. Aber zugleich verwunderte er sich doch, dass der Weiße das Herz hatte, die Graugans zu verlassen.

Doch plötzlich machte der Gänserich kehrt. Der Gedanke an die junge Gans hatte ihn übermannt. Mit der Lapplandreise mochte es gehen, wie es wollte! Mit dem Bewusstsein, dass die junge Gans einsam und krank zurückbliebe und verhungern müsse, konnte er nicht mit den anderen davonfliegen.

Mit wenigen Flügelschlägen war er an dem Steinhaufen. Aber da lag keine junge Graugans zwischen den Steinen. »Daunenfein! Daunenfein! Wo bist du?« rief der Gänserich.

»Der Fuchs wird sie wohl geholt haben,« dachte der Junge.

Aber in demselben Augenblick hörte er eine schöne Stimme dem Gänserich antworten: »Hier bin ich, Gänserich, hier bin ich! Ich habe nur ein Morgenbad genommen.« Und aus dem Wasser tauchte die kleine Graugans empor, vollständig frisch und gesund. Und nun erzählte sie, wie Däumling ihren Flügel eingerenkt habe, und dass sie ganz hergestellt sei.

Die Wassertropfen lagen wie Perlen auf ihren wie Seide schillernden Federn, und der Däumling dachte abermals, sie sei gewiss eine richtige kleine Prinzessin.

10 Die Kleine Karlsinsel

Der Sturm

Die Wildgänse hatten auf der nördlichen Spitze von Öland übernachtet und waren nun auf dem Weg nach dem Festland. Ein recht heftiger Südwind, der über den Sund von Kalmar herfegte, trieb sie in nördlicher Richtung weiter. Trotzdem arbeiteten sie sich ziemlich schnell dem Land zu. Als sie aber die ersten Schären erreicht hatten, hörten sie ein lautes Donnern, als ob eine Menge flügelstarker Vögel dahersauste, und das Wasser unten wurde auf einmal ganz schwarz. Akka hielt die Flügel so schnell an, dass sie beinahe ganz still in der Luft lag. Dann ließ sie sich aufs Meer hinabsinken. Aber ehe die Gänse das Wasser erreicht hatten, war der Weststurm herangekommen. Schon jagte er Staubwolken, Wogenschaum und kleine Vögel vor sich her; er riss auch die Wildgänse mit sich fort, warf sie herum und jagte sie aufs weite Meer hinaus.

Es war ein entsetzlicher Sturm. Ein Mal ums andre versuchten die Wildgänse umzudrehen; aber es war ihnen nicht möglich, und sie wurden immer weiter auf die Ostsee hinausgetrieben. Der Sturm hatte sie schon an Öland vorbeigejagt, und sie hatten jetzt nur das öde graue Meer vor sich; es blieb ihnen nichts andres übrig, als nachzugeben.

Als Akka merkte, dass kein Umdrehen möglich war, hielt sie es für unnötig, sich von dem Sturm über die ganze Ostsee jagen zu lassen, und sie ließ sich deshalb aufs Wasser hinab. Es war hoher Seegang, der mit jedem Augenblick noch zunahm. Meergrün rauschten die Wogen daher, eine immer höher als die andre, mit wilden, zackigen Schaumkronen. Es war, als wetteiferten sie miteinander, welche am höchsten und wildesten aufwallen und aufschäumen könne. Aber die Wildgänse fürchteten sich nicht vor dem Wogenschwall, er schien ihnen im Gegenteil großes Vergnügen zu machen; sie strengten sich gar nicht mit Schwimmen an, sondern ließen sich auf die Wellenkämme hinauf- und in die Wogengänge hinabgleiten und sie waren so vergnügt wie ein Kind in einer Schaukel. Eine Weile ging es ihnen sehr gut, und ihre einzige Sorge war, die Schar könnte schließlich zerstreut werden. Die armen Landvögel, die im Sturm über ihnen dahinjagten, riefen neidisch: »Ja, wer schwimmen kann, für den hat es keine Not!«

Aber die Wildgänse waren doch nicht ohne Gefahr, denn das Schaukeln machte sie furchtbar schläfrig. Unaufhörlich wollten sie den Kopf zurücklegen, den Schnabel unter den Flügel stecken und schlafen. Aber nichts ist gefährlicher, als auf diese Weise einzuschlafen, und Akka rief daher immerfort: »Schlaft nicht, Wildgänse! Wer schläft, wird von der Schar weggetrieben! Wer von der Schar abkommt, ist verloren!«

Aber trotz aller Versuche, dem Schlaf zu widerstehen, schlief doch eine um die andre ein; selbst Akka war nahe daran, einzunicken, als sie plötzlich etwas Rundes, Dunkles aus dem Gipfel einer Woge auftauchen sah. »Seehunde! Seehunde! Seehunde!« schrie sie mit lauter, gellender Stimme und flog mit klatschenden Flügelschlägen auf. Es war die höchste Zeit; ehe die letzte Wildgans das Wasser verlassen hatte, waren die Seehunde so nahe, dass sie nach deren Füßen schnappten.

So waren die Wildgänse wieder mitten im Sturm, der sie vor sich her aufs Meer hinaustrieb. Er gönnte weder sich selbst noch den anderen einen Augenblick Ruhe. Und kein Land war zu entdecken, überall ringsum nur das wilde Meer.

Sobald sie es wagen konnten, ließen sich die Gänse wieder aufs Meer hinab; nachdem sie jedoch eine Weile auf den Wogen geschaukelt hatten, wurden sie wieder schläfrig. Und sobald sie schliefen, schwammen die Seehunde heran. Wäre die alte Akka nicht so wachsam und klug gewesen, dann wäre gewiss nicht eine mit dem Leben davongekommen.

Der Sturm raste den ganzen Tag hindurch ohne Aufhören und richtete schreckliche Verheerungen unter allen den Vögeln an, die um diese Jahreszeit auf der Reise waren. Manche verloren ihre Richtung vollständig und wurden in ferne Länder verschlagen, wo sie elendiglich verhungerten; andere ermatteten so sehr, dass sie ins Meer hinunterstürzten und ertranken. Viele wurden an den Felswänden zerschmettert und viele ein Raub der Seehunde.

Der Sturm dauerte den ganzen Tag hindurch, und schließlich drängte sich Akka die Frage auf, ob sie und ihre Schar nicht am Ende noch verunglücken würden. Sie waren jetzt alle todmüde, aber so weit das Auge reichte, konnten sie keinen Platz entdecken, wo sie hätten ausruhen können. Gegen Abend wagten sie es auch nicht mehr, sich aufs Meer hinabzulassen, denn ganz plötzlich hatte es sich mit großen Eisschollen bedeckt, die sich gegeneinander auftürmten, und Akka fürchtete, sie und die anderen könnten dazwischen erdrückt werden. Ein paarmal versuchten die Wildgänse, sich auf die Eisschollen zu stellen; aber einmal fegte sie der wilde Sturm ins Wasser hinein, und ein anderes Mal krochen die unbarmherzigen Seehunde zu ihnen aufs Eis hinauf.

Bei Sonnenuntergang waren die Gänse wieder in der Luft. In banger Furcht vor der Nacht flogen sie weiter. Die Dunkelheit schien ihnen an diesem von Gefahren erfüllten Abend gar zu schnell hereinzubrechen.

Es war schrecklich, dass sie noch immer kein Land sahen. Wie würde es ihnen erst gehen, wenn sie die ganze Nacht da draußen bleiben müssten? Entweder würden sie zwischen den Eisschollen zerquetscht, oder von den Seehunden aufgefressen, oder nach allen Seiten auseinandergesprengt.

Der Himmel war mit Wolken bedeckt und der Mond verhüllt, die Dunkelheit brach rasch herein. Plötzlich nahm die ganze Natur ringsum ein unheimliches Aussehen an, das dem mutigsten Herzen Entsetzen einflößte. Die Rufe von Zugvögeln, die sich in höchster Not befanden, hatten den ganzen Tag die Luft erfüllt, aber jetzt, wo man nicht mehr sah, wer sie ausstieß, klangen sie schauerlich und schreckenerregend. Drunten auf dem Meere prallten die Schollen des Treibeises mit lautem Krachen aufeinander, und die Seehunde stimmten ihr wildes Jagdgeheul an. Es war, als ob Himmel und Erde am Einstürzen seien.

Die Gefahr

Der Junge hatte eine Weile gedankenvoll aufs Meer hinabgeschaut. Da war es ihm plötzlich, als werde das Brausen noch stärker als vorher. Er schaute auf; gerade vor ihm, nur ein paar Meter entfernt, ragte ein steiler Felsen auf. An seinem Fuß brachen sich die Wogen mit hoch aufspritzendem Schaum. Ja, ja, gerade vor ihm war eine raue, kahle Felsenwand, und auf diese flogen die Wildgänse zu. Der Junge war überzeugt, dass sie daran zerschellen müssten, und er glaubte schon dem Tod ins Gesicht zu sehen.

Er hatte kaum noch Zeit, sich zu verwundern, dass Akka die Gefahr nicht beizeiten erkannt habe, als sie auch schon an dem Felsen angekommen waren. Doch jetzt sah er auch die halbrunde Öffnung einer Grotte; in diese hinein stürzten die Gänse und im nächsten Augenblick waren sie in Sicherheit.

Das erste jedoch, woran jede von ihnen dachte, ehe sie sich der eignen Rettung erfreute, war nachzusehen, ob auch alle Reisegefährten gerettet seien. Da fanden sich denn auch Akka, Yksi, Kolme, Neljä, Viisi, Kuusi, alle die sechs jungen Gänse, der Gänserich, Daunenfein und Däumling, nur Kaksi von Nuolja, die erste Gans vom linken Flügel, war verschwunden, und keine der anderen wusste etwas von ihrem Schicksal.

Als die Wildgänse sahen, dass nur Kaksi von ihnen getrennt worden war, nahmen sie die Sache leicht. Kaksi war alt und klug. Sie kannte alle Wege und Gewohnheiten der Schar und es würde ihr schon gelingen, sich wieder mit dieser zu vereinigen.

Hierauf begannen die Wildgänse sich umzusehen. Es drang noch etwas Tagesschimmer durch den Eingang herein und sie konnten erkennen, dass die Höhle sehr tief und weit war. Sie freuten sich schon über die gute Nachtherberge, die sie gefunden hatten, als eine von ihnen einige glänzende grüne Punkte bemerkte, die aus einem dunklen Winkel hervorleuchteten. »Das sind Augen!« rief Akka. »Es sind große Tiere hier drinnen.«

Die Gänse stürzten dem Ausgang zu, aber Däumling, der in der Dunkelheit besser als die Wildgänse sah, rief ihnen zu: »Ihr braucht nicht zu fliehen. Es sind nur einige Schafe, die an der Höhlenwand liegen.«

Als die Wildgänse sich an den Dämmerschein in der Höhle gewöhnt hatten, sahen sie die Schafe recht gut. Die Erwachsenen waren ihnen wohl an Zahl gleich, aber außerdem waren noch einige Lämmer da. Ein großer Widder mit langen, gewundenen Hörnern schien der vornehmste von der kleinen Herde zu sein, und unter vielen Verbeugungen gingen die Wildgänse auf ihn zu. »Gott zum Gruß hier in der Wildnis!« begrüßten sie ihn. Aber der Widder lag ganz still und kein einziges Wort des Willkommens drang über seine Lippen.

Da glaubten die Wildgänse, die Schafe seien missvergnügt über ihr Eindringen in die Höhle. »Es ist euch vielleicht nicht angenehm, dass wir hier hereingekommen sind,« sagte Akka. »Aber wir können nichts dafür, der Wind hat uns hierher verschlagen. Wir sind den ganzen Tag im Sturm umhergeflogen und es wäre uns eine große Wohltat, wenn wir hier übernachten dürften.«

Es dauerte eine gute Weile, bis eines von den Schafen nur ein Wort erwiderte, dagegen hörten die Gänse deutlich, wie einige von ihnen tief aufseufzten. Akka wusste wohl, dass Schafe immer schüchtern sind und sonderbare Manieren haben, aber diese schienen ganz und gar keinen Begriff davon zu haben, was sich gehörte.

Schließlich begann ein altes Mutterschaf, das ein längliches, gramdurchfurchtes Gesicht hatte, mit klagender Stimme: »Von uns verweigert euch gewiss keines den Aufenthalt hier; aber dies ist ein Haus der Trauer, und wir können nicht mehr wie in früheren Zeiten Gäste bei uns aufnehmen.«

»Darüber braucht ihr euch keine Sorge zu machen,« sagte Akka. »Wenn ihr wüsstet, was wir heute ausgestanden haben, würdet ihr gewiss verstehen, wie froh wir sind, wenn wir nur ein sicheres Plätzchen bekommen, wo wir schlafen können.«

Als Akka dies sagte, richtete sich der alte Widder auf. »Es wäre gewiss besser für euch, im stärksten Sturm umherzufliegen, als hierzubleiben. Aber jetzt sollt ihr euch doch nicht wieder auf den Weg machen, ehe wir euch mit dem besten, was das Haus vermag, bewirtet haben.«

Er führte sie zu einer mit Wasser gefüllten Vertiefung im Boden. Dicht daneben lag ein Haufen Spreu und Häcksel, und er bat die Gänse, es sich gut schmecken zu lassen. »Wir haben einen sehr strengen Schneewinter gehabt,« sagte er. »Die Bauern, denen wir gehören, brachten uns Heu und Haferstroh, damit wir nicht verhungerten. Und dieser Haufen ist alles, was noch davon übrig ist.«

Die Gänse machten sich eifrig über das Futter her. Sie fanden, dass sie es herrlich getroffen hätten, und waren in allerbester Laune. Sie sahen ja wohl, dass die Schafe voller Angst waren; aber da sie wussten, wie leicht Schafe sich erschrecken lassen, glaubten sie nicht, dass es sich um eine wirkliche Gefahr handeln könne. Sobald sie satt waren, dachten sie darum auch an nichts andres, als sich nun an einem guten Schlaf zu erfreuen. Aber da richtete sich der große Widder abermals auf und kam auf sie zu. Die Gänse meinten, noch nie ein Schaf mit so langen, starken Hörnern gesehen zu haben. Und auch sonst sah der

Widder merkwürdig aus. Er hatte eine große, knochige Stirn, kluge Augen und eine vornehme Haltung, wie ein recht stolzes, mutiges Tier.

»Ich kann die Verantwortung nicht übernehmen, euch hier schlafen zu lassen, ohne euch zu sagen, dass es hier durchaus nicht sicher ist,« sagte er. »Wir können für den Augenblick keine Logierbesuche bei uns aufnehmen.«

Jetzt erst merkte Akka, dass dies Ernst war. »Wenn ihr es durchaus wünscht, so werden wir uns entfernen,« sagte sie. »Aber wollt ihr uns nicht vorher sagen, was euch bekümmert? Wir wissen nichts, ja wir wissen nicht einmal, wohin wir geraten sind.«

»Dies ist die Kleine Karlsinsel,« erwiderte der Widder. »Sie liegt westlich vor Gotland, und es wohnen nur Schafe und Meeresvögel hier.«

»Vielleicht seid ihr wilde Schafe?« fragte Akka.

»Ja, man könnte uns beinahe so nennen,« antwortete der Widder. »Mit den Menschen haben wir eigentlich nichts zu tun. Es besteht ein altes Übereinkommen zwischen uns und den Bauern eines Hofes auf Gotland; demgemäß müssen uns diese in bösen Schneewintern mit Futter versehen und dafür dürfen sie die Überzähligen von uns mitnehmen. Die Insel ist so klein, dass sie nur eine begrenzte Anzahl von uns ernähren kann. Aber sonst versorgen wir uns das ganze Jahr hindurch selbst und wir wohnen in keinen Häusern mit Türen und Riegeln, sondern halten uns in solchen Höhlen wie diese hier auf.«

»Was! Bleibt ihr auch im Winter draußen?« fragte Akka verwundert.

»Jawohl,« antwortete der Widder. »Es gibt das ganze Jahr hindurch Futter genug hier.«

»Das klingt ja fast, als hättet ihr es besser als andre Schafe,« sagte Akka. »Aber was ist das nun für ein Unglück, das euch betroffen hat?«

»Im vergangenen Winter,« sagte der Widder, »war es so bitter kalt, dass das Meer zufror. Da kamen drei Füchse übers Eis herüber und sie sind seitdem hier geblieben. Außer ihnen ist auf der ganzen Insel nicht ein einziges lebensgefährliches Tier.«

»Wie, wagen es die Füchse, solche Tiere, wie ihr seid, anzugreifen?«

»O nein, bei Tag nicht, da kann ich mich und die Meinigen wohl verteidigen,« sagte der Widder und schüttelte seine Hörner. »Aber bei Nacht, wenn wir in der Höhle schlafen, da schleichen sie heran und überfallen uns. Wir geben uns zwar alle Mühe, wach zu bleiben, aber einmal muss man ja schlafen, und das benutzen sie. In den benachbarten Behausungen haben sie schon alle Schafe getötet und es waren Herden darunter, die ebenso groß waren wie die meinige.«

»Es ist nicht angenehm, eingestehen zu müssen, dass wir so hilflos sind,« sagte jetzt das alte Mutterschaf, »und es wäre viel besser für uns, wenn wir zahme Schafe wären.«

»Meint ihr, die Füchse werden auch heute Nacht kommen?« fragte Akka.

»Es ist nicht anders zu erwarten,« antwortete das Mutterschaf. »Gestern Nacht sind sie hier gewesen und haben uns ein Lamm gestohlen und sie werden nicht ausbleiben, so lange noch eins von uns am Leben ist. So haben sie es bei den anderen Herden auch gemacht.«

»Aber wenn die wenigen, die übrig geblieben sind, noch länger hierbleiben, dann sterbt ihr ja vollständig aus,« sagte Akka.

»Ja, es wird nicht mehr lange dauern, bis es keine Schafe mehr auf der Kleinen Karlsinsel gibt,« seufzte das Mutterschaf.

Sehr unschlüssig stand Akka da. Wieder im Sturm umherzufliegen, war kein Vergnügen, aber in einem Haus zu bleiben, wo solche Gäste erwartet wurden, war auch nicht gut. Nachdem sie eine Weile überlegt hatte, wendete sie sich an Däumling. »Sag, möchtest du uns diesmal nicht auch helfen, wie schon so oft?« fragte sie ihn.

»Jawohl,« erwiderte der Junge, »recht gern.«

»Du tust mir zwar leid, wenn du nicht schlafen darfst,« fuhr Akka fort, »aber trotzdem möchte ich dich bitten, heute zu wachen und uns zu wecken, wenn du die Füchse kommen siehst, damit wir wegfliegen können.«

Der Junge versprach, es zu tun. Er wusste ja, dass die anderen müder waren als er und also auch mehr Recht zum Schlafen hatten.

Er trat an die Öffnung der Höhle, kroch hier zum Schutz vor dem Sturm unter einen Stein und begann seine Wache. Allmählich klärte sich der Himmel auf, und der Mondschein spielte auf den Wogen. Der Junge trat unter den Höhleneingang und schaute hinaus. Die Höhle befand sich ziemlich hoch an der Felsenwand, und nur ein schrecklich steiler Weg führte zu ihr herauf. Auf diesem würden die Füchse wohl daherkommen.

Füchse sah er nun zwar noch keine, dafür aber etwas andres, das ihm im ersten Augenblick großen Schrecken einjagte. Unterhalb des Berges auf dem schmalen Streifen Land am Ufer hin standen einige Riesen oder andre steinerne Ungeheuer. Oder vielleicht waren es auch Menschen. Zuerst glaubte er, er träume, dann aber war er ganz sicher, dass er noch nicht geschlafen habe. Er sah die großen Männer ganz deutlich, es konnte keine Gesichtstäuschung sein. Einige standen draußen am Ufer, die anderen aber ganz dicht am Berge, als ob sie hinaufklettern wollten. Die einen hatten große, dicke Köpfe, andre wieder gar keine. Die einen waren einarmig, und einige hatten hinten und vorne große Höcker.

So etwas Sonderbares hatte der Junge noch nie gesehen; er stand da droben und fürchtete sich so schrecklich vor den Ungeheuern, dass er beinahe vergessen hätte, auf die Füchse aufzupassen. Jetzt aber hörte er eine Klaue auf einem Stein kratzen, und er sah drei Füchse den Abhang heraufkommen. Sobald der Junge wusste, dass er es mit etwas Wirklichem zu tun hatte, beruhigte er sich vollständig und fühlte keine Spur von Angst mehr. Dann dachte er, es wäre doch recht schade, wenn er jetzt nur die Gänse weckte, die Schafe aber ihrem Schicksal überließe, und er wollte es lieber anders machen.

Eilig lief er in die Höhle hinein, weckte den großen Widder, indem er ihn an den Hörnern schüttelte und sich zugleich auf dessen Rücken schwang. »Steh auf, Alter, dann wollen wir den Füchsen einen gelinden Schrecken einjagen!« flüsterte er.

Er hatte versucht, so still wie möglich zu sein, aber die Füchse hatten doch ein Geräusch gehört. Als sie den Höhleneingang erreicht hatten, hielten sie an und überlegten. Ganz bestimmt hatte sich eines von den Schafen bewegt. »Ich möchte wohl wissen, ob sie wach sind?« sagte der eine Fuchs.

»Ach, geh nur hinein,« sagte einer von den anderen. »Sie können uns jedenfalls nichts tun.«

Als sie tiefer in die Höhle hineingekommen waren, blieben sie stehen und witterten. »Wen wollen wir heute nehmen?« flüsterte der vorderste.

»Heute nehmen wir den großen Widder,« zischelte der hinterste. »Dann haben wir mit den anderen leichte Arbeit.«

Der Junge saß auf dem Rücken des alten Widders und sah, wie die Füchse sich heranschlichen. »Stoß nur gerade aus!« flüsterte er. Der Widder stieß zu, und der erste Fuchs wurde Hals über Kopf an den Eingang zurückgeschleudert. »Stoß jetzt nach links!« sagte der Junge und drehte den großen Kopf des Widders in die richtige Lage. Der Widder führte einen gewaltigen Stoß nach links, der den zweiten Fuchs in die Seite traf. Dieser überkugelte sich mehrere Male, ehe er wieder auf die Beine kam und fliehen konnte. Dem Jungen wäre es am liebsten gewesen, wenn der dritte auch noch einen Denkzettel bekommen hätte, aber dieser war schon auf und davon.

»Jetzt werden sie für heute Nacht genug haben!« rief der Junge.

»Das glaube ich auch,« sagte der Widder. »Lege dich nun auf meinen Rücken und krieche in die Wolle hinein. Nach dem Sturm, in dem du heute draußen gewesen bist, hast du ein warmes Lager wohl verdient.«

Das Höllenloch

Am nächsten Tage wanderte der Widder mit dem Jungen auf dem Rücken auf der Insel umher. Diese bestand aus einem einzigen großen Felsen. Sie war wie ein großes Haus mit senkrechten Mauern und einem Plattdach. Der Widder ging zuerst auf das Felsendach hinauf und zeigte dem Jungen die guten Weideplätze, die da oben waren, und dem Jungen kam die Insel gerade wie für Schafe geschaffen vor. Auf dem Berg wuchs nicht viel weiter als Schafschwingel und andre kleine, dürre, gewürzige Kräuter, die Schafe gern fressen.

Aber wer glücklich den jähen Abhang hinaufgekommen war, für den gab es da oben wahrlich auch noch andres zu sehen als nur Schafweiden. Da war zuerst das weite, weite Meer, das jetzt im Sonnenglanz herrlich blau leuchtete und mit schimmernden Wellen daherrollte. Nur an einzelnen Klippenvorsprüngen schäumte es weiß auf. Geradeaus gegen Osten lag die gleichmäßige, langgestreckte Küste von Gotland, und im Südwesten die Große Karlsinsel, die dieselbe Formation zeigte wie die Kleine Karlsinsel. Als der Widder ganz an den Rand der Felsenkuppe trat, so dass der Junge die Bergwand hinunterschauen konnte, sah er, dass sie voller Vogelnester war, und in der blauen Flut unten lagen in friedlicher Vereinigung die verschiedensten Arten von Möwen, Eidervögeln und Lummen und Alken, die eifrig Strömlinge fischten.

»Dies ist wirklich ein gelobtes Land,« sagte der Junge. »Ihr habt es wahrlich gut, ihr Schafe.«

»Jawohl, es ist schön hier,« sagte der Widder. Es war, als wollte er noch etwas hinzufügen, sagte aber doch nichts, sondern seufzte nur. »Aber wenn du allein hier umhergehst,« fuhr er nach einer Weile fort, »dann nimm dich ja vor all den Spalten in acht, die über den Berg hinlaufen.« Und das war eine gute Warnung, denn an mehreren Stellen waren tiefe und breite Felsenrisse. Die größte von diesen Spalten heiße das Höllenloch, sagte der Widder, es sei mehrere Meter tief und mehr als einen Meter breit. »Wenn einer da hinunterfiele, dann wäre es aus mit ihm,« fügte der Widder noch hinzu, und dem Jungen kam es vor, als habe er dies mit einer besonderen Absicht gesagt.

Nun führte er den Jungen an den Strand hinunter. Da bekam er denn auch die Riesen, die ihn in der Nacht erschreckt hatten, in der Nähe zu sehen. Es waren große Felsengebilde; der Widder nannte sie »Raukar«, und der Junge konnte sich nicht satt daran sehen. Er meinte, wenn es wirklich in Steine verwandelte Zauberer gäbe, müssten sie so aussehen.

Obgleich es unten am Strand auch recht schön war, gefiel es dem Jungen doch noch besser oben auf der Felsenhöhe. Es war ihm unheimlich da unten, weil überall tote Schafe lagen, denn hier pflegten die Füchse ihre Mahlzeiten zu halten. Der Widder und der Junge sahen vollständig abgenagte Skelette, aber auch Körper, die nur halb abgefressen waren, und wieder andre, die die Füchse ganz unversehrt gelassen hatten. Mit Grausen sahen sie, dass die wilden Tiere nur zu ihrem Vergnügen über die Schafe herfielen, nur um zu jagen und zu morden.

Der Widder hielt nicht bei den Toten an, sondern ging still an ihnen vorbei. Aber selbstverständlich sah der Junge die ganze Abscheulichkeit; er konnte nicht anders.

Jetzt stieg der Widder wieder den Berg hinauf; als er aber oben angekommen war, blieb er stehen und sagte: »Wenn jemand, der klug und tüchtig wäre, all dieses Elend hier zu sehen bekäme, dann würde er gewiss nicht ruhen, bis die Füchse ihre gerechte Strafe bekommen hätten.«

»Die Füchse müssen aber doch auch leben,« sagte der Junge.

»Jawohl,« erwiderte der Widder. »Und wer nicht mehr Tiere tötet, als er zu seinem Unterhalt bedarf, der darf wohl am Leben bleiben. Diese hier aber sind Übeltäter!«

»Die Bauern, denen die Insel gehört, müssten kommen und euch helfen,« meinte der Junge.

»Sie sind auch schon mehrere Male hier gewesen,« sagte der Widder, »aber die Füchse versteckten sich in Höhlen und Felsenspalten, wo man nicht auf sie schießen konnte.«

»Ach, mein guter Alter, Ihr glaubt doch wohl nicht, dass so ein armer kleiner Wicht wie ich mit ihnen fertig werden könnte, nachdem weder ihr noch die Bauern sie haben überwältigen können?« sagte der Junge.

»Wer klein und pfiffig ist, kann vieles ausrichten,« antwortete der Widder.

Sie sprachen jetzt nicht weiter von dieser Sache, und der Junge begab sich zu den Wildgänsen, die auf dem Berggipfel weideten. Obgleich er es dem Widder nicht hatte zeigen wollen, war er doch sehr betrübt über das Schicksal der Schafe, und er hätte ihnen gar zu gern geholfen. »Ich will jedenfalls mit Akka und dem Gänserich Martin darüber reden,« dachte er. »Vielleicht können sie mir einen guten Rat geben.«

Etwas später nahm der weiße Gänserich den Jungen auf den Rücken und wanderte mit ihm über den Felsengipfel nach dem Höllenloch. Ganz sorglos lief er über die offene Berghöhe hin und schien gar nicht daran zu denken, wie weiß und groß er war. Er suchte sich nicht hinter Erdhaufen oder anderen Erhöhungen zu verstecken, sondern ging ruhig seines Weges weiter. Es war merkwürdig, dass er nicht ein bisschen vorsichtig war, denn es schien ihm während des gestrigen Sturmes gar schlecht gegangen zu sein. Er hinkte mit dem rechten Bein, und der linke Flügel schleifte am Boden, als ob er gebrochen wäre.

Er wanderte umher, als sei durchaus keine Gefahr zu befürchten, biss da und dort einen Grashalm ab und sah sich gar nicht um. Der Junge lag auf dem Gänserücken ausgestreckt und schaute zum blauen Himmel empor. Er war das Reiten jetzt so gewohnt, dass er auf dem Gänserücken stehen und liegen konnte.

Da der Gänserich und der Junge so sorglos waren, bemerkten sie natürlich die drei Füchse nicht, die jetzt auf dem Berggipfel auftauchten. Und die Füchse, die wohl wussten, dass es beinahe unmöglich ist, einer Gans auf offenem Felde beizukommen, dachten im ersten Augenblick gar nicht daran, auf sie Jagd zu machen. Da sie aber nichts andres zu tun hatten, sprangen sie schließlich in eine der langen Felsenspalten hinein und versuchten, sich an die Gans heranzuschleichen. Sie gingen dabei so vorsichtig zu Werk, dass der Gänserich auch nicht einen Schein von ihnen sehen konnte.

Als sie nicht mehr weit von dem Gänserich entfernt waren, machte dieser einen Versuch, aufzufliegen. Er schlug mit den Flügeln, aber es gelang ihm nicht, vom Boden wegzukommen. Daraus folgerten die Füchse, der Gänserich könne nicht fliegen, und sie eilten rascher vorwärts. Sie hielten sich nicht mehr in der Kluft versteckt, sondern liefen auf die Hochebene hinaus. Hier verbargen sie sich, so gut sie konnten, hinter Erdhaufen und Felsstücken und kamen so immer näher zu dem Gänserich hin, ohne dass dieser merkte, dass Jagd auf ihn gemacht wurde. Schließlich waren sie ihm ganz nahe, jetzt konnten sie den Sprung wagen, und mit einem großen Satz warfen sie sich alle drei zugleich auf ihn.

Im letzten Augenblick musste der Gänserich aber doch etwas gemerkt haben, denn er sprang rasch zur Seite, und die Füchse verfehlten ihn. Aber das war nicht von großer Bedeutung, denn der Gänserich hatte nur ein paar Meter Vorsprung, und dazu war er lahm. Der Ärmste lief zwar, was er konnte, und Gänse können ja ungeheuer schnell laufen, selbst einem Fuchs kann es schwer fallen, sie zu fangen.

Der Junge saß rücklings auf dem Gänserücken und rief und schrie den Füchsen zu: »Ihr habt euch am Schaffleisch zu fett gefressen, ihr Füchse, ihr könnt ja nicht einmal eine Gans fangen!« Er reizte und ärgerte sie; das machte sie ganz toll und hitzig, und sie rannten jetzt sinnlos vorwärts.

Der weiße Gänserich aber lief geradeswegs auf die große Kluft zu. Als er sie erreicht hatte, schlug er mit den Flügeln, und drüben war er! Gerade da hatten ihn die Füchse eingeholt.

Der Gänserich lief, nachdem er über das Höllenloch hinübergekommen war, ebenso schnell vorwärts wie vorher. Doch kaum war er einige Meter weiter gelaufen, als der Junge ihm auf den Hals klopfte und sagte: »Jetzt kannst du anhalten, Gänserich!«

In diesem Augenblick hörten sie hinter sich ein paar wilde Schreie, ein Kratzen von Krallen und das Aufschlagen von mehreren Körpern. Aber von den Füchsen sahen sie nichts mehr.

Am nächsten Morgen fand der Leuchtturmwächter auf der Großen Karlsinsel ein Stück Rinde unter seiner Haustür, auf dem mit krummen, eckigen Buchstaben geschrieben stand: »Die Füchse auf der kleinen Insel sind in das Höllenloch gefallen. Mach, dass du hinkommst!«

Und das tat der Leuchtturmwächter auch.

11 Von Taberg nach Huskvarna

Die Wildgänse waren gut übers Meer gekommen und hatten sich im nördlichen Småland im Tjuster Bezirk niedergelassen. Hier erstreckten sich überall Meeresarme weit ins Land hinein und teilten es in Inseln, in Halbinseln, in Landengen und Landzungen. Das Meer war so aufdringlich, dass schließlich nur noch die Hügel und Bergrücken vom Wasser unbedeckt blieben.

Als die Wildgänse vom Meer hereinflogen, war es Abend geworden, und das hügelige Land lag schön zwischen den glänzenden Fjorden vor ihnen. Da und dort sah der Junge Hütten und Häuser auf den Inseln; und je weiter man ins Land hineinkam, desto größer und besser wurden die Wohnstätten, schließlich wuchsen sie zu großen weißen Herrenhöfen heran. Am Ufer hin stand gewöhnlich eine Reihe Bäume, diesseits davon lagen Ackerfelder, und oben auf den kleinen Hügeln wuchsen aufs neue Bäume.

Die Wildgänse ließen sich auf einem kahlen Holm weit drinnen im Gåsfjord nieder. Beim ersten Blick auf den Strand merkten sie, dass der Frühling große Fortschritte gemacht hatte, während sie sich auf den Inseln aufgehalten hatten. Die großen, prächtigen Bäume waren zwar noch nicht belaubt, aber die Wiesen darunter schimmerten in weiß, grün, gelb und blau. Die Gänse hielten verwundert an und überlegten, woher das wohl komme. Aber dann ging ihnen auf einmal ein Licht auf; die Wiesen waren mit weißen Anemonen, Krokus und Leberblümchen bedeckt.Als die Gänse ihre Reise fortsetzten, flogen sie dem blauen Tal zu. Sie waren alle in bester Laune, schrien und lärmten derart, dass alle, die nur Ohren zu hören hatten, auf sie aufmerksam werden mussten.

Dies war nun aber auch der erste so recht schöne Frühlingstag, den sie in diesem Landesteil erlebten. Bis dahin hatte der Frühling seine Arbeit unter Wind und Regen ausgeführt, und als es nun ganz schnell wunderschönes Wetter geworden war, überkam die Menschen drunten auf der Erde eine wahre Sehnsucht nach Sonnenwärme und nach grünen Wäldern, und sie konnten es kaum bei ihrer täglichen Arbeit aushalten. Als jetzt die Wildgänse frei und lustig hoch über ihnen dahinflogen, hielten alle ohne Ausnahme in ihrer Arbeit inne und schauten ihnen nach.

Die meisten Höfe hatten große weißangestrichene zweistöckige Häuser, die sehr stattlich aussahen, und der Junge verwunderte sich sehr darüber. »Hierzulande gibt es, wie es scheint, keine Bauern,« sagte er vor sich hin. »Ich sehe ja lauter Herrenhöfe.«

Doch da riefen die Wildgänse sogleich: »Hier wohnen die Bauern wie Herrenleute! Hier wohnen die Bauern wie Herrenleute!«

Auf der Ebene drunten waren Eis und Schnee verschwunden und die Frühlingsarbeiten hatten begonnen. »Was sind das für lange Krebse, die über die Äcker hinkriechen?« fragte der Junge nach einer Weile.

»Pflüge und Ochsen! Pflüge und Ochsen!« antworteten alle Wildgänse zugleich.

Die Ochsen kamen auf den Äckern so langsam vorwärts, dass man gar nicht merkte, wie sie sich bewegten, und die Gänse riefen ihnen zu: »Ihr kommt erst im nächsten Jahr an Ort und Stelle! Ihr kommt erst im nächsten Jahr an Ort und Stelle!«

Aber die Ochsen blieben die Antwort nicht schuldig. Sie taten das Maul auf und brüllten: »Wir schaffen in einer Stunde mehr Nutzen, als solche Landstreicher wie ihr in eurem ganzen Leben!«

An einigen Orten wurden die Pflüge von Pferden gezogen und diese zogen mit viel größerem Eifer als die Ochsen. »Schämt ihr euch nicht, Ochsenarbeit zu tun?« riefen die Gänse den Pferden zu. »Schämt ihr euch nicht, Ochsenarbeit zu tun?«

»Schämt ihr euch nicht selbst, die Faulenzer zu spielen?« wieherten die Pferde zurück.

Während Pferde und Ochsen bei der Arbeit draußen waren, lief der Stallhammel auf dem Hofe umher. Er war frisch geschoren und machte allerlei Bocksprünge, warf die kleinen Jungen um, trieb den Kettenhund in seine Hütte hinein und stolzierte dann umher, als sei er allein Herr auf dem Hofe. »Hammel, Hammel, was hast du mit deiner Wolle getan?« fragten die Wildgänse, die über ihn hinflogen.

»Die hab ich in die Fabriken von Norrköping geschickt!« antwortete der Hammel mit einem langen Meckern.

»Hammel, Hammel, was hast du mit deinen Hörnern gemacht?« fragten die Gänse. Aber Hörner hatte der Hammel zu seinem großen Kummer nie gehabt und man konnte ihn nicht mehr kränken, als wenn man ihn danach fragte. Lange sprang er wild umher und stieß mit dem Kopf, so zornig war er.

Auf der Landstraße trieb ein Mann aus Schonen eine Herde Ferkel vor sich her, die erst ein paar Wochen alt waren und weiter oben im Land verkauft werden sollten. Die Ferkel trotteten tapfer voran, ob sie auch noch so klein waren, und hielten sich dicht zusammen, wie um beieinander Schutz zu suchen. »Nöff, nöff, nöff, wir sind zu zeitig von Vater und Mutter weggekommen! Nöff, nöff, nöff, wie soll es uns armen Kindern gehen?« grunzten die Ferkelchen.

Nicht einmal die Wildgänse hatten das Herz, solche arme Tröpfchen zu necken. »Es wird euch besser gehen, als ihr denkt!« riefen sie ihnen im Vorbeifliegen zu.

Die Wildgänse waren nie so guter Laune, als wenn sie über ebenes Land hinflogen. Da beeilten sie sich durchaus nicht, sondern flogen von Hof zu Hof und trieben ihren Spaß mit den Haustieren.

Als der Junge hoch droben auf dem Gänserücken dahinritt, kamen ihm die Städte und Höfe, Kirchen und Fabriken, Schlösser und Bahnhöfe wie große und kleine Schmuckstücke vor, die darüber hingestreut waren. Die Ziegeldächer glänzten im Sonnenschein, und die Fensterscheiben funkelten wie Edelsteine. Gelbe Landstraßen, glänzende Eisenbahnschienen und blaue Kanäle liefen wie aus Seide gestickte Ranken zwischen den Ortschaften hin. Linköping lag um seine Domkirche herum wie die Perleneinfassung um einen kostbaren Stein, und die Höfe auf dem Lande waren wie Busennadeln und Knöpfe. Es war nicht viel Ordnung im Muster, aber es war eine Pracht, die zu sehen man nie müde wurde.

Die Gänse hatten die Omberggegend verlassen und flogen jetzt in östlicher Richtung am Götakanal hin. Dieser war auch dabei, sich für den Sommer herzurichten. Arbeiter besserten die Kanalufer aus und strichen die großen Schleusentüren mit Teer an.

Ja, überall auf dem Lande wurde gearbeitet, um den Frühling gut zu empfangen, und desgleichen auch in den Städten. Da standen Maler und Maurer auf den Gerüsten vor den Häusern und machten sie fein, die Dienstmädchen beugten sich zu den offenen Fenstern heraus und putzten die Scheiben. Drunten am Hafen wurden Segelboote und Dampfschiffe hergerichtet.

Bei Norrköping verließen die Wildgänse die Ebene und flogen gen Kolmården, und eine Weile folgten sie einer alten, hügeligen Landstraße, die sich an Felsenschluchten und wilden Bergwänden hinzog. Da stieß der Junge plötzlich einen Schrei aus. Er hatte, während er da auf dem Gänserich durch die Luft ritt, mit dem einen Fuß geschaukelt und dabei einen Holzschuh verloren.

»Gänserich! Gänserich!« rief der Junge. »Ich habe meinen Holzschuh fallen lassen!«

Der Gänserich wendete sich um und ließ sich auf die Erde hinabfallen. Aber da sah der Junge, dass zwei Kinder, die auf dem Wege daherkamen, seinen Schuh aufgelesen hatten.

»Gänserich! Gänserich!« schrie der Junge schnell. »Flieg wieder hinauf! Es ist zu spät! Ich kann meinen Schuh nicht wieder erlangen!«

Aber drunten auf dem Wege stand das Gänsemädchen Åsa mit ihrem Bruder Klein-Mats, und sie betrachteten einen kleinen Holzschuh, der vom Himmel heruntergefallen war.

Sie wendeten den Holzschuh um und betrachteten ihn genau, denn man findet nicht alle Tage den Holzschuh eines Wichtelmännchens auf der Landstraße.

»Warte, warte, Klein-Mats!« rief Åsa. »Hier auf der einen Seite steht etwas.«

»Ja, wirklich. Aber es sind sehr kleine Buchstaben.«

»Lass mich einmal sehen! Ja, da steht – – da steht – Nils Holgersson von Westvemmenhög.«

»Das ist das Merkwürdigste, was ich je gehört habe!« sagte Klein-Mats.

12 Der Eisgang

Am nächsten Tag war wunderschönes Wetter. Früh am Morgen wanderten auf der Landstraße, die von Sörmland nach Närke führt, das Gänsemädchen Åsa und Klein-Mats, die beiden Småländer Kinder. Der Weg führte an dem südlichen Ufer des Hjälmar hin, und die Kinder betrachteten eifrig das Eis, das noch den größten Teil des Sees bedeckte. Die Morgensonne goss ihren hellen Schein auf den Eisspiegel, der durchaus nicht düster und drohend aussah, wie dies im Frühling gewöhnlich der Fall ist, sondern glänzend hell und einladend zu den Kindern herüber leuchtete. So weit das Auge reichte, war das Eis fest und trocken. Das Regenwasser war schon durch alle Löcher und Sprünge hindurchgesickert, oder es war vom Eis selbst aufgesogen worden; so sahen die Kinder nichts als eine herrliche Eisdecke.

Das Gänsemädchen Åsa und Klein-Mats waren nach dem nördlichen Schweden unterwegs, und unwillkürlich stieg der Gedanke in ihnen auf, wie viele Schritte es ihnen doch ersparen würde, wenn sie quer über den großen See gehen könnten, anstatt rings um ihn herumwanderen zu müssen. Sie wussten allerdings, dass das Frühlingseis gefährlich sei; aber dieses hier sah ja vollständig sicher aus. Am Ufer war es mehrere Zoll dick, das sahen sie deutlich. Sie sahen auch einen ausgetretenen Pfad, dem sie folgen könnten, und das andre Ufer schien überdies ganz nahe vor ihnen zu liegen; in einer Stunde wären sie sicher drüben.

»Komm, wir wollen es versuchen,« sagte Klein-Mats. »Wenn wir gut achtgeben, dass wir nicht in eine Wake hineingeraten, geht es ganz leicht.«

Damit begaben sich die beiden Kinder aufs Eis hinaus. Das Eis war gar nicht glatt, sondern im Gegenteil ganz leicht zu beschreiten. Es war mehr Wasser darauf, als die Kinder vom Lande aus hatten wahrnehmen können, und da und dort waren kleine Löcher, wo das Wasser herausquoll. Vor solchen Stellen musste man sich hüten; aber mitten am Tage und bei dem hellen Sonnenschein war das nicht schwer.

Die Kinder kamen rasch und leicht vorwärts, und sie sagten immer wieder, wie klug es doch gewesen sei, dass sie, anstatt sich auf der aufgeweichten Landstraße weiter zu plagen, den Weg übers Eis genommen hätten.

Als sie eine Strecke weit gegangen waren, kamen sie an die Vinö. Auf dieser Insel sah sie eine alte Frau von ihrem Fenster aus. Eilig lief sie aus ihrem Hause heraus, winkte den Kindern und rief ihnen etwas zu, was diese aber nicht verstehen konnten; so viel errieten sie indes doch, die Frau warnte sie vor dem Weitergehen. Aber die Kinder auf dem Eis draußen dachten, sie sähen ja deutlich, dass ihnen keine Gefahr drohte. Sie wären wohl dumm, wenn sie das Eis jetzt verließen, da doch alles so gut ging.

Sie wanderten also an der Vinö vorüber, und jetzt hatten sie eine meilenweite Eisfläche vor sich. Von da an trafen die Kinder wiederholt auf große Wasserpfützen, um die herum sie große Umwege machen mussten. Aber das machte ihnen nur Spaß. Sie liefen um die Wette, um herauszufinden, wo das Eis am besten sei, und fühlten weder Hunger noch Müdigkeit. Sie hatten ja den ganzen Tag vor sich und lachten nur, so oft sie auf ein neues Hindernis stießen.

Ab und zu richteten sie den Blick auf das gegenüberliegende Ufer. Es schien noch immer gleich weit entfernt zu sein, obgleich sie schon eine ganze Stunde gegangen sein mochten. Da wurden sie doch ein wenig stutzig; sie hatten den See nicht für gar so breit gehalten. »Es ist, als ob das Ufer drüben vor uns zurückwiche,« sagte Klein-Mats.

Hier auf dem Eise war kein Schutz vor dem Westwind, der jetzt von Minute zu Minute heftiger wurde und ihnen die Kleider so um die Beine schlug, dass sie kaum noch vorwärts kommen konnten. Dieser kalte Wind war die erste wirkliche Unannehmlichkeit, die ihnen auf ihrem Weg begegnete.

Und über etwas verwunderten sie sich: der Wind kam mit einem sonderbaren Dröhnen dahergefegt, wie wenn er das Klappern einer großen Mühle oder den Lärm einer mechanischen Werkstatt mit sich brächte. Aber auf den Eisfeldern hier gab es ja nichts Derartiges.

Die Kinder waren jetzt westwärts um die große Insel Valen herumgegangen, und jetzt meinten sie auch zu sehen, dass sie dem nördlichen Ufer immer näher rückten. Aber zugleich wurde der Wind immer unerträglicher; das laute Donnern, das hinter ihm herklang, nahm auch zu, und da wurden die Kinder allmählich ängstlich.

Plötzlich stieg der Gedanke in ihnen auf, das Donnern, das sie hörten, könnte am Ende von Wellen herkommen, die sich mit wildem Schäumen am Ufer brächen. Aber das war auch unmöglich, denn der See war ja noch ganz mit Eis bedeckt.

Trotzdem blieben sie stehen und sahen sich um. Weit drüben im Westen, dort bei Björnö und Göksholmland erhob sich ein weißer Wall, der quer über das Eis hinging. Sie glaubten zuerst, es sei eine Schneeschanze, die den Weg entlang lief, aber bald erkannten sie, dass es der Schaum von Wellen war, die gegen das Eis getrieben wurden.

Als die Kinder das sahen, fassten sie sich bei den Händen und liefen, ohne ein Wort zu sagen, so schnell als ihre Beine sie zu tragen vermochten, davon. Dort drüben im Westen war der See offen, und sie meinten auch zu sehen, wie der aufschäumende Rand gegen Osten vordrang. Sie wussten zwar nicht, ob das Eis nun überall zugleich aufbrechen würde, oder was sonst geschehen könnte, aber sie fühlten deutlich, dass sie in Gefahr waren.

Auf einmal war es ihnen, als hebe sich das Eis gerade an der Stelle, über die sie hinliefen. Ja, ja, es hob sich und senkte sich wieder, wie wenn jemand von unten darangestoßen hätte. Gleich darauf ertönte ein dumpfer Knall, dann liefen nach allen Seiten Sprünge über die Eisdecke hin, und die Kinder sahen, wie diese Sprünge sich rasch nach allen Seiten weiter ausdehnten.

Jetzt wurde es einen Augenblick ganz still auf dem Eis; aber dann fühlten die Kinder aufs neue, wie sich das Eis unter ihnen hob und senkte, und danach wurden die Sprünge zu Rissen, durch die Wasser heraussprudelte. Und gleich darauf wurden die Risse zu klaffenden Spalten, die das Eis in große Schollen zerteilten.

»Åsa!« rief Klein-Mats. »Das ist gewiss der Eisgang!«

»Ja, so ist es, Klein-Mats,« sagte Åsa. »Aber wir können das Land noch erreichen. Lauf nur rasch weiter!«

In Wirklichkeit hatten die Wellen und der Wind noch ein schweres Stück Arbeit vor sich, bis das Eis von dem See weggeschafft sein konnte. Das Schwierigste war zwar getan, als die Eisdecke zerbrochen war, aber alle diese großen Schollen mussten noch zerkleinert und gegeneinander geschleudert werden, bis sie ganz zertrümmert, zerrieben und aufgelöst waren. Es gab noch eine Menge ganz hartes, festes Eis, das große, unbeschädigte Flächen bildete.

Die größte Gefahr für die Kinder lag aber darin, dass sie keinen Überblick über das Eis hatten. Sie konnten nicht sehen, wie breit die Risse waren und ob sie hinüberspringen könnten, und sie wussten auch nicht, welche Eisschollen groß genug waren, sie zu tragen. So irrten sie ratlos hin und her und gerieten dabei nur weiter auf den See hinaus, anstatt dem Lande näher zu kommen. Schließlich wussten sie sich auf dem brechenden Eis gar nicht mehr zu helfen; in höchster Angst blieben sie stehen und fingen an zu weinen.

Plötzlich flog eine Schar Wildgänse in sausender Eile über ihnen hin. Die Gänse schnatterten überlaut und zu ihrer höchsten

Verwunderung hörten die Kinder mitten aus dem Gänsegeschnatter heraus die Worte: »Ihr müsst nach rechts gehen, nach rechts!«

Die Kinder folgten hurtig dem Rat; aber es dauerte nicht lange, da standen sie schon wieder ratlos vor einem breiten, klaffenden Spalt.

Und wieder hörten sie die Gänse über sich schreien, und aus dem Geschnatter heraus unterschieden sie die Worte: »Bleibt, wo ihr seid! Bleibt, wo ihr seid!«

Die Kinder sprachen kein Wort über das, was sie hörten, sie gehorchten nur und blieben stehen. Gleich darauf glitten die Eisschollen wieder zusammen, und sie konnten über den Riss hinüberspringen. Nun fassten sie einander wieder an und rannten weiter. Sie hatten Angst, nicht allein vor der Gefahr, sondern auch vor der Hilfe, die ihnen zuteil geworden war.

Bald mussten sie wieder zweifelnd innehalten; aber sofort drang eine Stimme zu ihnen herunter, die rief: »Geradeaus! Geradeaus! Geradeaus!«

So ging es ungefähr eine halbe Stunde lang fort; da hatten die Kinder die lange Lungerspitze erreicht und konnten von da ans Land waten. Man merkte ihnen wohl an, wie groß ihre Angst gewesen war, denn als sie das Ufer erreicht hatten, hielten sie nicht an, um den See noch einmal zu betrachten, wo die Wellen jetzt ein immer wilderes Spiel mit den Eisschollen trieben, sondern eilten nur immer weiter. Als sie aber eine Strecke weit gegangen waren, machte Åsa plötzlich halt. »Warte hier ein wenig, Klein-Mats,« sagte sie. »Ich hab etwas vergessen.«

Damit ging sie wieder ans Ufer zurück. Hier suchte sie eifrig in ihrem Sack und zog schließlich einen kleinen Holzschuh heraus; den stellte sie auf einen Stein, wo er recht deutlich sichtbar war. Dann kehrte sie, ohne sich auch nur ein einziges Mal umzusehen, zu Klein-Mats zurück.

Sie hatte sich aber kaum umgedreht, als rasch wie der Blitz eine große, weiße Gans aus der Luft herabsauste, den Holzschuh mit dem Schnabel packte und ebenso rasch wieder hoch hinaufflog.

13 Die Überschwemmung

Mehrere Tage lang herrschte entsetzliches Wetter. Der Himmel war dicht mit Wolken bedeckt, der Wind heulte, und es regnete in Strömen. Die Menschen und Tiere wussten wohl, dass es so sein musste, wenn es Frühling werden sollte, trotzdem aber erschien ihnen dieses Wetter fast unerträglich.

Nachdem es einen Tag lang geregnet hatte, fingen die Schneemassen in den Wäldern im Ernst zu schmelzen an, und die Frühlingsbäche begannen zu rauschen. Alle Wasserpfützen auf den Höfen, das stillstehende Wasser in den Gräben, das Wasser, das zwischen den Grashügeln auf den Mooren und in den Teichen hervorquoll, alles miteinander kam in Bewegung und suchte sich einen Weg nach den Bächen, um nach dem Meere mitgenommen zu werden.

Die Bäche liefen so rasch wie nur möglich nach den Mälarflüssen, und die Flüsse taten ihr bestes, ihrerseits die Wassermassen dem Mälar zuzuführen. Und dann warfen an ein und demselben Tage alle kleinen Seen in Uppland und im Bergwerkdistrikt ihre Eisdecken ab. Dadurch füllten sich die Bäche mit Eisschollen, und das Wasser in ihnen stieg hurtig bis zu den Uferrändern. So vergrößert stürzten sich die Flüsse jetzt in den Mälar, und es dauerte nicht lange, da hatte dieser so viel Wasser aufgenommen, als er überhaupt fassen konnte. Reißend und wild schäumend drängte er seinem Ausfluss zu; aber der Norrstrom ist eine enge Wasserstraße, die das Wasser nicht so hurtig durchfließen lassen konnte, wie es nötig gewesen wäre. Überdies wehte ein sehr starker Ostwind, die Meereswellen brachen sich hoch aufschäumend am Ufer und standen dadurch dem Strom hindernd im Wege, als dieser sein Süßwasser in die Ostsee ergießen wollte. Da nun die Flüsse dem Mälar unaufhörlich neues Wasser zuführten, der Strom aber seine Fülle nicht so rasch hinausführen konnte, blieb dem großen See nichts andres übrig, als über seine Ufer zu treten.

Der See stieg sehr langsam, wie wenn er den schönen Ufern nur ungern Schaden zufügen würde. Da diese aber überall sehr niedrig und flach sind, hatte das Wasser schon nach kurzer Zeit das Land weit überschwemmt, und mehr brauchte er nicht, um allerorten die größte Aufregung hervorzurufen.

Der Mälar ist ein See von ganz besonderer Beschaffenheit; er besteht aus lauter engen Fjorden, Buchten und Sunden. Nirgends breitet er sich zu weiten, sturmgepeitschten Flächen aus; er scheint zu nichts anderem geschaffen zu sein, als für Lustfahrten, Segeltouren und fröhlichen Fischfang, und er hat viele reizende bewaldete Holme und Landzungen. Nirgends sind nackte, einsame, vom Wind umfegte Ufer; es ist, als habe der See nie daran gedacht, dass hier etwas andres als Lustschlösser, Sommerhäuser, Herrenhöfe und Vergnügungsorte stehen sollten. Und weil er sich für gewöhnlich so freundlich und mild zeigt, gerät vielleicht gerade deshalb alles in so fürchterliche Aufregung, wenn er ab und zu einmal seine freundliche Miene ablegt und offenbart, dass er auch ernstlich gefährlich werden kann.

Da es nun aussah, als wolle der Mälar wirklich eine Überschwemmung anrichten, wurden alle Boote und Einbäume, die während des Winters ans Land gezogen waren, in aller Eile gedichtet und geteert, damit sie so rasch wie möglich zum Gebrauch bereit wären. Die Brücken der Waschfrauen wurden hereingezogen, die Landungsbrücken dagegen verstärkt. Die Bahnwärter, deren Aufgabe es war, die dem Ufer entlang laufenden Eisenbahnstrecken zu bewachen, gingen beständig auf dem Bahndamm hin und her und wagten weder bei Nacht noch bei Tag ein wenig zu schlafen.

Die Bauern, die auf den niedrigen Holmen Heu oder dürres Laub in Scheunen aufbewahrt hatten, schafften alles eilig ans Land herüber. Die Fischer zogen ihre Netze und Reusen ein, damit sie nicht vom Hochwasser mit fortgerissen würden. An den Fähren wimmelte es von Menschen, die rasch übergesetzt werden wollten. Wer immer unterwegs war, ob auf dem Heimwege oder nach auswärts, musste sich beeilen, solange die Überfahrt noch möglich war.

In der Stockholmer Gegend, wo an den Ufern ein Dorf neben dem anderen liegt, war die Geschäftigkeit am größten. Die meisten Landhäuser lagen allerdings so hoch über den Ufern, dass ihnen keine Gefahr drohte; aber jedes von diesen Landhäusern hatte ja auch sein Badehaus und seine Landungsbrücke, und sie mussten in Sicherheit gebracht werden.

Doch nicht allein die Menschen gerieten in Aufregung, als der Mälar über seine Ufer stieg, nein, auch die Tiere waren in großer Not: Die Enten, deren Eier zwischen den Büschen am Ufer lagen, die Wasserratten und die Spitzmäuse, die am Ufer wohnten und kleine hilflose Junge in ihrem Neste hatten, ja selbst die stolzen Schwäne bekamen Angst für ihre Nester und ihre Eier.

Und es waren keine unnötigen Sorgen, denn mit jeder Stunde wuchs der Mälar.

Den Weiden und Erlen an den Ufern ging das Wasser schon hoch an den Stämmen herauf. In die Gärten war das Wasser eingedrungen; es arbeitete da in seiner eigenen Weise, und in den Gemüsebeeten und auf den Roggenfeldern, die ihm erreichbar waren, richtete es großen Schaden an.

Der See stieg und stieg, mehrere Tage hindurch. Die tiefgelegenen Wiesen um Gripsholm herum standen unter Wasser, und das große Schloss war jetzt nicht allein durch einen schmalen Graben, sondern durch breite Sunde vom Festlande getrennt. In Strängnäs wurde die schöne Strandpromenade in einen brausenden Fluss verwandelt, und in Wästerås bereitete man sich darauf vor, mit Booten in den Straßen umherzufahren. Ein paar Elche hatten auf einem Holm im Mälar überwintert; deren Lagerstatt geriet unter Wasser und kam ans Land geschwommen. Ganze Stapel Brennholz, eine Menge Bretter und Balken, Bottiche und Eimer schwammen umher, und überall waren die Leute eifrig bemüht, sie zu bergen.

In dieser schwierigen Zeit schlich Smirre, der Fuchs, eines Tages durch ein Birkengehölz, das etwas nördlich vom Mälar lag. Wie gewöhnlich beschäftigten sich seine Gedanken mit den Wildgänsen und dem Däumling und er sann und sann, wie er sie wieder finden könnte, denn er hatte ihre Spur vollständig verloren.

Während er so ganz mutlos dahinwanderte, entdeckte er plötzlich die Taube Agar, die Botschafterin, auf einem Birkenzweig. »Wie gut, dass ich dich treffe, Agar!« rief Smirre. »Du kannst mir vielleicht sagen, wo sich Akka von Kebnekajse mit ihrer Schar aufhält.«

»Es ist wohl möglich, dass ich es weiß,« sagte Agar; »aber ich habe nicht im Sinn, es dir mitzuteilen.«

»Das ist mir auch einerlei,« fuhr Smirre fort, »wenn du ihr nur eine Botschaft ausrichten willst, die man mir für sie aufgetragen hat. Du weißt doch, wie schrecklich es in diesen Tagen am Mälar aussieht. Es ist eine fürchterliche Überschwemmung und das große Schwanenvolk, das in der Hjälstabucht wohnt, ist in größter Sorge um seine Nester und Eier. Nun hat der Schwanenkönig Dagklar von dem Knirps gehört, der mit den Wildgänsen umherzieht und für alles Rat weiß, und er hat mich zu Akka geschickt, sie zu bitten, mit dem Däumling nach der Hjälstabucht zu kommen.«

»Ich werde deinen Auftrag ausrichten,« erwiderte Agar. »Aber es ist mir nicht recht klar, wie der kleine Wicht den Schwänen helfen könnte.«

»Mir ist es auch nicht klar, aber er kann ja alles Mögliche.«

»Ich wundere mich auch sehr darüber, dass Dagklar einen Fuchs mit einem Auftrag an die Wildgänse schickt,« wandte Agar ein.

»Da hast du ganz recht, wir sind sonst Feinde,« erwiderte Smirre mit freundlicher Stimme. »Aber in der Not muss man einander beistehen. Übrigens wirst du gut tun, wenn du Akka nicht sagst, dass du die Botschaft durch einen Fuchs erhalten hast, sonst könnte sie am Ende misstrauisch werden.«

Die Schwäne in der Hjälstabucht

Der sicherste Zufluchtsort für die Schwimmvögel am ganzen Mälar ist die Hjälstabucht. Die Hjälstabucht hat flache Ufer, einen niedrigen Wasserstand und eine Menge Binsen ganz wie der Tåkern. Sie ist zwar lange nicht so groß wie der berühmte Vogelsee, aber trotzdem eine ausgezeichnete Heimat für die Vögel, weil sie seit vielen Jahren als Freistatt anerkannt ist. Es wohnt nämlich ein großes Schwanenvolk dort, und der Besitzer des ganz in der Nähe liegenden alten Krongutes Ekolsund hat die Jagd da verboten, damit die Schwäne nicht gestört oder beunruhigt würden.

Sobald Akka erfahren hatte, dass die Schwäne ihrer Hilfe bedürften, flog sie eiligst nach der Hjälstabucht. Sie gelangte am Abend hin und sah da gleich, welche ungeheuren Zerstörungen die Überschwemmung angerichtet hatte. Die großen Schwanennester waren losgerissen und von dem heftigen Wind auf die Bucht hinausgetrieben worden; einige waren schon auseinandergefallen, andre umgestürzt, und die Eier lagen jetzt hell glänzend drunten im Wasser auf dem Grund.

Als sich Akka in der Bucht niederließ, waren alle hier wohnenden Schwäne am östlichen Ufer versammelt, wo sie vor dem Winde am besten geschützt waren. Die Überschwemmung hatte freilich großen Schaden bei ihnen angerichtet, aber sie waren viel zu stolz, irgend einen Kummer zu zeigen. »Es hat keinen Wert, unglücklich darüber zu sein. Hier herum gibt es genug Wurzelfasern und Stiele, um neue Nester zu bauen,« sagten sie.

Kein einziger Schwan hatte daran gedacht, fremde Hilfe in Anspruch zu nehmen, und sie hatten keine Ahnung, dass Smirre die Wildgänse herbeigerufen hatte.

Es waren mehrere hundert Schwäne versammelt und sie hatten sich ihrem Rang und ihrer Stellung gemäß aufgestellt; die jungen und unerfahrenen zu äußerst im Kreis, die alten und weisen mehr nach innen. Ganz in der Mitte lag Dagklar, der Schwanenkönig, mit Schneefrid, der Schwanenkönigin; diese beiden waren älter als alle anderen und fast alle Mitglieder des Schwanenvolkes waren ihre Kinder und Kindeskinder.

Dagklar und Schneefrid konnten von jenen Zeiten erzählen, wo es in Schweden noch gar keine wilden Schwäne gab, sondern nur zahme in den Schlossgräben und Teichen. Aber dann war einmal ein Schwanenpaar entwischt und hatte sich in der Hjälstabucht niedergelassen. Von diesen beiden stammten nun alle die Schwäne ab, die hier wohnten. In der jetzigen Zeit gibt es allerdings eine Menge wilder Schwäne im Mälar, sowie im Tåkern und im Hornborgasee; aber alle diese Ansiedler stammen aus der Hjälstabucht, und die Schwäne waren sehr stolz darauf, dass sich ihre Familie über einen See nach dem anderen ausbreitete.

Die Wildgänse hatten sich zufälligerweise auf der westlichen Seite der Bucht niedergelassen; aber nachdem Akka entdeckt hatte, wo die Schwäne lagen, schwamm sie sogleich zu ihnen hinüber. Sie war selbst sehr erstaunt, dass nach ihr geschickt worden war; aber sie betrachtete es als eine Ehre und wollte keinen Augenblick verlieren, wenn sie den Schwänen beistehen konnte.

Als Akka in die Nähe der Schwäne kam, hielt sie an, um zu sehen, ob die Gänse hinter ihr auch in einer geraden Linie und in der rechten Entfernung voneinander schwämmen. »Schwimmt nun hübsch und gerade!« sagte sie. »Starrt die Schwäne nicht an, als ob ihr noch nie etwas Schönes gesehen hättet, und kümmert euch nicht um das, was sie zu euch sagen!«

Akka besuchte die alte Schwanenherrschaft nicht zum ersten Male und bis jetzt war sie immer mit der Aufmerksamkeit empfangen worden, die einem so weitgereisten und angesehenen Vogel gebührte. Aber es war ihr nie angenehm, wenn sie durch alle die anderen Schwäne, die die Alten umringten, hindurchschwimmen musste. Sie kam sich nie so klein und grau vor, wie wenn sie mit den Schwänen zusammen war, und zuweilen ließ auch der eine oder der andre eine Bemerkung über gewisse graue hässliche Leute fallen. Aber da hielt es Akka immer fürs klügste, zu tun, als ob sie es nicht gehört hätte, und nur ruhig weiter zu schwimmen.

Diesmal schien alles ungewöhnlich gut zu gehen. Die Schwäne glitten ganz still zur Seite und die Wildgänse schwammen wie durch eine mit großen weißschimmernden Vögeln eingefasste Straße hindurch. Und diese weißen Vögel, die ihre Flügel wie Segel ausspannten, um sich vor den Fremden in ihrer ganzen Schönheit zu zeigen, boten einen überaus prächtigen Anblick. Sie machten nicht eine einzige spitzige Bemerkung, worüber Akka sich sehr verwunderte. »Gewiss hat König Dagklar von ihren Unarten Kenntnis erhalten und ihnen gesagt, sie sollten sich wie gebildete Tiere benehmen,« dachte die alte Wildgans.

Aber während die Schwäne sich so alle Mühe gaben, ihre guten Sitten zu zeigen, entdeckten sie plötzlich den weißen Gänserich, der ganz hinten in der langen Reihe der Gänse schwamm. Da ging ein Raunen der Verwunderung und des Zorns durch die Schwanenreihen und mit einem Schlage war es aus mit dem gebildeten Benehmen.

»Was ist denn das?« rief einer von den Schwänen. »Wollen die Wildgänse jetzt weiße Federn haben?«

»Sie werden sich doch nicht einbilden, dass sie deshalb Schwäne würden!« schrie es von allen Seiten.

Und mit ihren weithin tönenden Stimmen schrien die Schwäne immer lauter durcheinander; es war Akka ganz unmöglich, sich Gehör zu verschaffen, um ihnen zu erklären, dass dies eine zahme Gans sei, die sich ihnen angeschlossen habe.

»Da kommt gewiss der Gänsekönig selbst daher!« spotteten die Schwäne.

»Sie sind ganz unglaublich unverschämt!« riefen die anderen.

»Es ist gar keine Gans, es ist eine zahme Ente!«

Der große Weiße gedachte Akkas Ermahnung, sich nicht um das zu kümmern, was ihnen zugerufen würde. Er schwieg also ganz still und schwamm so schnell wie möglich vorwärts; aber es half nichts, die Schwäne wurden nur noch ausfälliger.

»Was hat er denn für eine Kröte auf dem Rücken?« fragte einer von ihnen. »Die Gänse meinen wohl, wir könnten nicht sehen, dass es eine Kröte ist, trotzdem sie sich wie ein Mensch herausgeputzt hat?«

Nun schwammen alle die Schwäne, die vorher in so schöner Ordnung dagelegen hatten, in wilder Aufregung durcheinander; alle drängten sich vor, um die weiße Wildgans zu sehen.

»So ein weißer Gänserich sollte sich wenigstens schämen, sich hier vor uns Schwänen sehen zu lassen!«

»Er ist gewiss ebenso grau wie die anderen und nur in einen Melkkübel getaucht.«

Jetzt hatte Akka den König Dagklar erreicht und wollte ihn eben fragen, womit sie ihm behilflich sein könnte, als dieser den Aufruhr unter seinem Volke gewahr wurde.

»Was ist denn da los? Habe ich ihnen nicht befohlen, höflich gegen die Fremden zu sein?« rief er und sah sehr unzufrieden aus.

Schneefrid, die Schwanenkönigin, schwamm zu ihren Untertanen hin, um Ordnung unter ihnen zu schaffen, und Dagklar wendete sich wieder an Akka. Doch schon kehrte Schneefrid sehr erregt zurück. »Kannst du sie nicht zum Schweigen bringen?« rief ihr der Schwanenkönig entgegen.

»Es ist eine weiße Wildgans unter ihnen,« antwortete die Schwanenkönigin. »Das ist wirklich schändlich. Es wundert mich nicht, dass sie wütend sind.«

»Eine weiße Wildgans!« rief Dagklar. »Das ist zu toll! Das gibt es ja gar nicht. Du wirst nicht recht gesehen haben.«

Das Gedränge um den Gänserich Martin herum wurde immer größer. Akka und die anderen Wildgänse versuchten, zu ihm hinzuschwimmen; aber sie wurden hin und her gepufft und konnten nicht bis zu ihm gelangen.

Jetzt setzte sich auch der alte Schwanenkönig, der stärkste von dem ganzen Volk, in Bewegung. Er schob alle anderen zur Seite und bahnte sich einen Weg zu dem weißen Gänserich hin. Aber als er sah, dass da wirklich eine weiße Gans auf dem Wasser lag, wurde er ebenso erregt wie alle anderen. Er fauchte vor Zorn, stürzte geradeswegs auf den Gänserich los und rupfte ihm ein paar Federn aus. »Ich will dich lehren, du Wildgans, in so einem Aufzug zu den Schwänen zu kommen!« rief er.

»Flieh, Martin, flieh, flieh!« rief Akka, denn sie erkannte, dass ihm die Schwäne jede Feder ausrupfen würden. Und »Flieh, flieh!« schrie auch der Däumling.

Aber der Gänserich war so fest zwischen den Schwänen eingekeilt, dass er seine Flügel nicht ausspannen konnte; und von allen Seiten streckten die erzürnten Schwäne ihre starken Schnäbel vor, ihm die Federn auszurupfen.

Der Gänserich verteidigte sich, so gut er konnte; er biss und stieß um sich, und die anderen Wildgänse griffen die Schwäne auch an. Aber das Ende war nur zu gut abzusehen; doch da wurde den Wildgänsen ganz unerwartet von andrer Seite Hilfe zuteil. Ein Rotkehlchen, das gesehen hatte, wie übel es den Wildgänsen bei den Schwänen erging, war der Helfer. Es stieß jenen scharfen Warnungsruf aus, dessen sich die kleinen Vögel bedienen, wenn es gilt, einen Habicht oder Falken in die Flucht zu jagen. Und kaum war der Ruf dreimal erklungen, als auch schon alle kleinen Vögel der Umgegend auf blitzschnellen Schwingen in einem großen kreischenden Schwarm auf die Hjälstabucht zustürmten.

Und diese armen schwachen Vögelein warfen sich auf die Schwäne; sie zwitscherten ihnen in die Ohren, versperrten ihnen die Aussicht mit ihren Flügeln, machten sie mit ihrem Geflatter verwirrt und brachten sie ganz außer sich, indem sie ihnen in die Ohren schrien: »Schämt euch! Schämt euch, ihr Schwäne!«

Der Überfall der kleinen Vögel dauerte nur ein paar Augenblicke; aber als der Vogelschwarm wieder weggeflogen und die Schwäne einigermaßen zu sich gekommen waren, hatten die Wildgänse die Flucht ergriffen und schon die andre Seite der Bucht erreicht.

Der neue Kettenhund

Etwas Gutes wenigstens hatten die Schwäne: als sie sahen, dass die Wildgänse entkommen waren, fanden sie es unter ihrer Würde, ihnen nachzujagen. Die Wildgänse durften also in aller Ruhe auf einer mit Binsen bewachsenen Insel schlafen.

Nils Holgersson aber konnte vor lauter Hunger nicht einschlafen. »Ich muss sehen, dass ich in irgend einem Haus etwas zum Essen finde,« sagte er.

In diesen Tagen, wo so vielerlei auf dem Wasser umhertrieb, war es für so einen kleinen Wicht wie Nils Holgersson nicht schwer, ein Beförderungsmittel zu finden. Er besann sich daher nicht lange, sondern sprang auf ein Bretterstück, das zwischen die Binsen hineingetrieben war. Dann fischte er einen kleinen Stock auf und stieß durch das seichte Wasser dem Ufer zu.

Kaum hatte er dieses erreicht, als er neben sich ein Plätschern im Wasser hörte. Er blieb unbeweglich stehen und sah da zuerst eine Schwänin, die ganz in seiner Nähe in ihrem großen Neste lag; dann aber erblickte er einen Fuchs, der ein paar Schritte ins Wasser hineingewatet war und sich zu dem Schwanenneste hinschlich.

»Hallo, hallo! Steh auf, steh auf!« rief der Junge und schlug mit seinem Stock ins Wasser.

Die Schwänin stand auf, aber doch nicht so rasch, dass der Fuchs sich nicht hätte auf sie werfen können, wenn er gewollt hätte. Aber er gab diesen Plan auf und rannte eiligst auf den Jungen zu.

Der Däumling sah den Fuchs auf sich zukommen und lief spornstreichs ins Land hinein. Vor ihm lag weiter, flacher Wiesengrund, nirgends sah er einen Baum, den er hätte erklettern, nirgends ein Loch, in dem er sich hätte verstecken können. Es blieb ihm nichts übrig, als zu fliehen. Nun war der Junge zwar ein guter Läufer, aber dass er es in der Geschwindigkeit mit einem Fuchs, der frei und ungehindert laufen konnte und nichts zu tragen hatte, nicht aufnehmen könnte, dessen war er sich nur zu klar.

Eine Strecke weit im Lande drinnen lagen einige Kätnerhütten, aus deren Fenstern heller Lichtschein herausdrang. Natürlich lief der Junge darauf zu; aber er musste sich selbst sagen, dass ihn der Fuchs längst eingeholt haben würde, ehe er die Häuser erreicht hätte.

Einmal war ihm der Fuchs schon so nahe, dass er den Jungen sicher zu haben meinte; aber da sprang dieser hastig zur Seite und lief wieder der Bucht zu. Diese Wendung hielt den Fuchs ein wenig auf, und ehe er den Jungen aufs Neue eingeholt hatte, war dieser zu ein paar Männern hingelaufen, die den ganzen Tag hindurch und noch am Abend das auf dem Wasser umhertreibende Gut geborgen hatten und jetzt auf dem Heimweg waren.

Die Männer waren müde und schläfrig; sie hatten weder den Fuchs noch den Jungen bemerkt, obgleich dieser auf sie zugelaufen war. Der Junge wollte sie indes gar nicht anreden und sie auch nicht um Hilfe bitten; er begnügte sich damit, neben ihnen herzulaufen, denn er dachte: »Der Fuchs wird sich wohl hüten, ganz dicht zu den Menschen hinzugehen.«

Aber bald hörte er, wie der Fuchs herbeischlich. Ja, er wagte sich wirklich ganz nahe an die Menschen heran, denn er dachte: »Sie werden mich wohl für einen Hund halten.«

»Was schleicht denn da für ein Hund hinter uns her?« sagte auch in der Tat einer von den Männern. »Er kommt uns so nahe, als ob er uns beißen wollte.«

Der andre blieb stehen und sah sich um. »Weg mit dir! Was willst du?« rief er und versetzte dem Fuchs einen Stoß, der ihn auf die andre Seite des Weges beförderte. Von da an hielt sich der Fuchs in ein paar Metern Abstand, lief aber unentwegt hinter den Männern her.

Bald erreichten die Männer die Kätnerhütten und gingen miteinander in eine von ihnen hinein. Der Junge hatte eigentlich im Sinne gehabt, sich mit ihnen hineinzuschleichen; aber kaum war er auf dem Flur angekommen, da sah er einen großen, schönen, langhaarigen Kettenhund aus der Hundehütte herausrasen und den Hausherrn stürmisch begrüßen. Da änderte der Junge seine Absicht und blieb vor dem Haus.

»Hör einmal, Hofhund,« sagte er leise, sobald die Männer die Tür hinter sich zugemacht hatten. »Willst du mir nicht helfen, heute Nacht einen Fuchs zu fangen?«

Der Hofhund hatte keine scharfen Augen, und zornig und hitzig war er von dem Angebundensein auch geworden. »Wie soll ich einen Fuchs fangen?« bellte er wütend. »Wer bist denn du, dass du daherkommst und mich verspottest? Komm mir nur so nahe, dass ich dich fassen kann, dann werde ich dich lehren, deinen Spott mit mir zu treiben.«

»O, ich habe durchaus keine Angst vor dir!« rief der Junge und lief zu dem Hund hin. Und als der Hund den kleinen Knirps sah, war er so überrascht, dass er kein Wort herausbringen konnte.

»Ich bin der Junge, den die Tiere den Däumling nennen, und der mit den Wildgänsen umherzieht,« sagte Nils Holgersson. »Hast du noch nicht von mir reden hören?«

»Doch, die Schwalben haben wohl so etwas von dir gezwitschert,« antwortete der Hund. »Du scheinst große Dinge ausgerichtet zu haben, obwohl du nur so klein bist.«

»Ja, bis heute ist es mir ganz gut gegangen, aber wenn du mir nicht hilfst, dann ist es wohl aus mit mir. Ein Fuchs ist mir dicht an den Fersen. Er steht dort an der Ecke und lauert auf mich.«

»Ei freilich, ich wittre ihn wirklich deutlich,« sagte der Hund. »Den werden wir bald haben.«

Damit jagte der Hofhund davon, soweit seine Kette reichte, und bellte und kläffte eine gute Weile.

»Ich glaube nicht, dass er sich jetzt noch einmal heranwagt,« sagte er dann.

»Ach, mit dem Bellen allein wird dieser Fuchs nicht in die Flucht geschlagen,« sagte der Junge. »Er wird gleich wieder da sein und das wäre auch am besten, denn ich habe mir nun einmal in den Kopf gesetzt, dass du ihn gefangen nehmen sollst.«

»Treibst du schon wieder deinen Spott mit mir?« rief der Hund.

»Nein, gewiss nicht. Komm nur mit mir in die Hundehütte hinein, damit der Fuchs uns nicht hören kann; dann sage ich dir, wie du es machen musst,« sagte der Junge.

Der Junge und der Hund krochen miteinander in die Hütte hinein und flüsterten da eifrig zusammen.

Nach einer Weile steckte der Fuchs die Nase um die Ecke und als alles still war, schlich er sich sachte in den Hof hinein. Er verfolgte die Spur des Jungen bis zur Hundehütte hin und setzte sich in angemessener Entfernung davon nieder, um zu überlegen, wie er ihn herauslocken könnte. Plötzlich steckte der Hund den Kopf heraus und knurrte den Fuchs an. »Mach dass du fort kommst, sonst komme ich heraus und packe dich!« rief er.

»Deinetwegen bleibe ich ruhig hier sitzen, solange ich Lust habe,« erwiderte der Fuchs.

»Geh deiner Wege!« brummte der Hund noch einmal in drohendem Ton. »Sonst hast du heute Nacht zum letzen Mal gejagt.«

Aber der Fuchs grinste den Hund nur an und wich nicht vom Fleck. »Ich weiß schon, wie weit deine Kette reicht,« sagte er.

»Nun habe ich dich zweimal gewarnt,« sagte der Hund und trat aus seiner Hütte heraus. »Jetzt musst du die Folgen selbst tragen.«

Und in demselben Augenblick fuhr er mit einem großen Satz auf den Fuchs los. Er erreichte ihn ohne jegliche Schwierigkeit, denn er war frei; der Junge hatte ihm sein Halsband abgenommen.

Einen Augenblick kämpften die beiden Tiere miteinander; aber der Streit war bald entschieden: Der Hund stand als Sieger, der Fuchs lag auf dem Boden und wagte sich nicht zu rühren. »Ruhig, ruhig! Wenn du nicht ganz ruhig bleibst, beiße ich dich tot,« sagte der Hund. Dann packte er ihn am Nacken und schleppte ihn in seine Hütte hinein. Da stand der Junge mit der Hundekette; er legte dem Fuchs das Halsband zweimal um den Hals und zog es recht fest zu, damit er ganz sicher gefangen saß; und die ganze Zeit über musste der Fuchs vollkommen still liegen und wagte sich nicht zu rühren.

»So so, mein Herr Smirre, nun hoffe ich, dass ein guter Kettenhund aus dir wird,« sagte der Junge, als er fertig war.

14 Daunenfein

Es gab nichts Lieberes und Gütigeres als die kleine Graugans Daunenfein. Alle anderen Wildgänse hatten sie sehr lieb, und der weiße Gänserich hätte gern sein Leben für sie gelassen. Wenn Daunenfein um etwas bat, konnte es ihr selbst die alte Akka nicht abschlagen.

Sobald Daunenfein an den Mälar kam, erkannte sie die Landschaft wieder. Gleich davor musste das Meer mit den großen Schären sein, wo ihre Eltern und Schwestern auf einem kleinen Holm wohnten. Daunenfein bat die Wildgänse, ehe sie weiter nach Norden zögen, mit ihr nach ihrer Heimat zu fliegen, damit sie den Ihrigen zeigen könne, dass sie noch am Leben sei; das würde daheim eine große Freude geben.

Akka sagte Daunenfein gerade heraus, sie sei der Ansicht, Daunenfeins Eltern und Geschwister hätten sich damals, als sie Öland verließen, nicht gerade liebevoll gegen die kranke Schwester benommen. Aber Daunenfein wollte Akka nicht recht geben. »Was hätten sie denn tun sollen, als sie sahen, dass ich nicht fliegen konnte?« erwiderte sie. »Sie hätten doch meinethalben nicht auf Öland zurückbleiben können.«

Um die Wildgänse zu bewegen, mit ihr nach den Schären hinauszufliegen, erzählte ihnen Daunenfein von ihrer Heimat. Diese liege auf einer Felseninsel. Wenn man die Insel aus der Ferne sehe, meine man, es gäbe gar nichts als Steine da, wenn man aber dort ankomme, finde man in den Rissen und Spalten herrliches Futter. Und bessere Brutplätze als dort in den Felsenspalten und unter den Weidenbüschen könnte man lange suchen. Das Beste von allem aber sei doch ein alter Fischer, der auf dem Holm wohne. Daunenfein habe gehört, dass er in seiner Jugend ein großer Jäger gewesen sei, der immer zwischen den Schären gelegen und Vögel erlegt habe. Aber auf seine alten Tage, nachdem seine Frau gestorben und seine Kinder fortgezogen seien, wohne er ganz allein in seinem Häuschen, und jetzt beschütze er die Vögel auf seiner Schäreninsel. Er lege nie mehr auf sie an und halte auch die anderen Fischer davon ab. Statt dessen gehe er jetzt bei den Vogelnestern umher und wenn die Weibchen auf ihren Eiern säßen, bringe er ihnen Futter. Kein einziger Vogel fürchte sich vor ihm. Daunenfein sei oft in seiner Hütte gewesen und da habe er ihr Brotkrumen hingestreut. Weil nun der Fischer so gut gegen die Vögel sei, hätten sich diese auch in großer Menge auf der Schäre niedergelassen, und es fehle dort nächstens an dem nötigen Platz. Wenn man im Frühling zu spät eintreffe, könnten möglicherweise schon alle Brutplätze besetzt sein. »Und deshalb haben meine Eltern und Geschwister mich auch allein in Öland zurücklassen müssen,« schloss Daunenfein die Erzählung.

Und Daunenfein bat und bettelte so lange, bis sie ihren Willen durchgesetzt hatte, obgleich die Wildgänse sich schon etwas verspätet hatten und eigentlich ohne Aufenthalt nordwärts reisen sollten. Aber der Besuch in den Schären würde die Reise allerdings nur um einen einzigen Tag verzögern.

Daunenfein hatte zwei Schwestern: Flügelschön und Goldauge. Es waren kluge und starke Vögel; aber sie hatten kein so weiches, glänzendes Federgewand wie Daunenfein und auch keinen so freundlichen, liebenswürdigen Charakter. Schon zu der Zeit, wo sie noch kleine hässliche Gösselchen gewesen waren, hatten ihnen die Eltern und Verwandten, ja sogar auch der alte Fischer deutlich zu verstehen gegeben, dass sie Daunenfein lieber hätten und deshalb hatten diese beiden ihre Schwester Daunenfein von jeher gehasst.

Als die Wildgänse sich auf der Felseninsel niederließen, weideten Daunenfeins Schwestern, Flügelschön und Goldauge, eben auf einem grünen Fleck und sie sahen die Wildgänse sogleich.

»Sieh nur, Schwester Goldauge, welche stattlichen Wildgänse sich da auf unsrer Insel niederlassen!« sagte Flügelschön. »Ich habe noch nicht oft Vögel gesehen, die eine so prächtige Haltung gehabt hätten. Und sieh nur, sie haben einen weißen Gänserich bei sich! Hast du je einen so schönen Vogel gesehen? Man könnte ihn fast für einen Schwan halten.«

Goldauge stimmte der Schwester bei und meinte auch, da sei gewiss sehr vornehmer Besuch auf die Insel gekommen. Aber plötzlich unterbrach sie sich und rief: »Schwester Flügelschön! Schwester Flügelschön! Siehst du nicht, wer bei ihnen ist?«

In demselben Augenblick erkannte auch Flügelschön ihre Schwester Daunenfein und sie war so überrascht, dass sie eine ganze Weile nur mit offenem Schnabel dastand und zischte.

»Es ist nicht möglich, es ist nicht möglich! Wie sollte sie zu solchen Leuten gekommen sein? Wir ließen sie ja auf Öland zurück und dort hat sie verhungern müssen.«

»Nun wird sie uns natürlich bei Vater und Mutter verklagen und sagen, dass wir sie gestoßen hätten, bis sie sich den Flügel ausrenkte. Aber das ist noch nicht das schlimmste von allem, denn du wirst sehen, wir werden dafür von der Insel verjagt.«

»Ja, das wird eine nette Geschichte geben; denn wenn der verzärtelte Nestkegel wieder da ist, gibt es natürlich lauter Widerwärtigkeiten,« sagte Flügelschön. »Aber ich würde es doch fürs klügste halten, wenn wir im Anfang täten, als ob wir uns über ihre Rückkehr freuten. Sie ist nämlich sehr dumm, und vielleicht hat sie nicht einmal gemerkt, dass wir sie mit Absicht stießen.«

Während Flügelschön und Goldauge so miteinander redeten, hatten die Wildgänse drunten am Strand ihre von dem raschen Flug zerzausten Federn geglättet und jetzt wanderten sie in einer langen Reihe auf den Felsenspalt zu, wo, wie Daunenfein wusste, die Eltern zu wohnen pflegten.

Daunenfeins Eltern waren ausgezeichnete Leute; sie wohnten schon länger auf der Insel als alle die anderen Vögel. Sie halfen deshalb auch allen Neuankommenden und gaben ihnen guten Rat. Auch sie hatten die Wildgänse daherfliegen sehen, aber Daunenfein in der Schar nicht erkannt.

»Sieh nur, da lassen sich Wildgänse auf der Felseninsel nieder, das ist doch merkwürdig!« sagte der Gänsevater. »Es ist eine prächtige Schar, das sieht man schon am Flug, aber es wird schwierig sein, für so viele ordentliche Weideplätze zu finden.«

»Bis jetzt ist die Insel noch nicht überfüllt und wir können schon noch Gäste aufnehmen,« meinte die Gänsefrau, die freundlichen, gutherzigen Gemütes war, gerade wie Daunenfein.

Als Akka näher herankam, gingen Daunenfeins Eltern ihr entgegen, und sie wollten die Gäste eben auf der Insel willkommen heißen, als Daunenfein von ihrem Platz hinten im Zug aufflog und sich gerade vor ihren Eltern niederließ.

»Vater und Mutter, hier bin ich! Kennt ihr denn eure Daunenfein nicht mehr?« rief sie.

Zuerst wollten die Alten ihren Augen nicht trauen; aber dann erkannten sie die Tochter und waren natürlich glückselig über das Wiedersehen.

Während nun die Wildgänse und der Gänserich Martin und auch Daunenfein eifrig durcheinanderschnatterten, weil alle erzählen wollten, wie Daunenfein gerettet worden war, kamen Flügelschön und Goldauge dahergelaufen. Schon aus der Ferne riefen sie: »Guten Tag! Guten Tag!« und taten so erfreut über Daunenfeins Rückkehr, dass diese ganz gerührt wurde.

Den Wildgänsen gefiel es sehr gut auf der Felseninsel und so beschlossen sie, nicht vor dem nächsten Morgen weiterzureisen. Nach einer Weile fragten die beiden Schwestern Daunenfein, ob sie mit ihnen kommen wolle, um zu sehen, wo sie ihre Nester zu bauen beabsichtigten. Daunenfein war sogleich bereit, und als sie die Plätze sah, lobte sie die Schwestern und sagte, sie hätten sich da sehr wohlgeschützte Brutstätten ausgewählt.

»Wo willst denn du dich niederlassen, Daunenfein?« fragten die Schwestern.

»Ich?« erwiderte Daunenfein. »Ich habe nicht die Absicht, auf der Insel zu bleiben, denn ich will mit den Wildgänsen nach Lappland reisen.«

»Wie schade! Du willst uns also wieder verlassen?« sagten die Schwestern.

»Ich wäre recht gerne bei euch und bei unsern Eltern geblieben,« erwiderte Daunenfein. »Aber ich bin schon mit dem großen weißen Gänserich verlobt.«

»Hör ich recht?« rief Flügelschön. »Du bekommst den schönen Gänserich? Das ist doch ....« Aber in diesem Augenblick stieß Goldauge sie heftig an, und so sprach sie nicht weiter.

Die beiden bösen Schwestern steckten während des Vormittags wiederholt eifrig die Köpfe zusammen. Sie waren ganz außer sich vor Zorn, weil Daunenfein einen Freier wie den weißen Gänserich hatte. Sie selbst hatten zwar auch Freier; aber die ihrigen waren ganz gewöhnliche Graugänse und seit sie den Gänserich Martin gesehen hatten, kamen ihnen ihre Freier hässlich und ärmlich vor, sie mochten sie gar nicht mehr ansehen.

»Man könnte sich wirklich zu Tode darüber grämen,« sagte Goldauge. »Hättest wenigstens du ihn bekommen, Schwester Flügelschön!« rief sie.

»Ich wollte, der Kerl wäre tot, dann müsste ich mir jetzt nicht den ganzen Sommer hindurch unaufhörlich vorsagen: Deine Schwester Daunenfein hat sich mit einem weißen Gänserich verlobt,« sagte Flügelschön.

Trotzdem waren die Schwestern fortgesetzt sehr freundlich gegen Daunenfein; und nachmittags nahm Goldauge Daunenfein mit sich, damit sie Goldauges Freier sehen sollte. »Er ist zwar nicht so schön wie dein Bräutigam,« sagte Goldauge. »Dafür kann man aber auch ganz sicher sein, dass er das wirklich ist, wofür er sich ausgibt.«

»Was willst du damit sagen, Goldauge?« fragte Daunenfein.

Goldauge wollte zuerst nicht mit der Sprache heraus, aber schließlich kam es doch an den Tag: Goldauge und Flügelschön hatten sich darüber besonnen, ob die Sache mit dem Weißen auch auf ganz natürliche Weise zugegangen sei. »Noch niemals ist ein weißer Gänserich mit Wildgänsen umhergezogen,« sagten die Schwestern, »und wir möchten wohl wissen, ob er nicht am Ende verzaubert ist.«

»Seid ihr verrückt?« sagte Daunenfein gekränkt. »Er ist ja ein zahmer Gänserich.«

»Er hat aber einen bei sich, der verzaubert ist,« sagte Goldauge, »und da könnte er gut selbst auch verzaubert sein. An deiner Stelle hätte ich Angst, er sei möglicherweise ein schwarzer Kormoran.«

Goldauge wusste ihre Worte sehr gut zu setzen und jagte der armen Daunenfein einen großen Schrecken ein.

»Was du da sagst, ist doch wohl nicht dein Ernst!« rief die kleine Graugans. »Du willst mich nur erschrecken.«

»Ich will nur dein Bestes, Daunenfein,« sagte Goldauge. »Denn ich könnte mir nichts Schrecklicheres denken, als wenn du mit einem Kormoran fortfliegen würdest. Aber ich will dir etwas sagen. Bring ihn dazu, von diesen Wurzeln hier, die ich für dich gesammelt habe, zu essen. Wenn er verzaubert ist, wird es sich sofort zeigen. Ist dies nicht der Fall, dann bleibt er so, wie er ist.«

Der Junge saß mitten unter den Graugänsen und hörte der Unterhaltung zwischen Akka und dem Gänsevater zu, als plötzlich Daunenfein dahergestürzt kam. »Däumling! Däumling!« schluchzte sie. »Der Gänserich Martin ist am Sterben. Ich habe ihn umgebracht!«

»Nimm mich auf den Rücken, Daunenfein, und trage mich rasch zu ihm hin!« rief der Junge.

Die beiden flogen davon, und Akka eilte mit den anderen Wildgänsen hinter ihnen her. Als sie bei dem Gänserich ankamen, lag dieser auf dem Boden ausgestreckt. Er konnte kein Wort herausbringen, sondern schnappte nur immer nach Luft.

»Kitzle ihn an der Gurgel und schlage ihn auf den Rücken!« befahl Akka.

Der Junge tat es; da hustete der große Weiße einige lange Wurzeln heraus, die ihm im Halse stecken geblieben waren.

»Hast du hiervon gegessen?« fragte Akka und deutete auf die am Boden liegenden Wurzeln.

»Ja,« antwortete der Gänserich.

»Dann darfst du von Glück sagen, dass sie dir im Halse stecken geblieben sind,« sagte Akka. »Die Wurzeln sind giftig, und wenn du sie geschluckt hättest, wärest du unrettbar verloren gewesen.«

»Daunenfein sagte, ich solle davon essen,« sagte der Gänserich.

»Ich habe sie von meiner Schwester bekommen,« rief Daunenfein und erzählte, wie alles zugegangen war.

»Nimm dich vor deinen Schwestern in acht, Daunenfein,« sagte Akka. »Sie meinen es nicht gut mit dir.«

Aber Daunenfein hatte ein gar zu gutes Herz, sie konnte niemand etwas Böses zutrauen. Als nun Flügelschön nach einer Weile zu ihr kam und sagte, sie wolle ihr jetzt auch ihren Freier zeigen, ging sie sogleich mit.

»Er ist freilich nicht so schön wie der deinige,« sagte die Schwester, »aber dafür ist er auch viel tapferer und kühner.«

»Woher weißt du das?« fragte Daunenfein.

»Das will ich dir sagen. Unter den Möwen und Enten hier herrscht Jammer und Not, weil jeden Morgen bei Tagesanbruch ein großer Raubvogel dahergeflogen kommt und eine von ihnen mitnimmt.«

»Was ist es für ein Vogel?« fragte Daunenfein.

»Wir wissen es nicht,« antwortete die Schwester. »Es ist noch nie so einer hier auf der Insel gesehen worden. Merkwürdigerweise hat er noch nie eine Gans angefallen. Da hat sich nun mein Freier entschlossen, morgen mit ihm zu kämpfen und ihn zu verjagen.«

»Wenn die Sache nur gut abläuft!« sagte Daunenfein.

»Ich fürchte, das wird nicht der Fall sein,« versetzte die Schwester. »Ja, wenn mein Gänserich so groß und stark wäre wie der deinige, dann hätte ich auch Hoffnung auf Erfolg.«

»Soll ich den Gänserich Martin bitten, mit diesem fremden Raubvogel anzubinden?« fragte Daunenfein.

»Das wäre mir freilich das allerliebste,« erwiderte Flügelschön. »Du könntest mir gar keinen größeren Gefallen tun.«

Am nächsten Morgen war der Gänserich Martin schon vor der Sonne auf; er stellte sich auf die höchste Klippe und spähte nach allen Seiten umher. Bald tauchte im Westen ein großer dunkler Vogel auf, der auf die Insel zuflog. Er hatte ungeheuer große Flügel, und der Gänserich sah gleich, dass es ein Adler war. Er hatte keinen gefährlicheren Gegner als eine Eule erwartet und erkannte jetzt wohl, dass es das Leben galt. Aber es fiel ihm nicht ein, dem Kampf mit einem Vogel, der so viel stärker war als er, auszuweichen.

Jetzt schoss der Adler aus der Höhe herab und schlug seine Klauen in eine Möwe; aber ehe er mit ihr auffliegen konnte, stürmte der Gänserich heran.

»Lass die Möwe los!« schrie er. »Und lass dich nie wieder hier blicken, sonst bekommst du es mit mir zu tun!«

»Was bist denn du für ein Prahlhans?« sagte der Adler. »Es ist ein Glück für dich, dass ich nie eine Gans angreife, sonst wäre es bald um dich geschehen.«

Der Gänserich Martin glaubte, der Adler sei zu hochmütig, mit ihm zu kämpfen. Er ging darum wutschnaubend auf ihn los, biss ihn in den Hals und schlug ihn mit den Flügeln. Das konnte sich der Adler natürlich nicht gefallen lassen, und nun kämpfte er mit dem Gänserich, aber nicht einmal mit voller Kraft.

Der Junge schlief noch bei Akka und den anderen Wildgänsen. Da hörte er Daunenfein rufen: »Däumling! Däumling! Der Gänserich wird von einem Adler zerrissen!«

»Nimm mich auf den Rücken, Daunenfein, und trage mich zu ihm hin,« sagte der Junge.

Als die beiden die Klippe erreicht hatten, blutete der Gänserich aus mehreren Wunden; er kämpfte aber trotzdem weiter. Der Junge konnte sich nicht mit einem Adler einlassen, und es blieb ihm also nichts andres übrig, als bessere Hilfe herbeizurufen. »Schnell, schnell, Daunenfein! Rufe Akka und die Wildgänse herbei!« befahl er.

Doch in dem Augenblick, wo der Junge das sagte, hörte der Adler auf zu kämpfen. »Wer spricht hier von Akka?« fragte er. Und als er den Däumling gewahr wurde und das Geschnatter der herbeieilenden Wildgänse hörte, breitete er rasch die Schwingen aus. »Sage Akka, ich hätte nicht erwartet, sie oder irgendjemand aus ihrem Gefolge hier draußen auf dem Meere anzutreffen!« rief er; und damit flog er stolz und majestätisch davon.

Die Wildgänse wollten in aller Frühe von der Insel wegfliegen, beschlossen aber, vorher doch noch ein wenig zu frühstücken. Während sie noch weideten, flog eine Felsenente zu Daunenfein hin. »Ich soll dich von deinen Schwestern grüßen,« sagte sie. »Sie wagen es nicht mehr, sich unter den Wildgänsen sehen zu lassen, aber ich soll sagen, du solltest doch ja die Insel nicht verlassen, ohne dem alten Fischer einen Besuch gemacht zu haben.«

»Das will ich auch tun!« rief Daunenfein. Sie war jedoch sehr ängstlich geworden und wollte nicht allein hingehen. Deshalb bat sie den Gänserich und den Däumling, sie nach der Hütte zu begleiten.

Die Tür der Hütte stand offen. Daunenfein ging hinein, die beiden anderen blieben draußen. Im nächsten Augenblick hörten sie Akka das Zeichen zum Aufbruch geben. Die Graugans trat auch gleich darauf aus der Hütte heraus und flog mit den Wildgänsen von der Insel fort.

Die Schar war schon eine ziemliche Strecke zwischen den Schären hingeflogen, als der Junge sich über die Graugans, die mit ihnen flog, sehr verwunderte. Daunenfein flog doch sonst so leicht und ruhig dahin, diese aber hier ruderte mit schweren rauschenden Flügelschlägen durch die Luft. »Akka, wende um! Akka, wende um!« rief der Junge erregt. »Es ist ein fremder Vogel unter uns. Wir haben Flügelschön in unsrer Schar!«

Kaum hatte er dies gesagt, als die Graugans einen hässlichen zornigen Ruf ausstieß, und nun war niemand mehr im Zweifel, wer sie war. Akka und die anderen wendeten sich gegen sie; die Graugans entfloh jedoch nicht sogleich, sondern stürzte sich auf den großen Weißen, packte den Däumling mit dem Schnabel und flog mit ihm davon.

Nun entspann sich eine wilde Jagd zwischen den Schären. Flügelschön flog sehr rasch, aber die Wildgänse waren dicht hinter ihr, und sie hatte nicht die geringste Hoffnung, ihnen zu entkommen.

Da stieg plötzlich ein leichter, weißer Rauch aus dem Meere auf, und zugleich ertönte der Knall eines Schusses. In ihrem Eifer hatten die Vögel nicht gemerkt, dass sie über einem Boot hinflogen, in dem ein einzelner Fischer saß.

Es wurde indes niemand getroffen; aber gerade über dem Boot öffnete Flügelschön den Schnabel und ließ den Däumling ins Meer fallen.

15 Stockholm

Vor mehreren Jahren wohnte auf Skansen, dem großen Freiluftmuseum bei Stockholm, wo so gar vielerlei Merkwürdiges aus ganz Schweden zusammengebracht worden ist, ein kleiner, alter Mann, namens Klement Larsson. Er stammte aus Hälsingeland und war nach Skansen gekommen, um dort alte Volkstänze und Volkslieder auf seiner Geige zu spielen. Er trat aber natürlich meist nur an den Nachmittagen als Geiger auf, vormittags saß er als Wächter in einem der schönen Bauernhäuser, die man aus allen Teilen des Landes nach Skansen verpflanzt hat. Im Anfang dachte Klement, er habe es jetzt auf seine alten Tage besser, als er sich in seinem ganzen Leben je einmal zu träumen gewagt hätte. Aber nach einiger Zeit wurde es ihm schrecklich langweilig da droben, besonders in den Stunden, wo er Aufsicht hatte. Wenn Leute kamen, die sich das Haus ansahen, dann ging es ja noch an; aber manchmal saß der gute Klement stundenlang ganz allein da drinnen und dann überkam ihn das Heimweh mit solcher Gewalt, dass er es oft kaum mehr aushalten konnte und allen Ernstes daran dachte, seine Stelle aufzugeben. Er war freilich sehr arm und wenn er in seine Heimat zurückkehrte, fiel er der Gemeinde zur Last, das wusste er recht wohl. Deshalb kämpfte er auch mit aller Macht gegen das Heimweh an, obgleich er sich von Tag zu Tag unglücklicher fühlte.

Eines schönen Tages, zu Anfang Mai, hatte Klement ein paar Stunden frei, und er ging eben den steilen Hügel hinab, auf dem Skansen liegt, als er einem Fischer aus den Schären begegnete, der mit seinem Kasten auf dem Rücken daherkam. Der Fischer war ein junger, kräftiger Mann, der öfters nach Skansen kam und Seevögel anbot, die er lebendig gefangen hatte; Klement war schon oft mit ihm zusammengetroffen.

Heute nun hielt der Fischer Klement an und fragte ihn, ob der Vorstand von Skansen daheim sei. Nachdem Klement ihm Auskunft gegeben hatte, fragte er seinerseits den Fischer, was er denn Seltenes in seinem Kasten habe.

»Ich will es dir zeigen, Klement,« sagte der Fischer, »wenn du mir dafür einen guten Rat geben und mir sagen willst, was ich dafür verlangen soll.«

Damit streckte er Klement seinen Fischkasten hin. Klement sah hinein, sah noch einmal hinein und trat hastig einen Schritt zurück. »Um alles in der Welt, Asbjörn, wo hast du denn diesen aufgetrieben?«

Es war ihm eingefallen, dass ihm seine Mutter, als er noch ein Kind war, oft von den Wichtelmännchen, die unter dem Steinboden wohnten, erzählt hatte. Er sollte nicht weinen und nicht schreien, damit die Wichtelmännchen nicht erzürnt würden. Als er dann erwachsen war, hatte er geglaubt, seine Mutter habe die Geschichten von den Wichtelmännchen nur erfunden, um ihm einen heilsamen Schrecken einzujagen. »Aber nun ist es also doch keine Erfindung von meiner Mutter gewesen,« dachte Klement. »Denn hier in Asbjörns Kasten liegt ja einer aus dem Wichtelvolk.«

In Klements Herzen wohnte noch immer ein Rest von jener Kinderangst und es lief ihm kalt über den Rücken hinab, als er in den Kasten hineinschaute. Asbjörn sah Klements Schrecken und fing zu lachen an; aber Klement nahm die Sache sehr ernst.

»Erzähle mir doch, wo du ihn her hast,« sagte er.

»O, du musst nicht denken, ich hätte ihm aufgelauert,« sagte Asbjörn. »Das Kerlchen ist selbst zu mir gekommen. Heute Morgen bin ich in aller Frühe im Boot hinausgefahren und kaum hatte ich das Festland hinter mir, als eine Schar Wildgänse mit lautem Geschnatter von Osten dahergezogen kam. Ich feuerte einen Schuss auf sie ab, traf jedoch keine von ihnen, dafür aber sauste dieser kleine Kerl aus der Luft herunter und fiel dicht neben meinem Boot ins Wasser, ich brauchte nur die Hand nach ihm auszustrecken.«

»Du wirst ihn doch nicht getroffen haben, Asbjörn?«

»O nein, er ist ganz frisch und gesund; aber zuerst war er nicht so recht bei sich und diese Gelegenheit benützte ich, ihm Hände und Füße mit einem Stück Bindfaden zusammenzubinden, damit er mir nicht davonlaufen könnte. Denn ich dachte ja gleich, das sei etwas für Skansen.«

Klement wurde es ganz sonderbar zumute, als der Fischer sein Erlebnis erzählte. Alles, was er in seiner Jugend von den Wichtelmännchen gehört hatte, von ihrer Rachgier gegen Feinde und ihrer Hilfsbereitschaft gegen Freunde, tauchte in seiner Seele auf. Wer es je einmal versucht hatte, ein Wichtelmännchen gefangen zu halten, dem war es schlecht ergangen.

»Höre, Asbjörn, du hättest ihn gleich wieder freigeben sollen,« sagte Klement.

»Ich hätte auch beinahe gar nicht anders gekonnt,« antwortete Asbjörn. »Die Wildgänse verfolgten mich bis nach Hause und selbst dann flogen sie noch lange über den Schären hin und her und schrien immerfort, wie wenn sie das Kerlchen wieder haben wollten. Ja, und das war noch nicht einmal alles, denn die ganze Vogelgesellschaft da draußen, Möwen und Seeschwalben und alle anderen, die keinen ehrlichen Schuss Pulver wert sind, ließen sich laut schreiend auf den Klippen nieder und als ich aus meiner Hütte heraustrat, flatterten sie wie toll um mich her; es blieb mir nichts übrig, als wieder umzukehren. Meine Frau sagte, ich solle den Knirps wieder laufen lassen, aber ich hatte mir nun einmal in den Kopf gesetzt, ihn hierher nach Skansen zu bringen. Da stellte ich denn eine Puppe von unserm Kleinen ans Fenster, steckte den Knirps rasch in meinen Kasten und machte mich wieder auf den Weg. Die Vögel meinten wohl, die Puppe am Fenster sei das Kerlchen, denn sie ließen mich diesmal unbehelligt gehen.«

»Spricht er nicht?« fragte Klement.

»Doch, im Anfang machte er einen Versuch, den Vögeln etwas zuzurufen; aber das wollte ich nicht und so stopfte ich ihm einen Knebel in den Mund.«

»Aber Asbjörn, dass du das gewagt hast! Hast du denn gar kein Verständnis? Dies ist doch etwas Übernatürliches.«

»Ach, wie soll ich wissen, was es ist,« sagte Asbjörn ruhig. »Das müssen die anderen herausbringen, ich bin's zufrieden, wenn man mich nur gut dafür bezahlt. Und nun sag mir, Klement, wie viel wird mir der gelehrte Herr Doktor droben auf Skansen wohl für das Kerlchen geben?«

Klement überlegte lange, ehe er antwortete. Er hatte auf einmal schreckliche Angst für den Knirps bekommen. Es war ihm gerade, als stehe seine Mutter neben ihm und sage zu ihm, er solle immer gut gegen das Wichtelvolk sein.

»Ich weiß nicht, was der Doktor dir dafür geben wird,« sagte er schließlich. »Aber wenn du ihn mir verkaufen willst, dann biete ich dir zwanzig Kronen dafür.«

Als der Spielmann diese große Summe nannte, sah ihn der Fischer grenzenlos überrascht an. Er dachte, Klement meine wohl, der Kleine sei im Besitz von geheimen Kräften, die ihm von Nutzen sein könnten; und da er keineswegs sicher war, ob der Doktor seinen Fund für ebenso wichtig halten und ihm so viel dafür bieten würde, nahm er Klements Angebot an.

Der Spielmann steckte seinen Einkauf in eine seiner weiten Taschen, stieg wieder den Hügel hinauf und ging in eine der Sennhütten, wo weder fremde Besucher noch sonst ein Aufseher waren. Er schloss die Tür hinter sich zu, nahm das Kerlchen heraus, das noch immer an Händen und Füßen gebunden war und einen Knebel im Mund hatte und legte es vorsichtig auf eine Bank.

»Gib nun wohl acht, was ich dir sage,« begann Klement. »Ich weiß, du und deinesgleichen, ihr lasst euch nicht gern vor den Menschen sehen, sondern wollt am liebsten ungehindert euer

Wesen treiben. Ich will dir deshalb deine Freiheit zurückgeben, aber nur unter einer Bedingung: du musst hier im Park bleiben, bis ich dir erlaube, dich von hier zu entfernen. Wenn du darauf eingehen willst, dann nicke dreimal mit dem Kopfe.«

Erwartungsvoll sah Klement den Kleinen an; dieser aber rührte sich nicht.

»Es soll dir nicht schlecht gehen,« fuhr Klement fort. »Ich werde dir jeden Tag dein Essen bringen; überdies wirst du auch sicher hier allerlei zu tun bekommen und brauchst also keine Langeweile zu haben. Aber du darfst nirgends anders hingehen, bis ich es dir erlaube, hörst du! Wir wollen ein Zeichen ausmachen: solange ich dir dein Essen in einem weißen Napf hinstelle, musst du hierbleiben, wenn es aber in einer blauen Schale ist, dann darfst du dich entfernen.«

Wieder sah Klement den Kleinen erwartungsvoll an und hoffte auf das verabredete Zeichen; das Kerlchen aber rührte sich nicht.

»Ja, dann muss ich dich eben doch dem Direktor von Skansen zeigen, es bleibt nichts andres übrig,« sagte Klement. »Du wirst dann in eine Glasflasche gesteckt und alle Leute aus der großen Stadt Stockholm kommen hierher und gucken dich an.«

Dieser Ausspruch schien dem Kleinen Schrecken einzujagen; denn kaum hatte Klement ihn getan, als der Kleine mit dem Kopfe nickte.

»So ist's recht!« sagte Klement. Er zog sein Messer heraus, durchschnitt dem Kerlchen die Fessel an den Händen und ging dann hastig zur Tür hinaus.

Vor allem anderen löste der Junge jetzt die Schnur von seinen Füßen und zog sich den Knebel aus dem Mund. Als er sich dann aber nach Klement Larsson umsah, um ihm zu danken, war dieser schon verschwunden.

Klement war noch nicht weiter als nur eben zur Tür hinausgekommen, als er einem schönen alten Herrn begegnete, der nach einem nahegelegenen, herrlichen Aussichtspunkt unterwegs zu sein schien. Klement konnte sich nicht erinnern, den vornehmen alten Herrn schon einmal gesehen zu haben; dieser aber hatte Klement wohl schon öfters bemerkt, wenn er seine Volkweisen spielte, denn er blieb stehen und redete ihn an.

»Guten Tag, Klement,« sagte er. »Wie geht es dir? Du wirst doch nicht krank sein? Du kommst mir seit einiger Zeit etwas abgemagert vor.«

Der Herr hatte etwas so unbeschreiblich Leutseliges in seinem Wesen, dass sich Klement ein Herz fasste und ihm erzählte, wie sehr ihn das Heimweh plage.

»Wie? Hier in Stockholm hast du Heimweh? Das ist doch wohl nicht möglich!« sagte der vornehme alte Herr und sah dabei fast ein wenig gekränkt aus. Aber dann fiel ihm ein, dass er ja einen alten Bauern aus Hälsingeland vor sich hatte, und der frühere freundliche Ausdruck trat wieder in sein Gesicht.

»Du hast gewiss noch nie gehört, wie Stockholm eigentlich entstanden ist, Klement? Sonst wüsstest du ganz genau, dass du dir das Heimweh nur einbildest. Komm, begleite mich zu der Bank dort drüben, dann will ich dir ein wenig von Stockholm erzählen.«

Nachdem der vornehme alte Herr sich auf der Bank niedergelassen hatte, ließ er seinen Blick zuerst einige Augenblicke auf Stockholm ruhen, das sich in seiner ganzen Pracht vor ihm ausbreitete, und er atmete tief auf, wie wenn er die ganze Schönheit der Gegend in sich aufnehmen wollte. Dann wendete er sich an den Spielmann.

»Siehst du, Klement,« begann er und zeichnete, während er sprach, in den Sandweg vor sich eine kleine Landkarte. »Dies hier ist Uppland, und hier gegen Süden schiebt sich eine von vielen Buchten zerrissene Landzunge herein. Und hier schließt sich Sörmland an mit einer zweiten von ebenso vielen Buchten zerschnittenen Landzunge, die direkt nach Norden läuft. Und hier von Westen her kommt ein See mit vielen Inseln. Dies ist der Mälar. Und hier von Osten fließt ein andres Wasser herbei, das vor lauter Inseln und Schären kaum vorwärts kommen kann. Das ist die Ostsee. Hier aber, Klement, hier, wo Uppland mit Sörmland und der Mälar mit der Ostsee zusammentreffen, fließt ein kleiner Fluss, der heißt der Norrstrom, und mitten drin im Norrstrom liegen drei kleine Holme.

Ursprünglich waren diese Holme nichts weiter als gewöhnliche Inseln mit ein paar Bäumen darauf, die seit undenklichen Zeiten ganz unbewohnt dalagen, wie es heutigentages noch viele hier im Mälar gibt. Sie hatten ganz zweifellos eine recht gute Lage, da sie gerade in der Mitte von zwei Seen und zwei Landschaften lagen, aber das fiel niemand auf. Ein Jahr ums andre verging, die Menschen siedelten sich sowohl an den Mälarufern als draußen auf den Schären an, aber die drei Holme mitten im Norrstrom bekamen keine Bewohner. Nur selten einmal legte ein Seefahrer dort an und schlug sein Nachtlager auf; aber niemand ließ sich dauernd da nieder.

Eines Tages nun hatte ein Fischer, der auf der Lidinginsel draußen am Meere wohnte, sein Boot in den Mälar hereingesteuert und fing da eine solche Menge Fische, dass er ganz vergaß, zu rechter Zeit sein Boot wieder heimwärts zu lenken. Er war nicht weiter gekommen als bis zu den drei Holmen, als auch schon die Nacht hereinbrach. Da dachte der Fischer, er täte gewiss am besten, hier an Land zu gehen und zu warten, bis der Mond aufgegangen wäre, denn der Mond war im Zunehmen.

Es war im Spätherbst und noch wunderschönes Wetter, obwohl die Abende schon recht dunkel zu sein pflegten. Der Fischer zog also sein Boot an Land, legte sich daneben, bettete seinen Kopf auf einen Stein und versank bald in einen tiefen Schlaf. Als er erwachte, war der Mond schon hoch am Himmel; er stand gerade über dem Fischer und leuchtete gar prächtig mit fast tageshellem Schein.

Der Mann sprang auf und wollte eben sein Boot ins Wasser schieben, als er draußen auf dem Norrstrom viele dunkle Punkte sah, die sich hin und her bewegten. Eine große Schar Seehunde schwamm eilig auf den Holm zu, und als der Fischer merkte, dass die Seehunde ans Land kriechen wollten, bückte er sich nach seinem Spieß, den er im Boot liegen hatte. Doch als er sich wieder aufrichtete, sah er keine Seehunde mehr; anstatt der Seehunde standen wunderschöne junge Mädchen am Strande, in grünen, langnachschleppenden, seidenen Gewändern, jede mit einer Perlenkrone auf dem Kopfe. Da wusste der Fischer, wen er vor sich hatte, nämlich die Meerweibchen, die auf den öden Schären weit draußen im Meere wohnten. Sie hatten ihre Seehundgewänder nur übergeworfen, um ans Land zu schwimmen, wo sie sich im Mondschein auf den grünen Holmen zu ergötzen gedachten.

Ganz leise legte der Fischer seinen Speer wieder hin, und als die Meerweibchen tiefer in die Insel hineingingen, um zu spielen, schlich er ihnen nach und betrachtete sie. Er hatte gehört, die Meermädchen seien wunderbar schön, wer sie sehe, werde von ihrer Schönheit ganz bezaubert; und er musste wirklich zugeben, dass nicht zu viel von ihnen behauptet worden war.

Nachdem die Meerweibchen eine Weile unter den Bäumen getanzt hatten, ging der Fischer ans Ufer hinunter, nahm eines von den Seehundfellen, die noch dalagen, und versteckte es unter einem Stein. Dann ging er nach seinem Boot zurück, legte sich neben ihm nieder und stellte sich schlafend.

Nach kurzer Zeit sah er die Meermädchen an den Strand zurückkehren und ihre Seehundhüllen wieder überwerfen. Im Anfang herrschte eitel Lachen und Scherzen unter ihnen; aber bald verwandelte sich die Freude in lautes Jammern und Klagen, weil eine von ihnen ihr Seehundgewand nicht mehr finden konnte. Alle liefen am Ufer hin und her und halfen ihr suchen, aber kein Seehundfell war zu finden. Während sie noch eifrig suchten, sahen sie, dass sich der Himmel im Osten lichtete und der Tag graute. Da schienen sie nicht länger bleiben zu können, und alle schwammen davon, ausgenommen die eine, die ohne Seehundfell war. Sie blieb am Strand sitzen und weinte bitterlich.

Dem Fischer tat das arme Meerweibchen herzlich leid; aber er zwang sich, ganz ruhig liegen zu bleiben, bis es heller Tag war. Da stand er auf, schob sein Boot ins Wasser, und erst als er schon das Ruder aufgehoben hatte, tat er, als ob er sie ganz zufälligerweise wahrnähme.

›Wer bist denn du?‹ rief er. ›Bist du eine Schiffbrüchige?‹

Sie stürzte auf ihn zu und fragte ihn, ob er nicht ihr Seehundfell gesehen habe; aber der Fischer tat, als verstehe er nicht einmal, was sie meinte. Da setzte sie sich wieder nieder und fing aufs Neue zu weinen an. Aber jetzt schlug er ihr vor, zu ihm ins Boot zu steigen.

›Komm mit mir in meine Hütte,‹ sagte er, ›meine Mutter wird sich deiner annehmen. Du kannst doch nicht hier auf dem Holm bleiben, wo du weder ein Bett findest, noch etwas zu essen bekommst.‹ Und er sprach ihr gar freundlich zu, bis sie sich überreden ließ und zu ihm ins Boot stieg.

Der Fischer und seine Mutter waren alle beide außerordentlich gut gegen das arme Meerweibchen und es schien sich auch ganz wohl bei ihnen zu befinden. Mit jedem Tag wurde es fröhlicher, half der Alten bei der Arbeit und war ganz wie ein andres Mädchen, nur viel schöner als alle anderen aus der Umgegend. Eines Tages fragte sie der Fischer, ob sie seine Frau werden wolle; da hatte sie gar nichts dagegen und sagte sogleich ja.

Nun richtete man die Hochzeit her und als sich die Jungfrau zur Hochzeit schmücken sollte, zog sie das grünseidene Schleppkleid an und setzte die schimmernde Perlenkrone auf, die sie damals getragen hatte, als der Fischer sie zum ersten Male sah. In jenen Zeiten aber gab es weder eine Kirche noch einen Geistlichen auf den Schären; die Hochzeitsleute setzten sich in ein Boot, fuhren in den Mälar hinein und ließen sich in der ersten Kirche, an die sie kamen, trauen.

Der Fischer hatte seine Braut und seine Mutter im Boot, und er steuerte sein Boot so gut, dass es allen anderen vorauskam. Als sie jenen Holm sehen konnten, wo er seine Braut gewonnen hatte, die nun glücklich und geschmückt neben ihm im Boot saß, musste er unwillkürlich lächeln.

›Warum lachst du?‹ fragte die Braut.

›Ach, ich denke an jene Nacht, wo ich dein Seehundfell versteckte,‹ antwortete der Fischer; er fühlte sich ihrer jetzt vollkommen sicher und meinte, er brauche nichts mehr vor ihr zu verheimlichen.

›Was sagst du da?‹ fragte die Braut. ›Ich habe doch nie ein Seehundfell gehabt.‹ Es war, als habe sie alles vergessen.

›Weißt du denn nicht mehr, wie du mit den Meermädchen getanzt hast?‹ fragte der Fischer.

›Ich weiß nicht, was du meinst,‹ antwortete die Braut. ›Du hast wohl heute Nacht einen sonderbaren Traum gehabt.‹

›Wenn ich dir nun aber dein Seehundfell zeige, glaubst du mir dann?‹ fragte der Fischer und steuerte sogleich auf jenen Holm zu. Als sie dort angekommen waren, stieg das Brautpaar aus, und der Fischer zog das Fell unter dem Stein hervor, wo er es damals versteckt hatte.

Aber kaum erblickte die Braut das Seehundfell, als sie es auch schon an sich riss und sich über den Kopf warf. Das Fell schmiegte sich ihr um die Glieder wie etwas Lebendiges, und sie warf sich augenblicklich in den Strom hinein.

Der Bräutigam sah sie fortschwimmen. Rasch sprang er ihr nach ins Wasser, konnte sie aber nicht mehr erreichen. Als er sah, dass er sie nicht mehr zurückhalten konnte, warf er in seiner Verzweiflung seinen Spieß hinter ihr her. Dieser traf besser, als der Fischer gewollt hatte, denn das arme Meerweibchen stieß einen lauten Schrei aus und verschwand in der Tiefe.

Der Fischer blieb am Ufer stehen und hoffte, sie werde wieder an der Oberfläche auftauchen. Aber da sah er, wie sich über das Wasser ringsum ein milder Glanz ergoss, der ihm eine wunderbare Schönheit verlieh. So etwas hatte der Fischer noch nie gesehen; das Wasser glänzte und blinkte und spielte in rosigem und weißem Schimmer, gerade wie Perlmutter in einer Muschel.

Und als die glitzernden Wellen ans Ufer schlugen, sah der Fischer, dass auch dieses sich veränderte. Überall begann es zu blühen und zu duften; ein weicher Glanz breitete sich aus, und es bekam eine Schönheit, die es früher nicht gehabt hatte.

Und der Fischer erriet, woher das alles kam. Die Sache ist nämlich die: Wer ein Meerweibchen sieht, findet es schöner als alle anderen Menschenkinder – er kann gar nicht anders – und als sich nun das Blut des Meerweibchens mit dem Wasser vermischte und alsdann mit den Wellen über die Ufer floss, teilte sich ihre Schönheit auch diesen mit; die Schönheit wurde ihnen als Erbteil geschenkt, dass alle, die sie sahen, von der Lieblichkeit dieser Ufer hingerissen wurden und von da an stets von Sehnsucht nach ihnen erfüllt waren.«

Als der vornehme Herr in seiner Erzählung so weit gekommen war, tauchte unten am Wege ein andrer Herr auf, der rasch auf die beiden zukam. Doch der alte Herr, der mit Klement sprach, winkte den Neuangekommenen mit einer Handbewegung zurück; da blieb dieser in der Ferne stehen. Der vornehme alte Herr aber setzte sich neben den Spielmann auf die Bank.

»Nun sollst du mir einen Gefallen tun, Klement,« sagte er. »Ich habe keine Zeit, mich noch länger mit dir zu unterhalten, aber ich werde dir ein Buch über Stockholm schicken und das sollst du von Anfang bis zu Ende durchlesen. Jetzt habe ich sozusagen bei dir den Grund von Stockholm gelegt, Klement, nun sollst du weiter daran bauen. Ja, studiere jetzt selbst weiter und mache dir klar, wie es der Stadt ferner ergangen ist, und wie sie sich allmählich verändert hat.

Und wenn du dann das alles über Stockholm liest, Klement, dann denke daran, dass Stockholm die Kraft hat, alles andre anzuziehen. Zuerst zog der König hierher, dann bauten sich die vornehmen Herren ihre Paläste da. Dann zog einer nach dem anderen hierher, so dass Stockholm jetzt nicht nur eine Stadt für sich oder für die nächste Umgebung ist, nein, Klement, es ist eine Stadt für das ganze Reich.

Aber wenn du dies alles von Stockholm gelesen hast, Klement, dann sollst du dich vor allem auf diesen Platz hier setzen; du sollst sehen, wie die Wellen ihr glitzerndes Spiel treiben und die Ufer in blendender Schönheit erglänzen. Ja, du sollst selbst dafür sorgen, dass auch du von dem Zauber ergriffen und hingerissen wirst.«

Der schöne alte Herr hatte die Stimme etwas erhoben; sie klang nun laut und majestätisch gebietend, und seine Augen blitzten. Jetzt stand er auf, winkte Klement noch freundlich mit der Hand und verließ ihn. Klement aber fühlte plötzlich in seinem Herzen ganz deutlich, der Herr, der da mit ihm gesprochen hatte, musste ein sehr vornehmer Herr sein, und er verbeugte sich hinter ihm, so tief er nur konnte.

Am nächsten Tage kam ein königlicher Lakai mit einem großen, roteingebundenen Buch und einem Brief zu Klement, und in dem Briefe stand, dass das Buch vom König sei.

Danach war der gute alte Klement Larsson mehrere Tage lang ganz wirr im Kopf; es war fast kein vernünftiges Wort aus ihm herauszubringen und nach acht Tagen kam er zu dem Direktor von Skansen und kündigte seine Stelle. Als Grund brachte er vor, er müsse durchaus in seine Heimat zurückkehren.

»Warum willst du denn nach Hause?« fragte der Direktor. »Gefällt es dir denn gar nicht hier?«

»Doch, doch, es gefällt mir gut,« antwortete Klement. »In dieser Beziehung habe ich nichts mehr zu klagen, aber ich muss trotzdem nach Hause.«

Klement hatte sich in einer schweren Not befunden, weil der König zu ihm gesagt hatte, er solle Stockholm genau kennen lernen, dann werde es ihm da gewiss gefallen. Aber Klement fand Tag und Nacht keine Ruhe mehr, bis er daheim in seiner Heimat berichten konnte, dass der König das zu ihm gesagt hatte. Ach, welch ein Glück würde das sein, wenn er vor der Kirche daheim hoch und nieder erzählte, wie gut der König gegen ihn gewesen war, wie er auf derselben Bank neben ihm gesessen, sich in ein

Gespräch mit ihm eingelassen und mit ihm, einem armen alten Spielmann, eine ganze Stunde lang geredet hatte, um ihn von seinem Heimweh zu heilen. Es war ja schon etwas Großes, dass er es hier auf Skansen den Lappländern und den Mädchen von Dalarna erzählen konnte; aber was war das gegen das Glück, es denen daheim mitteilen zu können!

Und wenn Klement auch schließlich ins Armenhaus kommen sollte, selbst das erschien ihm nach diesem Erlebnis nicht mehr schwer. Er wäre trotzdem ein ganz andrer Mensch als vorher und würde auf ganz andre Weise geachtet und geehrt werden.

Und diese neue Sehnsucht überwältigte ihn. Er konnte nicht anders, er musste zu dem Direktor gehen und ihm sagen, er wolle durchaus in seine Heimat zurückkehren.

16 Der Adler Gorgo

Im Felsental

Weit droben auf dem lappländischen Gebirge lag ein altes Adlernest auf einem Felsenvorsprung, der über einer schroffen Bergwand herausragte. Das Nest war aus Tannenzweigen verfertigt, die schichtenweise quer übereinandergelegt waren. Seit Jahren war es immer mehr erweitert und erhöht worden und jetzt hatte es mehrere Meter im Durchmesser und lag da droben, fast ebenso groß wie eine Lappenhütte.

Die Felsenwand, auf der das Adlernest lag, überschattete ein ziemlich hohes Tal, das im Sommer immer von einer Schar Wildgänse bewohnt war; und dieses Tal war auch wirklich ein ausgezeichneter Zufluchtsort für die Gänse, denn es lag so gut versteckt zwischen den Bergen, dass es nicht vielen Leuten bekannt war; ja, selbst unter den Lappen wusste man nur wenig davon. Mitten in dem Tal lag ein kleiner runder See, wo sich reichlich Nahrung für die kleinen Gänschen fand, und an den mit Weidenbüschen und kleinen verkrüppelten Birken dicht bestandenen Ufern gab es so gute Brutplätze, wie sie sich die Gänse nur wünschen konnten.

Seit undenklichen Zeiten hatten droben auf dem Felsen Adler und drunten im Tal Wildgänse gewohnt. Alle Jahre raubten die Adler einige von den Wildgänsen, hüteten sich aber wohl, so viele zu rauben, dass diese aus dem Tal verscheucht worden wären. Ihrerseits hatten die Wildgänse auch nicht so gar wenig Nutzen von den Adlern; diese waren ja wohl Räuber, aber sie hielten andre Räuber fern.

Ein paar Jahre, ehe Nils Holgersson mit den Wildgänsen umherzog, stand die alte Führerin der Schar, Akka von Kebnekajse, eines Morgens in dem Felsental und schaute zu dem Adlernest hinauf. Die Adler pflegten kurz nach Sonnenaufgang auf die Jagd auszufliegen; und in all den Sommern, die Akka in diesem Tal verbracht hatte, war sie jeden Morgen auf ihrem Posten gewesen und hatte beobachtet, ob die Adler im Tal blieben, um da zu jagen, oder ob sie sich nach anderen Jagdgebieten begaben.

Sie brauchte nicht lange zu warten, bis die beiden stattlichen Vögel die Felsenplatte verließen. Schön, aber furchtbar schwebten sie durch die Luft dahin. Sie schlugen die Richtung nach dem Flachland ein und Akka stieß einen erleichterten Seufzer aus.

Die alte Anführerin war nun zu alt zum Eierlegen und Junge aufzuziehen. So vertrieb sie sich denn im Sommer die Zeit damit, dass sie von einem Gänsenest zum anderen wanderte und über das Ausbrüten und Aufziehen der Jungen gute Ratschläge erteilte. Außerdem hielt sie nicht allein Ausschau nach den Adlern, sondern auch nach den Bergfüchsen, den Eulen und anderen Feinden, von denen den Gänsen und deren Jungen Gefahr drohen konnte.

Gegen Mittag spähte Akka wieder nach den Adlern aus. Das hatte sie nun in jedem Sommer, seit sie in diesem Tal Aufenthalt nahm, getan. Sie sah auch den Adlern immer schon am Flug an, ob sie eine gute Jagd gehabt hatten, und dann fühlte sie sich für die Ihrigen beruhigt. Aber heute kehrten die Adler nicht zurück.

»Ich muss alt und stumpfsinnig geworden sein,« dachte Akka, nachdem sie eine Weile gewartet hatte. »Die Adler müssen ja längst daheim sein.«

Am Nachmittag schaute sie abermals nach der Felsenwand hinauf; jetzt hätten die Adler auf dem schroffen Felsenvorsprung auftauchen müssen, wo sie ihre Nachmittagsruhe zu halten pflegten; und am Abend spähte sie abermals, denn da pflegten die Adler im Bergsee ein Bad zu nehmen; aber immer und immer spähte sie vergeblich. Und wieder jammerte Akka, dass sie alt werde. Sie war es so gewohnt, die Adler über sich auf dem Berge zu sehen, deshalb konnte sie sich gar nicht denken, dass sie noch nicht zurückgekehrt sein könnten.

Am nächsten Morgen war Akka schon früh auf den Beinen und wieder schaute sie nach den Adlern aus. Aber auch jetzt sah sie nichts von ihnen. Dagegen drang durch die Morgenstille ein Schrei an ihr Ohr, der zornig und jämmerlich zugleich klang und aus dem Nest zu kommen schien.

»Sollte da droben wirklich ein Unglück geschehen sein?« dachte Akka. Sie breitete die Flügel aus und flog so hoch hinauf, dass sie in das Adlernest hineinsehen konnte.

Da oben war nichts von dem Adlerpaar zu entdecken; im ganzen Nest war niemand als ein halbnacktes Junges, das nach Nahrung schrie.

Langsam und zögernd ließ sich Akka zu dem Adlernest hinabsinken. Das war ein unheimlicher Ort! Man merkte gleich, was für Räuber hier wohnten. In dem Nest und auf der Felsenplatte lagen gebleichte Knochen, blutige Federn und Hautfetzen, Hasenköpfe, Vogelschnäbel und federnbesetzte Füße von Schneehühnern. Auch das Adlerjunge, das mitten in all diesen Überbleibseln lag, bot mit seinem großen aufgesperrten Schnabel, seinem unbeholfenen flaumigen Körper und seinen unfertigen Flügeln einen widerwärtigen Anblick.

Schließlich überwand Akka ihren Widerwillen und setzte sich auf den Rand des Nestes, sah sich aber doch ängstlich nach allen Seiten um, denn sie war darauf gefasst, die alten Adler im nächsten Augenblick dahersausen zu sehen.

»Gut, dass endlich jemand kommt!« rief das Adlerjunge. »Verschaff mir sogleich etwas zu essen!«

»Na na, das hat wohl keine so große Eile,« sagte Akka. »Sag mir zuerst, wo deine beiden Eltern sind.«

»Ja, wenn ich das wüsste! Gestern Morgen sind sie fortgeflogen und haben mir nichts als eine Maus dagelassen. Du wirst dir denken können, dass die schon lange verzehrt ist! Es ist unverschämt von meiner Mutter, mich so Hunger leiden zu lassen.«

Jetzt war Akka überzeugt, dass die alten Adler erschossen worden waren, und sie dachte, wenn sie das Junge hier verhungern ließe, wäre sie die ganze Räubergesellschaft in Zukunft los. Aber sie konnte sich eben doch nicht entschließen, ein solches verlassenes Junge so elendiglich umkommen zu lassen, wenn es in ihrer Macht stand, ihm zu helfen.

»Was starrst du mich denn so an?« schrie das Junge. »Hörst du nicht, dass ich etwas zu essen will?«

Akka breitete die Flügel aus und flog rasch zu dem kleinen See hinunter; kurz darauf erschien sie wieder im Adlernest mit einer Forelle im Schnabel.

Aber als sie den Fisch vor den jungen Adler hinlegte, geriet dieser ganz außer sich vor Zorn. »Meinst du, ich esse solches Zeug?« schrie er, stieß den Fisch weg und hackte mit seinem scharfen Schnabel nach Akka. »Verschaff mir ein Schneehuhn oder eine Wühlmaus, hörst du!«

Aber jetzt streckte Akka den Kopf vor und gab dem Jungen einen ordentlichen Schlag in den Nacken. »Das lass dir gesagt sein,« rief die Alte, »wenn ich dir Futter verschaffen soll, musst du mit dem zufrieden sein, was ich dir bringen kann. Dein Vater und deine Mutter sind tot, von ihnen kannst du also keine Hilfe mehr erwarten. Wenn du aber lieber hier verhungern willst, während du auf Schneehühner und Wühlmäuse wartest, dann habe ich nichts dagegen.«

Nachdem Akka dies gesagt hatte, flog sie sogleich davon und ließ sich erst nach einer guten Weile wieder in dem Neste sehen. Da hatte das Junge den Fisch verzehrt und als Akka ihm einen neuen Fisch hinlegte, verschlang es diesen sogleich, obgleich man ihm gut anmerkte, dass er ihm abscheulich schmeckte.

Nun hatte Akka eine schwere Aufgabe. Die alten Adler kehrten niemals wieder und so musste sie alle Nahrung für das Junge ganz allein herbeischaffen. Sie brachte ihm Fische und Frösche und diese Kost schien dem jungen Adler gar nicht übel zu bekommen, denn er wuchs groß und kräftig heran. Bald hatte er seine Eltern vollständig vergessen und glaubte, Akka sei seine rechte Mutter. Und Akka liebte ihn wie ein eigenes Kind. Sie erzog ihn mit aller Sorgfalt und gab sich die größte Mühe, ihm seinen wilden Sinn und seinen Hochmut abzugewöhnen.

Nachdem ein paar Wochen vergangen waren, fühlte Akka die Zeit herbeikommen, wo sie ihre Federn verlor und also nicht fliegen konnte. Sie wusste, während eines ganzen Monats würde sie dann nicht imstande sein, dem Jungen im Adlernest Nahrung zu bringen und so müsste dieses elendiglich verhungern.

»Hör nun, Gorgo,« sagte Akka eines Tages zu dem jungen Adler. »Jetzt kann ich dir keine Fische mehr hier heraufbringen und nun fragt es sich, ob du dich ins Tal hinunterwagst, damit ich dir auch ferner deine Nahrung verschaffen kann. Du musst jetzt wählen, ob du lieber hier oben verhungern oder dich ins Tal hinunterwerfen willst, was dich möglicherweise das Leben kosten kann.«

Ohne sich einen Augenblick zu besinnen, stieg Gorgo auf den Rand des Nestes. Er nahm sich kaum die Mühe, die Entfernung mit dem Blick zu messen, sondern breitete seine kleinen Flügel aus und flog hinunter. Er überschlug sich zwar ein paarmal in der Luft, gebrauchte aber doch seine Flügel ganz geschickt, und so kam er unbeschädigt drunten im Tal an.

Von da an verbrachte Gorgo den Sommer zusammen mit den jungen Gösselchen und wurde ihnen bald ein sehr guter Kamerad. Da er sich selbst für einen jungen Gänserich hielt, gab er sich alle Mühe, gerade so zu leben wie sie, und wenn sie in den See hinausschwammen, lief er hinter ihnen her, bis er fast ertrank. Er schämte sich fürchterlich, dass er nicht schwimmen lernen konnte, und ging zu Akka, ihr sein Leid zu klagen.

»Warum kann ich nicht ebensogut schwimmen lernen wie die anderen?« fragte er.

»Du hast allzu gekrümmte Zehen und zu große Klauen bekommen, während du da droben auf dem Felsenvorsprung lagst,« sagte Akka. »Aber du brauchst dich deshalb nicht zu grämen, es wird doch noch ein rechter Vogel aus dir.«

Die Flügel des jungen Adlers waren bald groß genug, ihn zu tragen; aber es dauerte doch noch bis zum Herbst, wo die jungen Gänse fliegen lernen sollten, bis es ihm einfiel, dass er seine Flügel auch zum Fliegen gebrauchen könnte. Nun aber brach eine herrliche Zeit für ihn an, denn in dieser Kunst war er bald der erste von allen. Seine Kameraden blieben nie länger in der Luft droben, als sie durchaus mussten; er aber hielt sich fast den ganzen Tag da droben auf und übte sich im Fliegen. Er war noch immer nicht darauf gekommen, dass er von andrer Art war als die Gösselchen. Aber es fiel ihm doch allerlei auf, was ihn in Erstaunen setzte, und immer wieder kam er mit neuen Fragen zu Akka.

»Warum laufen die Schneehühner und die Wühlmäuse davon, sobald sich auch nur mein Schatten droben am Felsen zeigt?« fragte er. »Vor den anderen Gänsen zeigen sie keinen solchen Schrecken.«

»Deine Flügel sind zu groß geworden, während du droben auf dem Felsenvorsprung lagst, und vor denen fürchten sich die kleinen Tiere,« sagte Akka. »Aber du brauchst dich nicht darüber zu grämen, es wird doch ein rechter Vogel aus dir.«

Nachdem Gorgo fliegen gelernt hatte, lernte er auch ganz von selbst, Fische und Frösche zu fangen, aber bald begann er auch darüber nachzugrübeln.

»Woher kommt es, dass ich von Fischen und Fröschen lebe?« fragte er. »Das tun ja meine Brüder und Schwestern auch nicht?«

»Das kommt daher, weil ich keine andre Nahrung für dich hatte, solange du droben auf dem Felsenvorsprung lagst,« sagte Akka. »Aber du brauchst dich nicht darüber zu grämen, es wird doch ein rechter Vogel aus dir.«

Als die Wildgänse im Herbst südwärts zogen, flog Gorgo mit in der Schar. Er betrachtete sich immer als zu ihnen gehörig; aber ringsumher in der Luft flogen unzählige Vögel, die alle auf dem Wege nach dem Süden waren, und als Akka mit einem Adler in ihrem Gefolge daherkam, gerieten sie in große Aufregung. Bald war die Schar der Wildgänse von einem Schwarm neugieriger Vögel umringt, die ihre Verwunderung laut kundgaben. Akka gebot ihnen Schweigen, aber es war nicht möglich, so viele böse Zungen im Zaum zu halten.

»Warum nennen sie mich einen Adler?« fragte Gorgo unaufhörlich, und er wurde immer hitziger. »Können sie denn nicht sehen, dass ich eine Wildgans bin? Ich bin doch kein Vogelräuber, der seinesgleichen verzehrt! Wie kommen sie nur darauf, mir einen so hässlichen Namen zu geben?«

Eines Tages flogen die Wildgänse über einen Bauernhof hin, wo viele Hühner auf dem Misthaufen scharrten. »Ein Adler! Ein Adler!« riefen alle Hühner und liefen eiligst davon, sich zu verstecken. Aber jetzt konnte Gorgo, der von den Adlern immer als von wilden Bösewichten hatte reden hören, seinen Zorn nicht mehr bemeistern. Er schlug mit den Flügeln, schoss hinunter und schlug seine Fänge in eines von den Hühnern. »Ich will dich lehren, dass ich kein Adler bin!« schrie er heftig und hackte mit dem Schnabel auf das Huhn los.

Da hörte er, dass Akka ihn von oben aus rief. Er gehorchte augenblicklich und flog hinauf. Die alte Wildgans kam ihm entgegengeflogen, um ihn zu züchtigen. »Was tust du?« rief sie und schlug mit dem Flügel nach ihm. »Hattest du etwa im Sinne, das arme Huhn zu zerreißen? Du solltest dich schämen!«

Als aber der Adler die Züchtigung ohne Widerstand hinnahm, erhob sich unter den großen Vogelscharen ringsumher ein wahrer Sturm von Spottreden und Schmähungen. Der Adler hörte es und nun wendete er sich mit zornigen Blicken an Akka, wie wenn er sie anfallen wollte. Aber er änderte seine Absicht sogleich wieder, stieg mit heftigen Flügelschlägen hoch in die Luft hinauf, so hoch, bis ihn kein Ruf mehr erreichen konnte, und schwebte da droben umher, solange die Wildgänse ihn noch sehen konnten.

Drei Tage später erschien er wieder bei den Wildgänsen.

»Jetzt weiß ich, wer ich bin,« sagte er zu Akka. »Und da ich ein Adler bin, muss ich so leben, wie es einem Adler geziemt. Aber deshalb können wir doch gute Freunde bleiben; dich oder eine der Deinigen werde ich nie angreifen.«

Aber Akka hatte ihren ganzen Stolz darein gesetzt, diesen Adler zu einem ungefährlichen Vogel heranzuziehen, und sie wollte es nicht leiden, dass er nach seiner Art leben wollte.

»Meinst du, ich werde mit einem Vogelräuber Freundschaft halten?« sagte sie. »Lebe so, wie ich es dich gelehrt habe, dann darfst du wie bisher in meiner Schar bleiben.«

Beide waren stolz und unbeugsam; keines wollte nachgeben, und schließlich verbot Akka dem Adler geradezu, sich in ihrer Nähe sehen zu lassen, ja, sie war so böse auf ihn, dass in Akkas Nähe niemand seinen Namen auch nur auszusprechen wagte.

Von dieser Stunde an zog Gorgo im Lande umher, einsam und von allen gemieden, wie alle großen Räuber. Er war oftmals in trüber Stimmung und sicherlich sehnte er sich oft nach der Zeit zurück, wo er sich noch für eine Wildgans gehalten und mit den lustigen jungen Gösselchen gespielt hatte. Unter den Tieren war er wegen seiner Kühnheit berühmt. Es hieß, er fürchte sich vor nichts und vor niemand als vor seiner Pflegemutter Akka, und er stand auch in dem Rufe, sich noch nie an einer Wildgans vergriffen zu haben.

Gefangen

Gorgo war erst drei Jahre alt und hatte noch nicht daran gedacht, sich eine Frau zu nehmen und eine Heimat zu gründen, als er eines Tages von einem Jäger gefangen wurde, der ihn an das Freiluftmuseum Skansen in Stockholm verkaufte. Als Gorgo nach Skansen kam, waren schon zwei Adler da. Sie wurden in einem Käfig aus eisernen Stangen und Stahldraht gefangen gehalten;

der Käfig stand im Freien und war sehr groß, und damit die Adler sich heimisch fühlen sollten, hatte man sogar einige Bäume hinein verpflanzt und einen ordentlichen Berg aus Steinblöcken darin aufgeführt. Aber trotz allem gediehen die Vögel nicht; fast den ganzen Tag saßen sie unbeweglich auf demselben Platz, ihr schönes dunkles Gefieder wurde struppig und verlor seinen Glanz und, hoffnungslose Sehnsucht im Blick, starrten die armen Tiere gerade in die Luft hinaus.

In der ersten Woche seiner Gefangenschaft war Gorgo noch wach und lebendig; aber dann überfiel ihn allmählich eine dumpfe Gleichgültigkeit. Er saß ganz ruhig auf demselben Platz, starrte vor sich hin, ohne etwas zu sehen, und die Tage vergingen, ohne dass er es merkte.

Eines Morgens, als Gorgo wie gewöhnlich im Halbschlaf befangen war, hörte er, dass ihn jemand vom Boden aus anrief.

»Wer ruft mich?« fragte er.

»Aber Gorgo, erkennst du mich denn nicht mehr? Ich bin der Däumling, der mit den Wildgänsen umherzog.«

»Ist Akka auch gefangen worden?« fragte Gorgo, in einem Ton, wie wenn er aus einem tiefen Schlafe erwachte und seine Gedanken erst zusammennehmen müsste.

»Nein, Akka und der weiße Gänserich und die ganze Schar der Wildgänse sind wahrscheinlich jetzt droben in Lappland,« sagte der Junge. »Nur ich bin hier gefangen.«

Während der Junge dies sagte, sah er, dass Gorgo die Augen abwendete und wie vorher in die Luft hinausstarrte.

»Königsadler!« rief der Junge. »Sag mir, ob ich dir in irgend einer Weise helfen könnte!«

Aber Gorgo hob kaum den Kopf. »Störe mich nicht, Däumling!« sagte er. »Ich träume eben, ich flöge hoch droben in der Luft umher, und ich will nicht erwachen.«

»Du musst dir Bewegung machen und dich darum kümmern, was um dich her vorgeht,« mahnte der Junge. »Sonst siehst du bald ebenso elendig aus wie die anderen Adler hier.«

»Ich wünschte, ich wäre schon wie sie. Sie sind so traumverloren, dass sie nichts mehr berühren kann,« sagte Gorgo.

Als es Nacht geworden war und alle Adler schliefen, ertönte ein leichtes Kratzen an dem Stahldrahtnetz, das den Adlerkäfig bedeckte. Die beiden alten und abgestumpften Gefangenen ließen sich von dem Geräusch nicht stören, aber Gorgo erwachte. »Wer da?« rief er. »Wer bewegt sich da oben auf dem Dache?«

»Ich bin's, Gorgo, der Däumling,« antwortete der Junge. »Ich versuche hier den Draht durchzufeilen, damit du entfliehen kannst.«

Der Adler hob den Kopf und sah in der hellen Nacht, wie der Junge eifrig an dem Drahtnetz, das über den Käfig gespannt war, feilte. Einen Augenblick regte sich die Hoffnung in seinem Herzen, aber die Mutlosigkeit gewann doch gleich wieder die Oberhand. »Ach, Däumling, ich bin ein sehr großer Vogel,« sagte er. »So viele Drähte, dass ich hinauskommen kann, wirst du kaum durchfeilen können. Gib dein Vorhaben lieber gleich auf und lass mich in Frieden.«

»Schlaf du nur und kümmere dich nicht um mich,« erwiderte der Junge. »Heute Nacht werde ich freilich noch nicht fertig und morgen Nacht auch nicht; aber ich will nun einmal versuchen, dich zu befreien, denn hier gehst du ja vollständig zugrunde.«

Gorgo schlief wieder ein; als er aber am nächsten Morgen erwachte, sah er gleich, dass schon eine große Menge Drähte durchgefeilt waren. An diesem Tag fühlte er sich nicht so schläfrig wie am vorhergehenden; er schlug oft mit den Flügeln und hüpfte auf den Ästen umher, um seine steifen Glieder wieder geschmeidig zu machen.

Eines Morgens in aller Frühe, gerade als der erste Streifen Morgenlicht am Himmel aufleuchtete, weckte der Däumling den Adler. »Versuch es jetzt, Gorgo!« sagte er.

Der Adler schaute auf. Der Junge hatte wirklich die vielen Drähte durchgefeilt; da droben in dem Stahldrahtnetz war ein großes Loch. Gorgo bewegte die Flügel und schwang sich hinauf. Zweimal fiel er wieder in den Käfig zurück, aber schließlich gelangte er doch glücklich ins Freie.

Mit stolzen Flügelschlägen stieg er hoch zu den Wolken empor. Der kleine Däumling stand unten und sah ihm mit einem wehmütigen Ausdruck nach. Ach wie sehr wünschte er, es käme jemand und gäbe auch ihm die Freiheit!

Der Junge war jetzt ganz heimisch auf Skansen. Er hatte mit allen Tieren Bekanntschaft geschlossen und viele Freunde unter ihnen gewonnen; er sah ja auch wohl ein, dass in diesem Freiluftmuseum außerordentlich viel Interessantes und Lehrreiches zu sehen war, und es wurde ihm nicht schwer, sich die Zeit zu vertreiben; aber doch zogen seine Gedanken jeden Tag sehnsüchtig hinaus zu seinem lieben Gänserich Martin und allen seinen anderen Reisegefährten.

»Wenn ich doch nur nicht durch mein Versprechen gebunden wäre! Dann wollte ich schon einen Vogel finden, der mich zu den Wildgänsen trüge,« dachte er.

Es klingt recht merkwürdig, dass Klement Larsson dem Jungen seine Freiheit nicht wiedergegeben hatte, aber man muss bedenken, wie verwirrt der kleine Spielmann war, als er Skansen verließ. An dem Morgen, wo er abreiste, hatte er sich allerdings vorgenommen gehabt, dem kleinen Knirps sein Essen in einem blauen Napf hinzustellen, aber zum Unglück hatte er keinen solchen finden können. Dann waren alle die Leute von Skansen – die Lappen, die Mädchen aus Dalarna, die Maurer und Gärtner – herbeigekommen, ihm Lebewohl zu sagen, und so hatte er keine Zeit mehr gehabt, sich einen blauen Napf zu verschaffen. Die Stunde der Abreise kam heran, und schließlich wusste er sich nicht anders zu helfen, als einen der Lappländer um Hilfe zu bitten.

»Hör einmal,« sagte er. »Hier auf Skansen wohnt einer von dem Wichtelvolk, dem ich jeden Morgen etwas zu essen bringe. Willst du mir nun einen Gefallen tun? Hier ist etwas Geld, dafür kaufe einen blauen Napf und stelle ihn morgen mit etwas Grütze und Milch auf die Treppe der Bollnäshütte.«

Der alte Lappe machte ein sehr verwundertes Gesicht; aber Klement hatte keine Zeit mehr, ihm die Sache noch näher zu erklären, denn er musste jetzt auf den Bahnhof.

Der Lappe war dann auch wirklich in die Stadt gegangen, einen blauen Napf zu kaufen; als er aber keinen blauen sah, der ihm für seinen Zweck passend erschien, kaufte er einen weißen, und in diesem stellte er gewissenhaft jeden Morgen Milch und Grütze hin.

Auf diese Weise war der Junge seines Versprechens nicht entbunden worden. Er wusste wohl, dass Klement fort war, aber er selbst durfte nicht davongehen.

In dieser Nacht nun sehnte sich der Junge mehr als gewöhnlich nach der Freiheit, und das kam daher, dass es jetzt im Ernst Frühling und Sommer geworden war. Er hatte während der Reise ja oft unter der Kälte und dem schlechten Wetter gelitten, und in der ersten Zeit auf Skansen hatte er öfters gedacht, es sei vielleicht ganz gut, dass er die Reise hatte aufgeben müssen, denn wenn er im Mai nach Lappland gekommen wäre, hätte er dort droben sicherlich erfrieren müssen. Aber jetzt war es warm geworden, die Wiesen prangten in frischem Grün, Birken und Pappeln hatten ein seidig schillerndes Blätterkleid, die Kirschbäume, ja alle möglichen Obstbäume standen mit Blüten übersät da, die Beerensträucher hatten schon ganz kleine Früchte auf den Zweiglein, die Eichen rollten äußerst vorsichtig ihre Blätter auf, Erbsen, Kohl und Bohnen grünten auf den Gemüsebeeten auf Skansen.

»Jetzt wäre es wohl auch in Lappland warm und schön,« dachte der Junge. »Wie gerne säße ich an einem schönen Morgen auf dem Rücken des Gänserichs Martin! Wie prächtig wäre jetzt ein Ritt durch die warme stille Luft da droben, von wo ich auf die mit grünem Gras und mit herrlichen Blumen geschmückte Erde herunterschauen könnte!«

Der Junge war noch mit diesem Gedanken beschäftigt, als plötzlich Gorgo aus der Luft heruntersauste und sich neben dem Däumling auf das Dach des Käfigs setzte. »Ich wollte nur meine Flügel prüfen, um zu sehen, ob sie mich noch ordentlich tragen,« sagte er. »Du hast hoffentlich nicht gedacht, ich werde dich hier in der Gefangenschaft zurücklassen? Setz dich jetzt auf meinen Rücken, dann bringe ich dich zu deinen Reisegefährten zurück.«

»Nein, das ist unmöglich,« sagte der Junge. »Ich habe mein Wort darauf gegeben, dass ich hier bleibe, bis man mir die Freiheit zurückgibt.«

»Was schwatzt du da für dummes Zeug?« erwiderte Gorgo. »Zuerst hat man dich gegen deinen Willen hierhergebracht und dich dann noch obendrein gezwungen, hierzubleiben. So ein Versprechen braucht man nicht zu halten, das wirst du doch verstehen?«

»Ich muss es trotzdem halten,« sagte der Junge. »Nein, mein lieber Gorgo, ich danke dir für deine gute Absicht, aber du kannst mir nicht helfen.«

»So, kann ich es nicht?« erwiderte Gorgo. »Das sollst du bald sehen!« Und in demselben Augenblick ergriff Gorgo den Jungen mit seinen großen Fängen, schwang sich mit ihm zu den Wolken hinauf und verschwand in nördlicher Richtung.

17 Über Gästrikland hin

Der Adler flog ununterbrochen in nördlicher Richtung weiter, bis er ein gutes Stück über Stockholm hinausgekommen war; da ließ er sich auf einen bewaldeten Hügel hinab und lockerte den Griff, mit dem er den Jungen festhielt.

Aber kaum fühlte sich dieser frei, als er, so schnell er nur konnte, wieder nach der Stadt zurücklief.

Da machte der Adler einen großen Sprung, holte den Jungen ein und legte die Klaue auf ihn. »Willst du ins Gefängnis zurückkehren?« fragte er.

»Was willst du eigentlich von mir? Ich werde doch wohl gehen dürfen, wohin ich will!« rief der Junge und versuchte sich von dem Adler los zu machen. Doch da ergriff ihn Gorgo abermals mit seinen starken Fängen, hob ihn auf und trug ihn fort.

Nun flog er mit dem Jungen über ganz Uppland hin und hielt nicht an, bis er den großen Wasserfall bei Älvkarleby erreicht hatte. Hier ließ er sich auf einen Stein nieder, der mitten im Strom gerade unter dem rauschenden Wasserfall lag, und ließ dann seinen Gefangenen aufs Neue los.

Der Junge erkannte sogleich, dass es ihm ganz unmöglich war, dem Adler von hier aus zu entfliehen. Von oben her kam der weißschäumende Schwall herabgestürzt, und ringsum brandete und wogte das Wasser mit wildem Schäumen. Der Junge war sehr erbittert, dass er auf diese Weise wortbrüchig werden musste; er wendete dem Adler den Rücken und wollte kein Wort mehr mit ihm sprechen.

Aber nachdem jetzt der Adler den Jungen an einer Stelle abgesetzt hatte, wo er ihm nicht mehr entfliehen konnte, erzählte er ihm, wie er von Akka von Kebnekajse aufgezogen worden, mit dieser seiner Pflegemutter aber jetzt in Feindschaft geraten sei.

»Und jetzt kannst du vielleicht verstehen, Däumling, warum ich dich zu den Wildgänsen zurückbringen möchte,« sagte er zum Schluss. »Ich habe gehört, in welch hoher Gunst du bei Akka stehst, und deshalb wollte ich dich bitten, den Friedensstifter zwischen uns zu machen.«

Sobald der Junge hörte, dass der Adler ihn nicht nur aus Eigensinn fortgetragen hatte, wurde er wieder freundlich gegen ihn.

»Ich würde dir außerordentlich gern in dieser Sache helfen,« sagte er, »aber ich bin ja durch mein Versprechen gebunden.« Und nun erzählte er seinerseits dem Adler, wie er in Gefangenschaft geraten sei, und dass Klement Larsson Skansen verlassen hätte, ohne ihm sein Wort zurückzugeben.

Doch der Adler wollte um keinen Preis seinen Plan aufgeben. »Höre mich an, Däumling!« sagte er. »Meine Flügel tragen mich, wohin du nur willst, und meine Augen machen alles ausfindig, was du nur sehen möchtest. Erzähl mir, wie der Mann aussah, der dir das Versprechen abgenommen hat, ich will ihn aufsuchen und dich zu ihm tragen. Alsdann musst du sehen, wie du ihn dazu bringst, dich von deinem Versprechen zu entbinden.«

Dieser Vorschlag leuchtete dem Jungen ein. »Ja, ja, Gorgo, man merkt wohl, welchen klugen Vogel du als Pflegemutter gehabt hast,« sagte er. Dann beschrieb er dem Adler Klement Larsson ganz genau und fügte auch noch hinzu, er habe auf Skansen gehört, dass der kleine Spielmann aus Hälsingeland stammte.

»Wir wollen ganz Hälsingeland absuchen, von Lingbo bis Mellansjö, von Storberg bis Hornsland!« rief der Adler. »Gleich morgen, noch ehe es Abend geworden ist, wirst du mit dem Mann reden können.«

»Jetzt versprichst du sicher mehr, als du halten kannst, Gorgo,« sagte der Junge.

»O, ich wäre ein schlechter Adler, wenn ich das nicht könnte!« erwiderte Gorgo.

Als Gorgo mit dem Däumling von Älvkarleby aufbrach, waren die beiden ganz gute Freunde geworden, und der Junge ritt jetzt auf Gorgos Rücken. Auf diese Weise sah er wieder etwas von den Gegenden, über die sie hinflogen. Solange ihn der Adler in den Klauen getragen hatte, war ihm das nicht möglich gewesen.

18 Ein Tag in Hälsingeland

Am nächsten Morgen ritt der Junge auf Gorgos Rücken über Hälsingeland hin. Hellschimmernd lag es unter ihm; die Nadelholzbäume hatten hellgrüne Triebe, die Birkengehölze frisches Laub, die Wiesen neues saftiges Gras und auf den Äckern wogte die junge, grüne Saat. Es war ein hochgelegenes, bergiges Land, aber mitten hindurch zog sich ein offenes, lachendes Tal, und von diesem erstreckten sich bald kurze und enge, bald lange und breite Täler nach beiden Seiten ins Land hinein.

Mitten durch das große Tal floss ein breiter, prächtiger Fluss, der sich an vielen Stellen zu Seen erweiterte. Ganz dicht am Fluss lagen Wiesen, die mit kleinen grauen Scheunen wie übersät waren; nach diesen Wiesen kamen die Äcker und an der Talgrenze, wo der Wald einsetzte, standen die Höfe. Diese waren stattlich und schön gebaut, einer lag neben dem anderen in einer fast ununterbrochenen Reihe. Die Kirchen ragten am Flussufer hoch empor, und rings um diese sammelten sich die Höfe zu großen Dörfern. Andre Häusergruppen drängten sich um die Bahnhöfe zusammen, sowie um die Sägewerke, die da und dort an den Seen und Flüssen lagen und leicht zu erkennen waren an den großen Bretterstapeln, die sich ringsherum auftürmten.

Als der Morgen anbrach, entstand Leben und Bewegung auf den Höfen. An den Kuhställen, die in diesem Land sehr groß und hoch sind und sowohl Schornsteine als auch breite Fenster haben, wurden die Türen sperrangelweit aufgemacht und die Kühe herausgelassen; es waren schöne weiße feingebaute und geschmeidige Tiere, überaus sicher auf den Füßen und so munter, dass sie die lächerlichsten Sprünge machten. Die Kälber und Schafe wurden auch herausgelassen, und auch diese waren unverkennbar in der allerbesten Laune.

Und mit jedem Augenblick wurde es lebendiger auf den Höfen. Ein paar junge Dirnen mit Ranzen auf dem Rücken gingen zwischen dem Vieh umher. Ein Junge mit einem langen Stock in der Hand hielt die Schafe beieinander, ein Hündchen lief zwischen den Kühen umher und bellte solche Tiere, die sich stoßen wollten, zornig an. Der Bauer spannte ein Pferd vor einen Karren und belud ihn mit Butterkübeln, Käseformen und allerlei Lebensmitteln. Fröhliches Lachen und Singen ertönte, und das Vieh war so vergnügt, wie wenn heute ein besonderer Festtag wäre.

Bald darauf waren alle miteinander auf dem Weg nach dem Walde. Eine von den Mägden ging an der Spitze und lockte das Vieh mit schönen Jodlern. Hinter ihr kam der Zug in einer langen Reihe. Der Hirtenjunge und der Hirtenhund liefen hin und her und gaben wohl acht, dass keines der Tiere vom Weg abwich. Ganz hinten kamen der Bauer und sein Knecht. Sie gingen neben dem Karren, um ihn vor dem Umstürzen zu bewahren, denn es ging einen gar schmalen, steinigen Waldpfad hinauf.

Im Lauf des Nachmittags gelangten die Wanderer auf ausgerodete Plätze, wo ein niedriger Kuhstall und einige kleine graue Hütten standen. Als die Kühe den Platz zwischen den Hütten erreicht hatten, brüllten sie vergnügt, als erkennten sie den Ort wieder, und fraßen sogleich von dem grünen saftigen Gras. Unter Scherzen und lustigen Reden holten die Leute Wasser und Brennholz herbei, und was auf dem Karren war, wurde in die größte der Hütten hineingetragen. Bald stieg der Rauch aus dem Schornstein auf, dann setzten sich die Sennerinnen, der Hirtenjunge und die Männer draußen im Freien um einen flachen Stein, der als Tisch diente, und hielten ihre Mahlzeit.

Der Adler Gorgo war fest überzeugt, dass er Klement Larsson unter diesen Leuten, die auf dem Weg in den Wald waren, finden würde. Sobald er einen Viehzug entdeckte, ließ er sich hinabsinken und untersuchte ihn mit seinem scharfen Auge. Aber eine Stunde um die andre verging, und noch immer hatte er Klement nicht gefunden.

Nachdem er sehr oft hin und her geflogen war, erreichte der Adler gegen Abend eine bergige, einsame, östlich von dem großen Haupttal gelegene Gegend. Wieder sah er eine Sennhütte unter sich; die Leute und das Vieh waren schon angekommen, die Männer spalteten Brennholz und die Mägde melkten die Kühe.

»Sieh dort!« rief Gorgo. »Ich glaube, jetzt haben wir ihn!«

Er ließ sich hinuntersinken und zu seiner großen Verwunderung sah Nils Holgersson, dass Gorgo recht hatte. Da stand wirklich der kleine Klement Larsson und machte Brennholz klein.

Gorgo ließ sich eine kurze Strecke von der Sennhütte entfernt im Walde nieder.

»Nun habe ich ausgeführt, was ich übernommen hatte,« sagte er und warf den Kopf stolz zurück. »Jetzt musst du sehen, dass du mit dem Mann sprichst. Ich werde mich inzwischen auf jenen dichten Tannenwipfel dort setzen und auf dich warten.«

Auf der Almhütte war die Arbeit zu Ende und das Abendbrot gegessen, aber die Leute saßen noch beieinander und plauderten. Es war lange her, seit sie zum letzten Mal in einer schönen Sommernacht im Wald gewesen waren, und alle hatten das Gefühl, als hätten sie gar keine Zeit zum Schlafen. Es war noch taghell ringsum und die Sennerinnen waren eifrig mit ihrer Handarbeit beschäftigt, bisweilen aber hoben sie den Kopf, schauten in den Wald hinein und lächelten leise vor sich hin.

»Ja, nun sind wir wieder hier oben,« sagten sie; und damit versank das Dorf mit all seiner Unruhe aus ihrer Erinnerung, und der Wald umschloss sie mit seinem stillen Frieden. Wenn sie daheim auf ihren Höfen daran dachten, dass sie den ganzen Sommer hindurch allein da droben im Walde sein müssten, konnten sie sich kaum denken, wie sie das aushalten sollten; sobald sie aber in die Sennhütten heraufgekommen waren, kam es ihnen vor, als sei dies doch ihre allerbeste Zeit.

Vor ein paar Sennhütten, die nahe beieinander lagen, waren die jungen Mädchen und Burschen zusammengekommen, einander zu begrüßen; es war also eine ziemliche Anzahl Menschen, die sich da auf der Wiese vor den Hütten niedergelassen hatten, aber eine rechte Unterhaltung wollte trotzdem nicht in Gang kommen. Die Burschen mussten am nächsten Tage wieder hinunter ins Dorf und die Sennerinnen trugen ihnen noch allerlei kleine Bestellungen und Grüße an die Ihrigen daheim auf.

Da sah die älteste der Sennerinnen von ihrer Arbeit auf und sagte ganz lustig: »Es ist gar nicht nötig, dass es heute Abend so still bei uns zugeht, denn wir haben ja zwei Burschen unter uns, die sonst gern etwas erzählen. Der eine ist Klement Larsson, der hier neben mir sitzt, und der andere Bernhard von Sunnansee, der dort drüben steht und nach dem Blackåsen hinaufschaut. Kommt, wir wollen sie bitten, dass jeder von ihnen eine Geschichte zum Besten gebe, und wer die schönste Geschichte erzählt, dem verspreche ich das Halstuch hier, an dem ich eben stricke.«

Dieser Vorschlag fand großen Beifall; die beiden, die miteinander wetteifern sollten, machten natürlich zuerst Einwendungen, gaben aber bald nach. Klement bat Bernhard, den Anfang zu machen, und dieser hatte nichts dagegen. Er kannte Klement Larsson nicht genau, aber er meinte, von diesem könnte man nur irgendeine alte Geschichte von Gespenstern und Trollen erwarten; und da er wusste, dass die Leute so etwas gerne hörten, hielt er es fürs klügste, gleich selbst etwas derartiges zu wählen.

Als Bernhard seine fantastische Geschichte zu Ende erzählt hatte wurde er von allen Seiten sehr gelobt, und es schien eine ausgemachte Sache, dass er den Preis bekommen würde. Den meisten tat Klement sogar ordentlich leid, weil er mit Bernhard wetteifern sollte.

Aber Klement begann seine Erzählung unerschrocken.

»Eines Tages ging ich auf Skansen, dem großen Lustgarten vor Stockholm umher und hatte Heimweh,« begann er; und dann erzählte er von dem Wichtelmännchen, das er da freigekauft habe, damit es nicht in einen Käfig gesetzt und wie ein wildes Tier den Leuten gezeigt worden sei. Und er erzählte weiter, wie er, nachdem er kaum diese gute Tat getan hatte, auch dafür belohnt worden war. Er erzählte und erzählte, während die Verwunderung seiner Zuhörer beständig zunahm, und als er endlich an den königlichen Lakaien und an das prächtige Buch kam, hatten alle Sennerinnen ihre Handarbeiten in den Schoß sinken lassen; sie saßen unbeweglich da und sahen Klement an, der so wunderbare Erlebnisse gehabt hatte.

Sobald Klement geendigt hatte, sagte die älteste Sennerin, dass das Halstuch ihm gehöre. »Denn,« sagte sie, »Bernhard hat uns das erzählt, was einem anderen passiert ist, Klement aber hat selbst eine richtige Geschichte erlebt, und das halte ich für mehr.«

Darin stimmten alle mit ihr überein. Seit sie erfahren hatten, dass Klement mit dem König gesprochen hatte, sahen sie ihn mit ganz anderen Augen an als vorher, und der kleine Spielmann fürchtete sich fast, zu zeigen, wie stolz er sich fühlte. Aber mitten in seinem großen Glück fragte ihn plötzlich jemand, was er denn mit dem Wichtelmännchen gemacht habe.

»Die blaue Schale konnte ich ihm leider nicht selbst hinstellen,« sagte Klement, »aber ich habe den alten Lappen gebeten, es für mich zu tun. Was später aus ihm geworden ist, weiß ich nicht.«

Kaum hatte Klement dies gesagt, als ein kleiner Tannenzapfen dahergesaust kam und ihm an die Nase flog. Der Tannenzapfen war nicht vom Baum heruntergefallen und auch nicht von einem Menschen geschleudert worden; niemand konnte begreifen, woher er gekommen war.

»Ei, ei, Klement,« sagte die Sennerin, »es sieht fast aus, als könnte das Wichtelvolk hören, was wir sprechen! Ich glaube, Ihr hättet nicht einen anderen mit dem Hinausstellen der blauen Schale beauftragen, sondern es selbst tun sollen.«

19 Ein Morgen in Ångermanland

Das Brot

Als der Adler am nächsten Morgen eine Strecke weit nach Ångermanland hineingeflogen war, sagte er, heute sei er hungrig, er wolle sich etwas Nahrung verschaffen. Er setzte Nils Holgersson auf einer mächtigen Tanne ab, die auf einem hohen Felsen stand, und flog davon.

Der Junge machte sich einen guten Sitzplatz auf einem gegabelten Ast und von da aus schaute er nach Ångermanland hinunter. Es war ein wunderschöner Morgen, die Sonne vergoldete die Baumwipfel, ein sanfter Wind strich wie liebkosend durch die Nadeln und ein lieblicher Duft stieg aus dem Wald auf. Dem Jungen war froh und sorglos zumute; er dachte, niemand könnte es besser gehen als ihm.

Nach allen Seiten war die Aussicht offen, und er konnte frei umherschauen. Gegen Westen war das Land voller Felsenkuppen und Berggipfel, die in der Ferne immer höher und wilder wurden. Ostwärts war auch hügeliges Land; da aber senkte es sich und wurde niedriger, bis es sich drunten am Meere schließlich ganz flach hinzog. Überall blinkten Bäche und Flüsse, die, so lange sie zwischen den Bergen flossen, einen gar beschwerlichen Lauf mit vielen Stromschnellen und Wasserfällen hatten, sich aber ausbreiteten, glänzend hell und breit wurden, sobald sie sich der Küste näherten. Den Bottnischen Meerbusen konnte Nils Holgersson auch sehen. In der Nähe des Landes war er mit Inseln gespickt und in Landzungen ausgezackt, aber weiterhin lag die Wasserfläche dunkelblau glänzend da wie ein Sommerhimmel.

»Nachdem sich der Junge an der Landschaft satt gesehen hatte, nahm er sein Ränzel ab, zog ein Stück feines Weißbrot heraus und begann zu essen.

»Ich glaube, ich habe in meinem ganzen Leben noch kein so gutes Brot gegessen,« sagte er. »Und wieviel ich noch habe! Das genügt noch für mehrere Tage. Gestern um diese Zeit hätte ich nicht geglaubt, dass ich heute im Besitz von solchem Reichtum sein würde.«

Während er lustig kaute und drauf los aß, dachte er daran, auf welche Weise er das Brot bekommen hatte.

»Es schmeckt mir gewiss auch deshalb so ausgezeichnet, weil ich es auf eine so schöne Weise erhalten habe,« sagte er.

Schon am Abend vorher hatte der Königsadler Medelpad verlassen, und kaum hatte er die Grenze von Ångermanland erreicht, als der Junge ein Wiesental und einen Fluss erblickte, die an Schönheit und Größe alles andre, was er bisher gesehen hatte, übertrafen.

Als Nils Holgersson das reiche Flusstal erblickte, fing er an, über Hunger zu klagen. »Nun habe ich seit zwei vollen Tagen nichts zu essen bekommen,« sagte er, »und ich bin ganz ausgehungert.«

Gorgo war der Gedanke unerträglich, es könne nachher heißen, dem Jungen sei es bei ihm schlechter gegangen als bei den Wildgänsen, und er flog deshalb sogleich langsamer.

»Warum hast du das nicht früher gesagt?« fragte er. »Du kannst so viel zu essen haben, wie du nur willst. Wenn du einen Adler als Reisekameraden hast, brauchst du nicht zu hungern.«

Gleich darauf gewahrte Gorgo einen Bauern, der drunten am Fluss ein Feld besäte. Das Saatkorn trug der Mann in einem Korb vorn auf der Brust, und so oft der Korb leer war, holte er sich neuen Vorrat aus einem Sack, der drüben am Rande des Ackers stand. Der Adler vermutete mit Recht, dass dieser Sack mit dem Besten gefüllt sei, was sich der Junge nur wünschen könnte, und er ließ sich deshalb an dieser Stelle hinuntersinken.

Aber ehe der Adler den Boden erreicht hatte, entstand um ihn her ein entsetzlicher Lärm; in dem Glauben, der Adler wolle sich auf einen Vogel stürzen, kamen Krähen, Sperlinge und Schwalben mit lautem Geschrei eilig dahergeflogen.

»Weg, weg, du Räuber! Weg, weg, du Vogelmörder!« schrien sie; und sie vollführten ein solches Spektakel, dass der Bauer aufmerksam wurde und herbeilief. Da war der Adler gezwungen, zu fliehen, und der Junge hatte auch nicht ein einziges Körnchen bekommen.

Diese kleinen Vögel hatten sich zu sonderbar benommen; nicht genug, dass sie den Adler in die Flucht zwangen, sie verfolgten ihn auch noch eine gute Strecke das Tal entlang. Und überall wurden die Leute auf das laute Vogelgeschrei aufmerksam; die Weiber liefen vor die Häuser heraus und klatschten so laut in die Hände, dass es wie Gewehrsalven klang, und die Männer kamen mit der Flinte in der Hand herbeigelaufen.

Und so ging es jedes Mal, sobald sich der Adler auf die Erde hinabsinken ließ. Der Junge hatte die Hoffnung, der Adler werde ihm etwas Nahrung verschaffen können, schon aufgegeben. Ach, er hatte bis jetzt gar nicht gewusst, wie verhasst und verabscheut Gorgo war! Dieser tat dem Jungen herzlich leid und er meinte fast, es geschähe ihm unrecht.

Nach einer Weile flogen sie über einen schönen Bauernhof hin, wo die Hausfrau offenbar großen Backtag gehabt hatte. Die frischgebackenen Weißbrote standen zum Abkühlen auf dem Hofplatz und die Bäuerin selbst stand zur Aufsicht daneben, damit weder Hund noch Katze eines davon stibitze.

Der Adler hätte sich auf den Hof hinabsinken lassen können; aber vor den Augen der Bäuerin wagte er die Brote nicht anzugreifen. Ratlos flog er hin und her; ein paarmal war er schon dicht über dem Schornstein, flog aber jedes Mal wieder in die Höhe.

Jetzt gewahrte die Bäuerin den Adler; sie hob den Kopf und sah ihm nach.

»Wie sonderbar dieser Vogel sich benimmt!« sagte sie. »Ich glaube gar, er möchte eines von meinen Brötchen.«

Es war eine sehr schöne Frau, groß und blondhaarig, mit einem offenen, fröhlichen Gesicht. Sie lachte herzlich, nahm eines der Brötchen von der Platte und hielt es hoch über ihrem Kopf empor. »Wenn du es willst, dann hol es dir!« rief sie.

Der Adler konnte nicht verstehen, was sie sagte; aber er war sich doch sogleich klar darüber, dass sie ihm das Brot geben wollte. Blitzschnell schoss er hinunter, schnappte ihr das Brot aus der Hand und schoss wieder in die Luft hinauf.

Als der Junge den Adler das Brot ergreifen sah, traten ihm die Tränen in die Augen; einerseits aus Freude, weil er nun mehrere Tage lang nicht zu hungern brauchte, andrerseits aber, weil er tief gerührt war, dass die Bäuerin ihr Brot mit einem wilden Raubvogel geteilt hatte.

Und während Nils Holgersson nun hier in dem Tannenwipfel saß, konnte er sich, sobald er nur wollte, das Bild der großen, blondhaarigen Frau ins Gedächtnis zurückrufen; er sah sie ganz deutlich vor sich, wie sie auf dem Hofplatz stand und das Brot in die Höhe hob. O, sie hatte ohne Zweifel gewusst, dass der große Vogel ein Königsadler war, ein Räuber, den die Leute sonst mit scharfen Schüssen begrüßen, und sie hatte wohl auch das sonderbare Wesen bemerkt, das der Adler auf dem Rücken trug; aber sie hatte nicht erst lange gefragt, wer die beiden waren; sobald sie begriff, dass sie hungrig waren, hatte sie ihnen von ihrem guten Brot mitgeteilt!

»Wenn ich einmal wieder ein Mensch bin,« dachte der Junge, »dann mache ich mich auf den Weg und suche die schöne Bäuerin an dem großen Fluss auf, um ihr dafür zu danken, dass sie so gut gegen uns gewesen ist.«

Der Waldbrand

Während Nils Holgersson noch mit seinem Frühstück beschäftigt war, wehte ihm plötzlich von Norden her ein schwacher Brandgeruch entgegen. Er wendete sich gleich nach dieser Seite und sah von einem der bewaldeten Hügel eine ganz dünne Rauchsäule aufsteigen, und zwar nicht von dem ihm am nächsten liegenden, sondern von einem aus der dahinter aufragenden Hügelkette. Dieser Rauch, der da mitten aus dem wilden Wald aufstieg, machte den Jungen stutzig; aber dann dachte er, es könne ja möglicherweise dort eine Sennhütte sein, und die Sennerinnen seien beim Kaffeekochen.

Aber es war doch sonderbar, wie sehr der Rauch zunahm und wie er sich immer weiter ausbreitete! Von einer Sennhütte konnte er nicht aufsteigen; aber vielleicht waren dort Kohlenbrenner bei ihren Meilern. Auf Skansen hatte der Junge eine Kohlenbrennerhütte und einen Kohlenmeiler gesehen, und er hatte auch gehört, dass in diesen Wäldern hier an verschiedenen Orten Kohlen gebrannt würden. Aber eigentlich hatten Kohlenbrenner doch nur im Frühjahr und im Winter brennende Meiler!

Der Rauch nahm mit jedem Augenblick zu; jetzt wogte er über den ganzen Hügel hin. Ein Kohlenmeiler konnte nicht so viel Rauch hervorbringen, das war ausgeschlossen. Irgendwo musste ein Brand sein; der Junge sah auch eine Menge Vögel aufsteigen und nach dem nächsten Hügel hinüberfliegen. Habichte und Auerhähne und andre kleine Vögel, die der Junge aus dieser Entfernung nicht erkennen konnte, flüchteten sich vor dem Brand.

Aus der kleinen weißen Rauchsäule war jetzt eine schwere weiße Wolke geworden, die sich am Hügelrand hinwälzte und von da ins Tal hinabsenkte. Aus der Wolke heraus flogen Funken und Rußflocken und ab und zu leckte auch eine rote Flamme durch den Rauch. Dort drüben musste sicher eine gewaltige Feuersbrunst ausgebrochen sein! Aber was in aller Welt brannte denn dort? Es konnte doch unmöglich ein Bauernhof so tief drinnen im Walde versteckt liegen?

Und bei einer solchen Feuersbrunst, wie die da drüben, hätte sicher auch mehr als ein Hof brennen müssen. Jetzt wallte der Rauch nicht nur von dem Hügel auf; nein, auch aus dem Tale drunten, das der Junge zwar nicht sehen konnte, weil es von dem nächsten Hügel verdeckt war, stiegen große Rauchmassen auf. Es war nicht anders möglich, der Wald selbst musste in Brand geraten sein.

Der Junge konnte sich fast nicht vorstellen, dass der frische grüne Wald in Brand geraten könnte. Und doch musste es so sein! Aber wenn nun der Wald dort drüben wirklich brannte, dann konnte das Feuer ja bis zu ihm herüberdringen! »Sehr wahrscheinlich ist dies zwar nicht, aber es wäre mir doch recht angenehm, wenn der Adler jetzt bald käme,« dachte der Junge. »Wenn ich doch nur von hier fort wäre!« Schon allein der Brandgeruch, den er bei jedem Atemzug einatmen musste, war ihm unerträglich.

Plötzlich erklang ringsum ein entsetzliches Knattern und Dröhnen. Es kam von dem nächsten Hügel her. Ganz oben auf dem Gipfel stand eine ebenso hohe Tanne wie die, auf der Nils Holgersson saß. Sie war sehr hoch und ragte über alle anderen hinaus. Vorhin war sie von der Morgensonne rot beleuchtet gewesen, jetzt glühten alle ihre Nadeln wie auf einen Schlag, und sie fing Feuer. So schön war sie noch niemals gewesen; aber dies war das letztemal, wo sie ihre Schönheit zeigen konnte. Sie war der erste Baum auf diesem Hügel, der Feuer fing, und der Junge konnte gar nicht begreifen, wie es zugegangen war. War das Feuer auf roten Schwingen dahergeflogen gekommen? Oder war es zischend an der Erde hingekrochen wie eine Schlange? Das war nicht leicht zu entscheiden, jedenfalls war es nun da; der ganze Baum loderte hell auf wie ein Haufen Reisig.

Da, da! Jetzt schlug der Rauch an verschiedenen Stellen auf dem Hügel zugleich heraus! Der Waldbrand war Vogel und Schlange zugleich; er konnte sich ebenso gut weit durch die Luft schwingen wie an der Erde hinkriechen; er entzündete den ganzen Waldhügel auf einen Schlag.

Nun entstand eine wahre Panik; die Vögel flohen in wilder Eile. Wie große Rußflocken flatterten sie aus dem Rauch heraus, flogen quer übers Tal hin und auf den Hügel, wo sich der Junge befand. Ein Uhu ließ sich neben dem Jungen nieder und gerade über ihm setzte sich ein Habicht auf einen Zweig. Zu jeder anderen Zeit wären dies gefährliche Nachbarn gewesen; aber jetzt beachteten die Vögel den Jungen gar nicht. Sie starrten nur in das Feuer hinein und konnten offenbar durchaus nicht begreifen, was dort im Wald vorging. Ein Marder lief auch auf den Baum herauf; er stellte sich auf die äußerste Spitze eines Zweiges und schaute unverwandt zu dem brennenden Waldhügel hinüber. Dicht neben dem Marder saß ein Eichhörnchen; aber die beiden schienen einander gar nicht zu sehen.

Jetzt jagte das Feuer den Abhang herunter. Es zischte und dröhnte wie ein brausender Sturm. Durch den Rauch hindurch konnte man die Flammen von Baum zu Baum züngeln sehen. Ehe eine Tanne in Brand geriet, wurde sie zuerst in eine dünne Rauchwolke wie in einen Schleier gehüllt, dann wurden mit einem Schlag alle ihre Nadeln rot, und dann begann sie zu knistern und zu brennen.

Drunten im Tal vor dem Hügel floss ein kleiner von Erlen und Birken umsäumter Bach. Es sah aus, als müsse das Feuer hier Halt machen. Die Laubholzbäume gerieten nicht so rasch in Brand wie die Nadelhölzer. Hier stand das Feuer wie vor einer Mauer und konnte nicht weiter. Es glühte und sprühte und versuchte, nach dem Nadelwald auf der anderen Seite des Baches hinüberzuspringen; aber es gelang ihm nicht.

Für eine Weile war das Feuer zum Stillstand gebracht; doch jetzt leckte eine lange Feuerzunge hinüber nach einer hohen, abgestorbenen Fichte, die unten am Abhang wuchs; sofort stand auch der ganze Baum in heller Lohe, und damit war das Feuer über den Bach herübergekommen. Die Hitze war überaus stark;

jeder Baum am ganzen Abhang war in größter Gefahr: er konnte im nächsten Augenblick in Brand geraten. Und mit solchem wilden Brausen und Donnern, wie es nur der heftigste Sturm oder der wildeste Wasserfall hervorbringt, jagte das Feuer jetzt den jenseitigen Hügel hinauf.

Da breiteten der Habicht und der Uhu die Flügel aus und flogen davon. Der Marder schoss von dem Baum hinunter. Allem Anschein nach dauerte es jetzt nicht mehr lange, bis das Feuer diese Tanne ergriff, und der Junge musste machen, dass er herunterkam. Aber es war nicht so leicht für ihn, an dem hohen, geraden Stamm der Tanne hinabzuklettern; er klammerte sich an, so gut es ging, und ließ sich so von einem Zweig zum anderen hinuntergleiten und schließlich stürzte er schwer zu Boden. Aber er hatte keine Zeit, sich zu überzeugen, ob er sich verletzt hatte. Nur fort, fort! Das war die Losung. Wie ein zischender Blitz schlug das Feuer in die Tanne, der Erdboden darunter war glühend heiß und begann zu rauchen. Auf der einen Seite von dem Jungen lief ein Luchs, auf der anderen ringelte sich eine lange Kreuzotter und ganz dicht neben der Kreuzotter gluckte eine Auerhenne, die mit ihren kleinen flaumigen Jungen davoneilte.

Als die Flüchtlinge den Abhang hinuntergekommen waren und das Tal erreicht hatten, trafen sie mit Menschen zusammen, die ausgezogen waren, das Feuer zu löschen. Sie waren gewiss schon lange hier am Werk gewesen; aber der Junge hatte so fortgesetzt nach der Seite gestarrt, woher das Feuer kam, dass er sie nicht früher wahrgenommen hatte. Auch durch dieses Tal floss ein dicht mit Laubhölzern umsäumter Bach und hinter diesen Bäumen arbeiteten die Leute. Sie fällten die den Erlen zunächststehenden Nadelhölzer, holten Wasser aus dem Bach, schütteten es aufs Erdreich und rissen Heidekraut und Maiblumenstöcke heraus, damit sich das Feuer keinen Weg durch das Gestrüpp bahnen könnte.

Auch diese Leute dachten an nichts andres als an den Waldbrand, der sich ihnen entgegenwälzte. Die fliehenden Tiere liefen ihnen zwischen den Beinen durch; aber sie kümmerten sich gar nicht darum. Sie schlugen nicht nach der Kreuzotter, machten keinen Versuch, die Auerhenne zu fangen, während sie mit ihren kleinen piependen Jungen am Bachufer hin und her lief; ja sie beachteten nicht einmal den Däumling. Sie standen da und hielten große Tannenzweige in den Händen, die sie vorher in den Bach getaucht hatten und offenbar als Waffen gegen das Feuer benützen wollten. Es waren nicht besonders viele Leute, und es war ein merkwürdiger Anblick, wie sie so ganz ruhig zum Kämpfen bereit dastanden, während alles andre, was Leben hatte, entfloh.

Als sich das Feuer mit lautem Dröhnen und Krachen, mit unerträglicher Hitze und erstickendem Rauch den Hügel herabwälzte und ohne einen Augenblick anzuhalten, Miene machte, über den Bach mit seiner Mauer aus grünen Bäumen nach dem anderen Ufer hinüberzuspringen, wichen die Menschen zuerst unwillkürlich zurück, als wenn sie es nicht mehr hier aushalten könnten. Aber sie flohen nicht weit, sondern kehrten wieder um.

Jetzt lief der Waldbrand mit wilder Gewalt Sturm. Die Funken sprühten und ergossen sich wie ein Feuerregen über die Laubholzbäume. Lange, feurige Zungen schlugen zischend aus dem Rauch heraus, als wenn der Wald auf der anderen Seite sie anzöge.

Aber die Laubholzbäume hielten das Feuer auf, und unter ihnen arbeiteten die Menschen. Wo die Erde zu rauchen anfing, trugen sie in Eimern Wasser herbei und kühlten sie ab. Wenn ein Baum in Rauch eingehüllt wurde, hieben sie mit gewaltigen Axtschlägen drauf los, stürzten ihn um und löschten die Flammen. Wo das Feuer im Heidekraut glimmte, schlugen sie mit den nassen Tannenzweigen darauf und erstickten es.

Der Rauch war jetzt so dicht, dass er alles einhüllte. Man konnte nicht sehen, wie der Kampf sich entwickelte; aber es war wohl zu merken, welch ein harter Kampf es war und mehrere Male war es gewiss nahe daran, dass das Feuer den Sieg davongetragen hätte.

Aber gottlob, nach einer guten Weile nahm das laute Krachen und Dröhnen des verheerenden Feuers ab, und der Rauch verteilte sich! Da hatten die Laubholzbäume alle ihre Blätter verloren, das Erdreich darunter war vollständig versengt, die Menschen waren vom Rauch geschwärzt und in Schweiß gebadet, aber der Waldbrand war überwältigt, er flammte nicht mehr. Weiß und weich glitt jetzt der Rauch am Boden hin und eine Menge schwarze Stämme tauchte aus ihm auf. Das war alles, was von dem prächtigen Wald noch übrig war.

Der Junge war auf einen Steinblock hinaufgeklettert und hatte von da dem Kampf der Menschen mit dem Feuer zugesehen. Aber jetzt, wo der Wald gerettet war, begann für ihn die Gefahr; der Uhu und der Habicht richteten plötzlich ihre Augen auf ihn.

Doch in diesem Augenblick hörte der Junge eine ihm wohlbekannte Stimme seinen Namen rufen. Der Königsadler Gorgo kam durch den Wald heruntergesaust. Und bald wiegte sich der Junge von aller Gefahr erlöst hoch in den Lüften.

20 Lappland

Ach, wie glücklich war Nils Holgersson, dass er jetzt nach all der Angst, die er während des Waldbrandes ausgestanden hatte, wohlbehalten wieder auf Gorgos Rücken saß! Dieses Gefühl war an und für sich schon beglückend, aber die Reise selbst war jetzt auch wunderbar schön. Am Morgen war der Wind aus Norden gekommen, jetzt hatte er sich gewendet, die Reisenden hatten ihn im Rücken, und deshalb spürten sie ihn gar nicht. Da auch der Adler ganz gleichmäßig flog, glaubte der Junge bisweilen, dieser stehe ganz still, und er schlage nur immerfort mit den Flügeln, ohne vom Fleck zu kommen. Statt dessen aber schien unter ihm alles in Bewegung zu sein. Der ganze Erdboden und alles, was darauf war, glitt langsam südwärts. Wälder, Häuser, Wiesen, Zäune, Flüsse, Ortschaften, Schäreninseln, Sägewerke, alles war auf der Wanderschaft!

Und seht, an einem war diese Landschaft reicher als alle anderen, nämlich an Licht. Die Kraniche schliefen stehend auf den Mooren; die Nacht musste angebrochen sein, aber das Licht war nicht verschwunden. Die Sonne war nicht südwärts gezogen wie alles andre. Dagegen war sie jetzt so weit nördlich gewandert, dass sie dem Jungen mit geraden Strahlen ins Gesicht schien. Und sie hatte es offenbar gar nicht im Sinn, hinter den Horizont hinabzutauchen. Wie, wenn dieses Licht und diese Sonne in Westvemmenhög scheinen würden? Das würde dem Häusler Holger Nilsson und seiner Frau gefallen, ein Arbeitstag, der vierundzwanzig Stunden dauerte!

»Jetzt fliegen wir nach Lappland hinein,« sagte Gorgo. Und

sofort beugte sich der Junge weit vor, um die Landschaft zu sehen, von der er so viel gehört hatte.

Aber er fühlte sich ziemlich enttäuscht, denn er sah nichts als große Wälder und weite Moore. Nichts als Wald und Moor, Moor und Wald, bis ins Unendliche. Die große Einförmigkeit machte ihn schließlich so schläfrig, dass er beinahe hinuntergestürzt wäre.

Da sagte er zu dem Adler, er könne nicht länger auf dessen Rücken sitzen bleiben, er müsse durchaus ein wenig schlafen. Sofort ließ sich Gorgo ins Tal hinuntersinken und der Junge warf sich ins Moos; aber dann nahm ihn Gorgo zwischen seine Klauen und schwang sich wieder mit ihm in die Luft hinauf.

»Schlaf du nur, Däumling!« rief er. »Mich hält der Sonnenschein wach und ich will die Reise fortsetzen.«

Und obgleich der Junge sehr unbequem zwischen den Klauen des Adlers hing, schlief er wirklich ein

Als er wieder aufwachte, sah er, dass er in einem großen, von Bergen umschlossenen Felsental lag. Aber wo war Gorgo? Und wie sollte er erfahren, wo er sich befand?

Er richtete sich auf und schaute sich um. Da fiel sein Blick auf ein sonderbares Gebäude aus Fichtenzweigen, das auf einem Felsenabsatz stand. »Das ist gerade so ein Adlernest, wie Gorgo …«

Nils Holgersson dachte den Gedanken nicht zu Ende. Statt dessen riss er die Mütze vom Kopf, schwang sie lustig und schrie: »Hurra!« Er hatte erraten, wohin Gorgo ihn gebracht hatte! Hier war das Tal, wo oben auf dem Felsenabsatz die Adler und unten im Tal die Wildgänse wohnten. Er war am Ziel! Im nächsten Augenblick würde er wieder mit dem Gänserich Martin, mit Akka und allen Reisekameraden vereinigt sein!

Der Junge ging ganz leise umher und suchte nach seinen Freunden. Ringsum im Tal war es überall ganz still. Die Sonne war noch nicht über die Felswände heraufgestiegen; es musste also noch sehr früh am Tag sein und die Wildgänse waren auch noch nicht aufgewacht. Der Junge hatte kaum einige Schritte gemacht, als er lächelnd stehen blieb, weil er etwas gar so Schönes sah. Dort im Gras lag eine Wildgans auf einem kleinen Neste und neben ihr stand der Gänserich. Er schlief zwar auch, aber man sah wohl, er hatte sich so nahe dabei aufgestellt, um bei jeder Gefahr zur Hand zu sein.

Ohne die beiden zu stören, wanderte der Junge weiter und lugte zwischen die kleinen Weidenbüsche hinein, die überall wuchsen. Es dauerte auch nicht lange, da entdeckte er wieder ein Gänsepaar. Diese gehörten nicht zu seiner Schar; es waren Fremde, aber der Junge freute sich doch sehr über sie. Und plötzlich summte er ein fröhliches Liedchen vor sich hin, nur weil er mit ihnen zusammengetroffen war.

Jetzt schaute er wieder in ein Gebüsch hinein und da entdeckte er endlich ein Paar, das er kannte. Das war ganz bestimmt Neljä, die da auf ihren Eiern lag, und der danebenstehende Gänserich war Kolme. Ja, ja, so war es! Eine Täuschung war ausgeschlossen!

Er hatte die größte Lust, die beiden zu wecken, unterließ es dann aber doch und ging weiter.

Im nächsten Strauchwerk sah er Viisi und Kuusi und nicht weit davon fand er Yksi und Kaksi. Alle vier schliefen, und der Junge ging vorüber, ohne sie zu stören.

Als er in die Nähe des nächsten Gebüsches kam, glaubte er zwischen den Zweigen etwas Weißes hervorschimmern zu sehen und sogleich begann sein Herz vor lauter Freude laut und rasch zu klopfen. Ja, es war, wie er erwartet hatte! Da drinnen lag Daunenfein, noch eben so niedlich wie früher, auf ihren Eiern, und neben ihr stand der weiße Gänserich. Der Junge meinte, man könne ihm sogar im Schlaf ansehen, wie stolz er darauf war, da oben in den lappländischen Bergen bei seiner Frau Wache stehen zu dürfen.

Aber der Junge wollte auch den weißen Gänserich nicht wecken, leise ging er weiter wie bisher.

Er musste ziemlich lange suchen, bis er auf weitere Wildgänse stieß. Aber da entdeckte er auf einem kleinen Hügel etwas, das einem grauen Erdhaufen glich. Und als er am Fuß des Hügels angekommen war, war der Erdhaufen nichts andres als Akka von Kebnekajse, die ganz hell wach da droben stand und sich umschaute, als bewache sie das ganze Tal.

»Guten Tag, Mutter Akka!« sagte der Junge. »Wie schön, dass Ihr wach seid! Wollt Ihr jetzt nicht noch ein wenig warten, ehe Ihr die anderen weckt? Ich möchte gar zu gerne ein wenig allein mit Euch sprechen.«

Die alte Anführergans stürzte den Hügel herunter und auf den Jungen zu. Zuerst packte sie ihn und schüttelte ihn, dann strich sie ihm mit dem Schnabel am ganzen Körper auf und ab, und dann schüttelte sie ihn noch einmal. Aber sie sagte kein Wort, denn er hatte sie ja gebeten, die anderen nicht zu wecken.

Der Däumling küsste die alte Mutter Akka auf beide Wangen, und dann fing er an zu erzählen, wie er nach Skansen gebracht und dort gefangen gehalten worden war.

»Und nun kann ich Euch noch erzählen, dass Smirre, der Fuchs mit dem abgebissenen Ohr, in dem Fuchsbau auf Skansen gefangen saß,« fuhr der Junge fort, nachdem er seine Erlebnisse berichtet hatte. »Und obgleich er sehr hässlich gegen uns gewesen ist, tat er mir doch herzlich leid. Es waren noch viele andre Füchse in dem großen Fuchskäfig; diesen schien es indes ganz wohl da zu sein, nur Smirre saß immer sehr betrübt da und sehnte sich nach der Freiheit. Ich hatte mir nach und nach viele gute Freunde da droben erworben und eines Tages hörte ich von dem Lappenhund, es sei ein Mann nach Skansen gekommen, der Füchse kaufen wolle. Er sei von einer weit draußen im Meere liegenden Insel. Auf dieser Insel seien alle Füchse ausgerottet worden, infolgedessen aber könne man sich jetzt dort der Ratten nicht mehr erwehren und deshalb wolle man wieder Füchse einführen.

Sobald ich das erfahren hatte, ging ich nach dem Fuchskäfig und sagte: ›Smirre, morgen kommen Leute hierher, die einige Füchse kaufen wollen. Versteck dich also nicht, sondern bleib hier draußen und sorge dafür, dass du gefangen wirst, dann erhältst du deine Freiheit wieder.‹ Er ist dann meinem Rat gefolgt, und nun läuft er wohl auf jener Insel frei umher. Was sagt Ihr dazu, Mutter Akka? War das eine Tat nach Eurem Sinne?«

»Wenn ich es selbst gewesen wäre, hätte ich es nicht besser machen können,« antwortete Akka.

»Es freut mich, dass Ihr damit einverstanden seid,« sagte der Junge. »Nun aber möchte ich Euch noch etwas andres fragen. Eines Tages sah ich, dass der Adler Gorgo, der damals mit dem Gänserich Martin kämpfte, als Gefangener nach Skansen gebracht und da in den Adlerkäfig gesetzt wurde. Er sah gar elend und traurig aus, und manchmal war es mir, als müsste ich in das Stahldrahtnetz über seinem Kopf ein Loch feilen, damit er herausfliegen könnte. Aber dann dachte ich wieder: Nein, nein, denn er ist ja ein gefährlicher Räuber und Vogelfresser! Ich wusste nicht, ob es recht wäre, einen solchen Missetäter herauszulassen, und so dachte ich, es sei vielleicht doch am besten, wenn er bliebe, wo er war. Was sagt Ihr dazu, Mutter Akka? War das richtig gedacht?«

»Nein, das war gar nicht richtig gedacht,« sagte Akka. »Man kann über die Adler denken, wie man will; aber sie sind stolzer und freiheitsliebender als andre Tiere, und es ist sehr unrecht, wenn sie in Gefangenschaft gehalten werden. Weißt du, was ich dir vorschlagen möchte? Sobald du ausgeruht hast, reisen wir beide hinunter zu dem großen Vogelgefängnis und befreien Gorgo.«

»Diese Worte habe ich von Euch erwartet, Mutter Akka,« sagte der Junge. »Es gibt welche, die sagen, Ihr hättet keine Liebe mehr für den, den Ihr mit so großer Mühe aufgezogen habt, weil er so lebt, wie ein Adler seiner Natur nach leben muss. Aber eben jetzt hab ich gehört, dass es nicht so ist. Nun will ich nachsehen, ob der Gänserich Martin noch nicht erwacht ist, und wenn Ihr indessen dem ein Wort des Dankes sagen wollt, der mich zu Euch zurückgebracht hat, dann trefft Ihr ihn wahrscheinlich droben auf dem Felsenabsatz, wo Ihr einstmals ein hilfloses Adlerjunges gefunden habt.«

21 Gen Süden! Gen Süden!

Der erste Reisetag

Nils Holgersson saß auf dem Rücken des weißen Gänserichs und ritt hoch droben durch die Lüfte. Einunddreißig Wildgänse flogen in wohlgeordnetem Zug rasch südwärts. Ihre Federn rauschten und die vielen Flügel schlugen mit so lautem Sausen durch die Luft, dass man fast sein eigenes Wort nicht verstehen konnte. Akka von Kebnekajse flog an der Spitze, hinter ihr kamen Yksi und Kaksi, Kolme und Neljä, Viisi und Kuusi, der Gänserich Martin und Daunenfein. Die sechs jungen Gänse, die sich im letzten Herbst der Schar angeschlossen hatten, waren nun fortgeflogen, um sich auf eigene Faust durchzubringen. Statt dessen hatten die Gänse zweiundzwanzig junge Gänse bei sich, die in diesem Sommer im Felsental herangewachsen waren. Elf von ihnen flogen rechts und elf links und sie gaben sich alle Mühe, denselben Abstand zwischen sich einzuhalten wie die großen Gänse.

Die armen Jungen hatten noch nie eine große Reise gemacht, und im Anfang wurde es ihnen sehr schwer, bei dem raschen Flug der Alten mitzukommen.

»Akka von Kebnekajse! Akka von Kebnekajse!« riefen sie in jammervollem Ton.

»Was gibt's?« fragte die Anführerin.

»Unsere Flügel sind von dem vielen Schlagen müde!« schrien die Jungen.

»Je länger ihr weitermacht, desto besser geht es,« erwiderte die Anführerin; und sie flog auch nicht ein bisschen langsamer, sondern ebenso geschwind wie zuvor. Und es war wirklich, als ob sie recht behalten sollte, denn nachdem die jungen Gänse ein paar Stunden geflogen waren, klagten sie nicht mehr über Müdigkeit. Droben im Felsental waren sie jedoch den ganzen Tag auf der Weide gewesen, und es dauerte deshalb nicht lange, bis sie sich nach Nahrung sehnten.

»Akka, Akka, Akka von Kebnekajse!« riefen die jungen Gänse mit kläglicher Stimme.

»Was gibt's jetzt?« fragte die Anführerin.

»Wir sind so hungrig, dass wir nicht mehr weiter fliegen können!« schrien die Jungen. »Wir sind so hungrig, dass wir nicht mehr weiter fliegen können!«

»Die Wildgänse müssen es lernen, Luft zu essen und Wind zu trinken!« antwortete die Anführerin, und sie hielt nicht an, sondern flog gerade wie vorher weiter.

Es war auch beinahe, als lernten es die Jungen wirklich, von Luft und Wind zu leben, denn nachdem sie wieder eine Weile geflogen waren, klagten sie nicht mehr über Hunger. Die Schar war noch immer droben zwischen den Bergen, und die alten Gänse riefen mit lauter Stimme die Namen aller der Berggipfel, an denen sie vorüberkamen, damit die Jungen lernten, wie sie hießen. Aber nachdem es eine Zeitlang so fortgegangen war: »Das ist Porsotjokko, das ist Sarjektjokko, das ist Sulitelma!« wurden die Jungen aufs Neue ungeduldig.

»Akka, Akka, Akka!« riefen sie mit herzzerreißender Stimme.

»Was gibt's denn?« fragte die Anführerin.

»Wir können nicht noch mehr Namen in unseren Kopf hineinbringen!« schrien die Jungen. »Wir können nicht noch mehr Namen in unseren Kopf hineinbringen!«

»Je mehr in euren Kopf hineinkommt, desto mehr Platz habt ihr darin,« antwortete die Anführerin; und sie rief ihnen die merkwürdigen Namen gerade wie vorher zu.

Nils Holgersson dachte auch, es sei höchste Zeit für die Wildgänse, südwärts zu ziehen, denn es war schon sehr viel Schnee gefallen; soweit das Auge reichte, war die Erde ganz weiß. Und es war auch in der letzten Zeit im Felsental tatsächlich recht unbehaglich gewesen. Regen und Sturm und Nebel hatten unaufhörlich miteinander abgewechselt, und wenn sich das Wetter je einmal aufhellte, hatte sogleich starker Frost eingesetzt. Die Beeren und Pilze, von denen sich der Junge den Sommer hindurch ernährt hatte, erfroren oder verfaulten. Schließlich hatte er sich mit rohen Fischen sättigen müssen und das war ihm äußerst unangenehm gewesen. Die Tage wurden immer kürzer und bei den langen Abenden und dem immer späteren Tagesanbruch war es natürlich sehr traurig und langweilig für den Jungen gewesen; denn er konnte ja seine Natur nicht so einrichten und nicht genau so lange schlafen, wie die Sonne verschwunden war.

Dann aber hatten die Gösselchen allmählich so große Flügel bekommen, dass die Reise gen Süden unternommen werden konnte und der Junge war hochbeglückt darüber. Er sang und lachte in einem fort, während er jetzt auf dem Rücken des Gänserichs dahinflog. Ach, er sehnte sich nicht nur von Lappland fort, weil es da droben jetzt trüb und dunkel und kalt und mit der Nahrung knapp bestellt war, nein, er hatte auch noch andere Gründe dazu.

In den ersten Wochen hatte er da droben durchaus nicht an Heimweh gelitten. Er meinte, noch niemals in einem so wunderschönen Land gewesen zu sein, und hatte keine anderen Sorgen, als sich der Mückenschwärme zu erwehren, damit sie ihn nicht ganz und gar auffräßen. Von dem weißen Gänserich sah er in dieser Zeit nicht viel; denn der große Weiße dachte an nichts andres, als für Daunenfein zu sorgen, und wich keinen Schritt von ihrer Seite. Da hatte sich der Junge an die alte Akka und an den Adler Gorgo gehalten, und die drei hatten viele vergnügte Stunden miteinander verbracht. Er war von den Vögeln auf weite Ausflüge mitgenommen worden; Nils Holgersson hatte sogar oben auf dem schneebedeckten Kebnekajse gestanden und auf die Gletscher hinabgeschaut, die sich dort unter dem steilen

Bergkegel ausbreiten. Der Junge war auch noch auf vielen anderen hohen Berggipfeln gewesen, die nur sehr selten von einem Menschenfuß betreten worden sind. Akka zeigte ihm verborgene Täler zwischen den Bergen und ließ ihn in Felsenschluchten hinabsehen, wo die Bärinnen ihre Jungen aufzogen. Es versteht sich von selbst, dass er auch die Bekanntschaft der zahmen Rentiere machte, die in großen Scharen an den Ufern des schönen Torneteich weideten.Wo immer er hinkam, – überall war das Land wunderschön; er freute sich auch von Herzen, dass er alles sehen durfte, und doch hätte er nicht immer da leben mögen. Er musste Akka recht geben, wenn sie sagte: »Die schwedischen Ansiedler sollten dieses Land nicht beunruhigen, sondern es wie bisher den Bären und Wölfen und Rentieren und Wildgänsen, den Bergeulen, den Wühlmäusen und den Lappen überlassen, die dazu geschaffen sind, da zu leben.«

Ja, ja, Nils Holgersson war überglücklich, dass es nun südwärts ging. Als der erste Fichtenwald auftauchte, schwang er seine Mütze und rief Hurra! und auf dieselbe Weise begrüßte er das erste graue Ansiedlerhaus, die erste Ziege, die erste Katze und die ersten Hühner. Der Weg führte über prachtvolle Wasserfälle hin, und zu seiner Rechten sah der Junge wunderschöne Berge; aber an solche Herrlichkeiten war er jetzt so gewöhnt, dass er kaum noch einen Blick auf sie warf.

Die ganze Zeit trafen die Wildgänse mit anderen Zugvögeln zusammen, die jetzt in etwas größeren Scharen als im Frühling einhergeflogen kamen.

»Wohin, ihr Wildgänse, wohin?« riefen die Zugvögel.

»Ins Ausland, wie ihr auch!« antworteten die Wildgänse. »Ins Ausland, ins Ausland!«

»Die Jungen sind ja noch nicht ganz ausgewachsen!« riefen die anderen. »Mit so kleinen Flügeln kommen sie nie übers Meer hinüber!«

Die Lappen und die Rentiere zogen nun auch von den Bergen herunter. Sie kamen in guter Ordnung daher: ein Lappe führte den Zug an, dann kam die Herde mit den großen Rentierstieren in den ersten Gliedern, hierauf eine Reihe Lasttiere, die die Zelte und das andre Eigentum der Lappen trugen, und zum Schluss etwa sieben bis acht Menschen.

Als die Wildgänse die Rentiere sahen, ließen sie sich etwas hinuntersinken und riefen ihnen zu: »Habt schönen Dank für den Sommer! Habt schönen Dank für den Sommer!«

»Glückliche Reise und auf Wiedersehen im nächsten Jahr!« antworteten die Rentiere.

Aber als die Bären die Wildgänse sahen, zeigten sie sie ihren Jungen und brummten: »Seht, seht! Diese dort fürchten sich vor ein bisschen Kälte; deshalb bleiben sie im Winter nicht daheim.«

Aber die alten Wildgänse blieben den Bären die Antwort nicht schuldig, sondern riefen den Jungen zu: »Seht, seht! Diese verschlafen lieber das halbe Jahr, als dass sie sich der Mühe unterziehen, südwärts zu reisen!«

Drunten in den Fichtenwäldern saßen die jungen Auerhähne zerzaust und verfroren beieinander und sahen den großen Vogelscharen, die jubelnd und fröhlich südwärts zogen, mit sehnsüchtigen Augen nach.

»Wann kommt die Reihe an uns?« fragten sie die Auerhähne. »Wann kommt die Reihe an uns?«

»Ihr müsst bei Vater und Mutter daheim bleiben,« sagten die alten Auerhähne. »Ihr müsst bei Vater und Mutter daheim bleiben.«

Auf dem Östberg

Wer sich je in Gebirgsgegenden aufgehalten hat, weiß, wie beschwerlich der Nebel sein kann, wenn er sich über eine Landschaft hereinwälzt und die ganze Aussicht verhüllt, so dass man von all den schönen ringsumher aufragenden Bergen gar nichts sieht. Mitten im Sommer kann man in solch einen Nebel hineingeraten und im Herbst ist es kaum möglich, ihm zu entgehen, das kann man mit Wahrheit behaupten. Nils Holgersson hatte im ganzen genommen recht schönes Wetter gehabt, solange sich die Wildgänse noch in Lappland befanden; aber kaum hatten sie gemeldet, jetzt ginge es nach Jämtland hinein, als die Nebel auch schon um sie her aufstiegen und sich so verdichteten, dass sie nichts von der Landschaft sahen. Der Junge flog einen ganzen Tag auf dem Rücken des Gänserichs dahin, ohne zu wissen, ob er in einem Gebirgsland oder in einem Flachland wäre.

Gegen Abend ließen sich die Wildgänse auf einem grünen Platz nieder, der nach allen Seiten hin abfiel. Sie mussten sich also auf dem Gipfel eines Hügels befinden; ob dieser aber groß oder klein war, das konnte der Junge nicht herausbringen. Er dachte jedoch, sie müssten in einer bewohnten Gegend sein, denn er glaubte Menschenstimmen, sowie das Rasseln von Fuhrwerken zu hören, die auf einer Straße dahinrollten; ganz sicher war er seiner Sache indes nicht.

Er hätte sich schrecklich gerne nach einem Hof umgesehen, fürchtete aber, sich im Nebel zu verirren, und so entschloss er sich, bei den Wildgänsen zu bleiben. Ringsum tropfte alles vor Nässe und Feuchtigkeit; an jedem Grashälmchen und jedem Kräutlein hingen kleine Tropfen, und der Junge bekam ordentlich einen Regenschauer auf sich hernieder, sobald er sich nur ein wenig bewegte. »Es ist hier nicht viel besser als droben im Felsental,« dachte er. »Aber ein paar Schritte könnte ich doch machen,« dachte er weiter. Und jetzt konnte er auch in ganz geringer Entfernung vor sich ein Gebäude unterscheiden, das zwar nicht umfangreich, aber viele Stockwerke hoch war; der Junge konnte nicht bis zum Dach hinauf sehen. Die Haustür war verschlossen und das Haus schien ganz unbewohnt zu sein. Ach, es war natürlich nur ein Aussichtsturm, wo es weder etwas zu essen, noch ein gewärmtes Zimmer gab! Aber Nils Holgersson lief trotzdem in größter Eile zu den Wildgänsen zurück.

»Lieber Gänserich Martin,« sagte er, »nimm mich auf den Rücken und trage mich auf den Turm dort drüben hinauf. Ich kann hier nicht schlafen, weil es überall zu nass ist; dort droben werde ich schon ein trockenes Plätzchen finden, wo ich mich niederlegen kann.«

Der Gänserich Martin war sogleich bereit, seinem guten Freund zu helfen; er trug ihn hinauf auf das Plattdach des Turmes und da schlief der Junge, bis ihn die Morgensonne weckte.

Als er seine Augen aufschlug und sich umschaute, konnte er zuerst gar nicht begreifen, was er sah, oder wo er sich befand. Er war früher einmal auf einem Jahrmarkt in einem Zelt gewesen und hatte da ein mächtig großes Panorama gesehen; und jetzt war es ihm, als stehe er wieder mitten in so einem großen runden Zelt, mit einer schönen roten Decke über sich, während an den Wänden und am Boden hin eine prächtige weite Landschaft gemalt war, mit großen Dörfern, Wiesen, Landstraßen und Eisenbahnen, ja sogar mit einer ganzen Stadt. Es wurde ihm ja bald klar, dass er sich hier nicht in einem Panorama befand, sondern dass er selbst auf einem Aussichtsturm stand, mit dem roten Morgenhimmel über sich und einem wirklichen Land ringsumher. Aber er hatte jetzt schon so lange nichts anderes als Einöde gesehen, da war es nicht verwunderlich, dass er das, was er jetzt vor sich sah – eine richtige, dichtbebaute Landschaft, – für ein Gemälde hielt.

Und noch etwas war schuld daran, dass der Junge alles, was er sah, zuerst für ein Gemälde gehalten hatte; von allem, was er sah, hatte nämlich nichts seine richtige Farbe. Der Aussichtsturm, auf dem er sich befand, stand auf einem Berg, der Berg auf einer Insel, und die Insel selbst lag nahe bei dem östlichen Ufer eines großen Sees. Der See aber war nicht grau, wie solche Binnenseen sonst zu sein pflegen, sondern ein großer Teil seines Wasserspiegels schimmerte ebenso rosig wie der Morgenhimmel und drinnen in den tiefen Buchten blinkte er fast nachtschwarz heraus. Und dann war das Land um den See herum nicht grün; mit allen seinen eingeheimsten Getreidefeldern und den goldigschimmernden Laubwäldern leuchtete es hellgelb herüber und rings um das Gelbe zog sich ein breiter Gürtel aus schwarzem Nadelwald. Noch niemals war dem Jungen der Wald so schwarz erschienen wie an diesem Morgen; aber er meinte, es komme vielleicht daher, weil der Laubwald innerhalb des dunklen Fichtengürtels so besonders hell glänzte. Jenseits dieser dunkeln Strecke blauten im Osten einige Höhenzüge; aber am ganzen westlichen Horizont wölbte sich ein langgestreckter, glänzender Bogen aus zackigen, verschiedengeformten Bergen von einer wunderbar schönen, sanftglänzenden Farbe, die weder rot noch weiß noch blau genannt werden konnte, – es gab einfach gar keinen Namen für diese Schattierung.

Doch jetzt wendete der Junge seinen Blick von den Bergen und Nadelwäldern ab und richtete ihn auf die nächste Umgebung. Rings um den See her in dem goldenen Gürtel tauchte allmählich ein rotes Dorf nach dem anderen und eine weiße Kirche nach der anderen auf, und direkt gen Osten, jenseits des schmalen Sundes, der die Insel vom Festland trennte, lag eine Stadt. Sie breitete sich am Seeufer aus, dicht hinter ihr ragte ein Berg auf, der sie beschützte, und ringsumher lag eine reiche dichtbevölkerte Landschaft.

»Diese Stadt hat es wirklich verstanden, sich eine gute Lage auszuwählen,« dachte der Junge. »Wie sie wohl heißen mag?«

In demselben Augenblick fuhr er heftig zusammen und schaute sich um. Er war ganz in die Aussicht versunken gewesen und hatte deshalb gar nicht gemerkt, dass unten Menschen herangekommen waren.

Jetzt liefen diese Besucher eilig die Treppen herauf. Der Junge hatte gerade noch Zeit, sich nach einem Versteck umzusehen und sich dort zu verbergen; da waren sie auch schon oben.

Es war eine Schar junger Leute, die auf einer Fußwanderung begriffen waren. Sie hatten Jämtland durchstreift und gaben nun ihrer Freude in lauten Worten Ausdruck, dass sie am vorhergehenden Abend Östersund noch erreicht hätten und nun an diesem schönen Morgen die Aussicht vom Östberg auf die Frösö genießen könnten. Von hier aus könne man mehr als zwanzig Meilen im Umkreis umherschauen, nun könnten sie doch noch einen letzten Blick auf ihr liebes Jämtland werfen, ehe sie es verließen.

Nils Holgersson wurde unruhig, weil die Reisenden gar so lange auf dem Aussichtsturm blieben. Der Gänserich Martin konnte seinen Gefährten nicht abholen, solange die Fremden da waren, und der Junge wusste doch, dass die Wildgänse so rasch wie möglich südwärts reisen wollten. Als die Gesellschaft endlich gegangen war und der Junge sich aus seinem Versteck herauswagen konnte, sah er keine Wildgänse drunten auf dem Boden und kein Gänserich Martin kam, ihn zu holen. Er rief: »Hier bin ich! Wo bist du?« so laut er konnte; aber die Reisegefährten zeigten sich nicht. Es fiel ihm zwar keinen Augenblick ein, sie könnten ihn verlassen haben; aber er fürchtete, es sei ihnen ein Unglück zugestoßen, und er überlegte eben, auf welche Weise er sie ausfindig machen könnte, als sich plötzlich der Rabe Bataki neben ihm niederließ.

Der Junge hätte nie gedacht, dass er Bataki jemals mit einem so frohen Willkommen begrüßen würde, wie er jetzt tat. »Lieber Bataki,« sagte er, »wie herrlich, dass du kommst! Du kannst mir vielleicht sagen, was aus dem Gänserich Martin und aus den Wildgänsen geworden ist.«

»Jawohl, und ich komme gerade in ihrem Auftrag,« antwortete der Rabe. »Akka hat einen Jäger auf dem Gebirge umherstreifen sehen, deshalb wagte sie es nicht, auf dich zu warten, sondern ist vorausgeflogen. Setze dich jetzt auf meinen Rücken, dann wirst du gleich wieder bei deinen Freunden sein.«

Der Junge setzte sich eiligst auf Batakis Rücken und Bataki würde die Wildgänse auch bald eingeholt haben, wenn ihn der Nebel nicht daran verhindert hätte. Aber es war, als hätte die Morgensonne den Nebel wieder geweckt. Kleine, leichte Nebelschleier, die sich verdichteten und mit erstaunlicher Schnelligkeit ausbreiteten, stiegen plötzlich vom See, von den Feldern und aus dem Wald auf, und schon nach ganz kurzer Zeit war die Erde ringsum von weißen, wogenden Nebelmassen verhüllt.

Da droben, wo Bataki flog, war vollständig klare Luft und strahlender Sonnenschein; aber die Wildgänse waren offenbar mitten in den Nebelmassen, da die beiden sie mit keinem Auge entdecken konnten. Der Junge und der Rabe riefen und schrien aus vollem Halse, aber sie erhielten keine Antwort.

»Das ist doch ein rechtes Missgeschick,« sagte der Rabe schließlich. »Aber wir wissen ja, in welcher Richtung sie fliegen, und sobald der Nebel sich verzieht, werde ich sie schon ausfindig machen.«

Der Junge war sehr betrübt, dass er gerade jetzt von dem Gänserich Martin getrennt worden war, denn auf der Reise war der große Weiße allen möglichen Gefahren ausgesetzt. Aber nachdem er sich ein paar Stunden lang gegrämt und geängstigt hatte, sagte er sich, es sei ja doch bisher auch kein Unglück geschehen, und deshalb hätte es keinen Sinn, wenn er jetzt schon den Mut sinken ließe.

Nach kurzer Zeit verzog sich der Nebel ebenso rasch wieder, wie er aufgetaucht war, und nun sah der Junge, dass Bataki über einem breiten Flusstal hinflog. Es war ein schöner Landstrich mit ebenso hohen Bergen wie im Jämtland, aber am Fuße der Berge war kein fruchtbares, dichtbebautes Land wie dort. Die Ortschaften lagen weit voneinander entfernt, und die Felder waren nur klein. Bataki flog den Fluss in südlicher Richtung entlang, bis er in die Nähe eines Dorfes kam. Da flog er auf ein Stoppelfeld hinunter und ließ den Jungen absteigen.

»Auf diesem Feld hat im Sommer Gerste gestanden,« sagte Bataki. »Sieh, ob du nicht etwas Essbares findest.«

Der Junge befolgte den guten Rat und schon nach ganz kurzer Zeit fand er eine Ähre. Während er die Körner herausschälte und sie verzehrte, fing Bataki ein Gespräch mit ihm an.

»Siehst du das große Gebirge dort, das gerade im Süden vor uns aufragt?« fragte er.

»Jawohl, ich sehe es deutlich,« antwortete der Junge.

»Es heißt Sonfjället,« fuhr der Rabe fort, »und du darfst mir glauben, in den alten Tagen hat es dort viele Wölfe gegeben.«

»Dieses Gebirge muss auch ein guter Schlupfwinkel für sie gewesen sein,« räumte der Junge ein.

»Ja, für die Leute hier im Tal war es oft sehr schwer, dass sie sich auch noch mit den Wölfen herumschlagen mussten,« sagte Bataki.

»Weißt du nicht irgendeine gute Geschichte von Wölfen, die du mir erzählen könntest?« fragte der Junge. Und Bataki erzählte:

»Vor langer, langer Zeit sollen die Wölfe von Sonfjället einmal einen Bauern überfallen haben, der mit einer Ladung Böttchergefäße umherfuhr. Er war von Hede, einem Dorf, das einige Meilen höher droben, als wir uns hier befinden, im Ådal liegt. Es war Winter und die Wölfe jagten hinter dem Schlitten her, als er eben über das Eis des Ljusnan hinüberfuhr. Es waren ihrer wohl acht bis zehn Stück und der Bauer hatte kein gutes Pferd, so dass er nicht viel Hoffnung hatte, ihnen entkommen zu können.

Als der Mann die Wölfe hinter sich heulen hörte und sah, was für ein großes Rudel er im Rücken hatte, verlor er alle Besinnung und es fiel ihm nicht ein, dass er Kübel, Bottiche und Wannen eiligst von seinem Wagen hätte werfen sollen, um die Last zu erleichtern. Er peitschte nur auf das Pferd los und dieses lief auch wie noch nie, aber trotzdem kamen die Wölfe immer näher, das merkte der Bauer wohl. Es war eine sehr einsame Gegend, der nächste Hof lag mindestens noch zwei Meilen entfernt, der Bauer konnte nichts anderes erwarten, als dass seine letzte Stunde gekommen sei und er fühlte, wie ihm vor Entsetzen alle Glieder erstarrten.

Während er so wie gelähmt dasaß, sah er, dass sich zwischen den Tannenbüschen, die auf dem Eis aufgepflanzt waren, um den Weg zu bezeichnen, etwas bewegte. Und als er sah, was es war, wuchs der Schrecken, der ihn schon vorher erfasst hatte, ins ungeheure.

Aber nicht Wölfe waren es, die ihm da entgegenkamen, sondern ein altes Bettelweib. Sie hieß die Finnen-Malin und war eine rechte Landstreicherin. Sie hinkte ein wenig und hatte überdies einen kleinen Höcker; der Mann konnte sie schon aus der Ferne erkennen.

Die Frau ging gerade auf die Wölfe zu. Offenbar wurden sie durch den Schlitten vor ihr verdeckt, und dem Bauern war es sogleich klar: wenn er an ihr vorüberfuhr, ohne sie zu warnen, dann fiel sie den wilden Tieren unwiederbringlich zur Beute, und während diese die Alte zerrissen, konnte er entkommen. Auf ihren Stock gestützt, hinkte sie langsam daher; ja, sie war unrettbar verloren, wenn er ihr nicht half. Aber wenn er auch anhielt und sie auf den Schlitten nahm, war es durchaus nicht sicher, dass sie gerettet würde; wenn er es tat, war es mehr als wahrscheinlich, dass er von den Wölfen eingeholt würde, und dann wurden alle miteinander, er und die Alte und das Pferd, zerrissen und aufgefressen, und der Bauer fragte sich, ob es nicht am richtigsten wäre, ein Leben zu opfern, um zwei andere zu retten.

Aber damit war es noch nicht genug, er musste sogleich auch daran denken, wie es ihm wohl nachher selbst gehen würde: Ob er Gewissensbisse bekäme, weil er dem Weib nicht geholfen hatte, ob die Leute erführen, dass er ihr begegnet war und sie im Stich gelassen hatte?

In seiner Brust entspann sich ein großer Streit und er sagte sich schließlich: ›Es wäre mir viel lieber, ich wäre ihr gar nicht begegnet!‹

In diesem Augenblick stießen die Wölfe ein lautes Geheul aus. Das Pferd schreckte zusammen, fuhr wild davon und jagte an dem Bettelweib vorüber. Sie hatte das Wolfsgeheul auch gehört und als der Bauer an ihr vorübersauste, las er in ihrem Gesicht, dass sie wusste, was ihr bevorstand. Sie stand da, den Mund zu einem Schrei geöffnet und die Arme um Hilfe ausgestreckt, aber sie hatte weder geschrien noch einen Versuch gemacht, sich auf den Schlitten zu werfen. Sie musste von irgendeiner Erscheinung wie versteinert worden sein.

›Ich habe wohl wie ein böser Geist ausgesehen, als ich an ihr vorüberfuhr,‹ dachte der Bauer, und er versuchte, sich jetzt, wo er seines Lebens sicher sein konnte, zufrieden zu fühlen. Aber in demselben Augenblick begann es in seiner Brust zu arbeiten und zu brennen. Er hatte noch nie etwas Böses getan und nun hatte er in einem einzigen Augenblick sein Leben verdorben. ›Nein, es mag gehen, wie es will!‹ rief er plötzlich und hielt das Pferd an. ›Ich kann sie nicht mit den Wölfen allein lassen.‹

Nur mit großer Mühe gelang es ihm, das Pferd zu wenden; aber schließlich brachte er es doch zustande und er hatte die Finnen-Malin bald wieder erreicht.

›Steige schnell in meinen Schlitten!‹ befahl er ihr in barschem Ton; denn er war wütend über sich selbst, weil er das Weib nicht seinem Schicksal überlassen konnte. ›Du tätest auch besser, daheim zu bleiben, anstatt dich immer herumzutreiben, du alte Hexe,‹ fuhr er fort, ›jetzt werden wir beide deinetwegen umkommen, der Rappe und ich.‹

Das Weib erwiderte kein Wort, aber der Bauer war jetzt in einer so verzweifelten Stimmung, dass er sie nicht schonen konnte. ›Der Rappe ist heute schon fünf Meilen gelaufen, da wirst du begreifen, dass er bald ermattet sein wird. Und die Last ist nicht leichter geworden, seit du dazu gekommen bist.‹

Die Schlittenkufen knirschten auf dem Eis; aber trotzdem vermeinte er zu hören, wie die Klauen der Wölfe hinter ihm aufschlugen, und er fühlte, dass die Raubtiere ihn nun eingeholt hatten.

›Jetzt ist es aus mit uns,‹ sagte er. ›Dass ich dich zu retten versucht habe, ist weder dir noch mir gut bekommen, Finnen-Malin.‹

Erst jetzt sprach das Weib ein paar Worte. Vorher hatte sie nur geschwiegen, wie jemand, der an Scheltworte gewöhnt ist.

›Ich kann nicht verstehen, warum du deine Gefäße nicht abladest und die Last erleichterst,‹ sagte sie. ›Du kannst ja morgen früh wiederkommen und sie zusammenlesen.‹

Der Bauer verstand, welch ein kluger Rat das war, und war nur höchst erstaunt, dass er nicht selbst daran gedacht hatte. Er übergab dem Weib die Zügel, löste den Strick, der die Gefäße zusammenhielt, und begann eifrig, sie abzuladen. Die Wölfe jagten schon neben dem Schlitten her, hielten aber jetzt an, um zu untersuchen, was da aufs Eis flog, und dadurch bekamen die Reisenden wieder einen kleinen Vorsprung.

›Wenn das nicht hilft, werde ich mich selbstverständlich den Wölfen ausliefern, damit du entkommst,‹ sagte die Finnen-Malin.

Als sie dies sagte, war der Bauer eben dabei, einen großen schweren Braubottich vom Schlitten hinabzustoßen. Aber plötzlich hielt er inne, als wenn er sich nicht entschließen könnte, diesen abzuladen. In Wirklichkeit jedoch waren seine Gedanken von etwas ganz anderem in Anspruch genommen. ›Ein Pferd und ein Mann, denen gar nichts fehlt, sollten doch eigentlich nicht gezwungen sein, sich wegen einer alten Frau von den Wölfen fressen zu lassen,‹ dachte er. ›Es muss doch wohl noch einen Ausweg zur Rettung geben. Ja, ganz sicher gibt es einen; der Fehler ist nur, dass ich ihn nicht herausfinden kann.‹

Schließlich schob er wieder an dem Braubottich; doch plötzlich hielt er wieder an und brach in lautes Lachen aus.

Das Weib sah ihn erschreckt an und fragte sich, ob er verrückt geworden sei; aber der Bauer lachte nur über sich selbst, weil er bisher so dumm gewesen war.

Jetzt wusste er, was er tun musste; es war das einfachste von der Welt, und er konnte gar nicht begreifen, dass es ihm nicht früher eingefallen war.

›Pass nun wohl auf, was ich sage, Malin,‹ begann er. ›Was du da gesagt hast, dass du dich den Wölfen vorwerfen wollest, war wirklich gut von dir. Aber das ist nicht nötig, denn ich weiß jetzt, wie uns allen dreien geholfen werden kann. Du musst jetzt nur tun, was ich sage. Du nimmst die Zügel und was ich auch danach tue, du bleibst ganz ruhig sitzen und fährst geraden Wegs nach

Linsäll. Dort weckst du die Leute auf und sagst ihnen, dass ich hier mit zehn Wölfen allein auf dem Eise sei und bittest sie, mir zu helfen.‹

Der Bauer wartete nun, bis die Wölfe wieder ganz dicht herangekommen waren. Dann wälzte er den großen Bottich aufs Eis hinab, sprang selbst nach und kroch darunter.

Es war ein großer, schwerer Bottich, dazu gemacht, einen ganzen Weihnachtsvorrat an Bier fassen zu können. Die Wölfe sprangen darauf zu, bissen in die Reifen und versuchten, den Bottich umzustürzen. Aber er war zu stark und zu schwer, sie konnten nichts ausrichten; der darunter saß, war sicher.

Ja, der Bauer wusste, dass er sicher war, die Wölfe konnten ihm nichts anhaben, und er lachte unter seinem Bottich.

Aber plötzlich wurde er sehr ernst. ›Sobald ich wieder in irgendeiner Not bin,‹ sagte er, ›werde ich an diesen Braubottich denken; und ich werde mich daran erinnern, dass ich weder mir selbst noch anderen unrecht zu tun brauche. Es gibt immer noch einen dritten Ausweg, es handelt sich nur darum, ihn zu finden.‹«

Damit schloss Bataki seine Erzählung. Aber Nils Holgersson hatte jetzt schon gemerkt, dass Bataki nie eine Geschichte erzählte, ohne eine besondere Absicht dabei zu haben, und je länger er ihm zuhörte, desto nachdenklicher wurde der Junge.

»Ich möchte wohl wissen, warum du mir eigentlich diese Geschichte erzählt hast?« sagte er schließlich.

»Ach, sie ist mir eben gerade eingefallen, als ich den Sonfjäll betrachtete,« antwortete der Rabe.

Sie flogen nun weiter den Ljusnan entlang und nach ungefähr einer Stunde gelangten sie an das Dorf Kolsätt, das gerade auf der Grenze von Hälsingeland liegt. Hier ließ sich der Rabe in der Nähe einer kleinen niedrigen Hütte nieder. Sie hatte keine Fenster, sondern nur eine Luke; aus dem Schornstein stieg ein mit Funken vermischter Rauch empor und aus dem Haus heraus dröhnten laute Hammerschläge.

»Wenn ich diese Schmiede hier sehe,« sagte der Rabe, »muss ich unwillkürlich daran denken, dass es in früherer Zeit im Härjedal und ganz besonders in diesem Dorf hier ausgezeichnete Schmiede gegeben hat, die Ihresgleichen im ganzen Reich nicht hatten.«

»Kannst du mir nicht vielleicht auch von ihnen eine Geschichte erzählen?« fragte der Junge.

»O doch, denn ich habe gehört, ein Schmied von Härjedal habe einmal zwei andere Schmiedemeister, einen von Dalarna und einen von Wärmland, zu einem Wettstreit im Nägelschmieden herausgefordert. Die Herausforderung wurde angenommen und die drei Schmiede kamen hier in Kolsätt zusammen. Der Dalmann machte sich zuerst an die Arbeit. Er schmiedete ein Dutzend Nägel, die alle ganz gleich und so spitzig und glatt waren, dass sie nicht besser hätten sein können. Nach ihm kam der Wärmländer an die Reihe. Er schmiedete auch ein Dutzend Nägel und diese waren über alles Lob erhaben, und dazu kam noch, dass dieser Schmied nur halb soviel Zeit dazu gebraucht hatte als der Dalmann. Als die zu Schiedsrichtern erwählten Männer dies sahen, sagten sie zu dem Schmied vom Härjedal, es hätte gar keinen Wert, wenn er noch irgendeinen Versuch machte, denn besser als der Dalmann und hurtiger als der Wärmländer könne er doch nicht schmieden.

›Nein, ich ergebe mich nicht,‹ sagte der Mann vom Härjedal. ›Es wird sich ja wohl noch etwas finden, womit ich mich auszeichnen kann.‹ Er legte das Eisen auf den Amboss, ohne es vorher in der Esse erhitzt zu haben, und hämmerte drauf los, bis es heiß war, und dann schmiedete er einen Nagel um den anderen, ohne Kohlen oder einen Blasebalg zu brauchen. Noch niemals hatte man einen Schmied mit solcher Meisterschaft den Hammer schwingen sehen und der Schmied von Härjedal wurde als der beste im ganzen Lande ausgerufen.«

Bataki schwieg, aber der Junge wurde noch nachdenklicher.

»Warum hast du mir das eigentlich erzählt, Bataki?« sagte er.

»Ach, die Geschichte fiel mir ein, als ich die alte Schmiede da sah,« antwortete Bataki ganz gleichgültig.

Die beiden Reisenden stiegen nun wieder miteinander in die Luft hinauf und der Rabe flog jetzt südwärts nach dem Kirchspiel Lillhärdal auf der Grenze von Dalarna. Hier ließ er sich auf einem bewaldeten Hügel nieder, der ganz oben auf einem Bergrücken aufragte.

»Ob du wohl eine Ahnung davon hast, was das für ein Hügel ist, auf dem du jetzt stehst, Däumling?« fragte Bataki.

Nein, der Junge musste einräumen, dass er es nicht wusste.

»Es ist ein Grabhügel,« sagte Bataki. »Hier ruht ein Mann namens Härjulf und er ist der erste gewesen, der sich im Härjedal niedergelassen hat und das Land hier zu bebauen anfing.«

»Vielleicht kannst du mir auch von ihm eine Geschichte erzählen?« bat der Junge.

»Ich habe nicht viel von ihm gehört, aber meiner Ansicht nach muss er ein Norweger gewesen sein. Er hatte zuerst bei einem norwegischen König im Dienst gestanden, aber es erhob sich ein Zwist zwischen ihnen, und so musste er aus dem Lande fliehen. Da begab er sich zu dem schwedischen Könige, der in Uppsala wohnte, und trat bei diesem in Dienst. Aber nach einiger Zeit begehrte er die Schwester des Königs zur Ehefrau, und als ihm der König eine so vornehme Braut nicht geben wollte, entfloh er mit ihr. Jetzt war es soweit gekommen, dass er weder in Norwegen noch in Schweden wohnen konnte und ins Ausland wollte er nicht ziehen.

›Aber es muss doch wohl noch einen dritten Weg geben,‹ dachte er; und so zog er mit seinen Dienern und seinen Schätzen durch Dalarna hindurch immer weiter gen Norden, bis er die großen, wilden Wälder erreichte, die sich nördlich von Dalarna ausbreiteten. Dort siedelte er sich an, baute sich ein Haus und rodete den Wald aus, und so ist er der erste gewesen, der sich in dieser Einöde niedergelassen hat.«

Als Nils Holgersson diese Geschichte hörte, wurde er noch viel nachdenklicher. »Wenn ich nur wüsste, was du für eine Absicht dabei hast, dass du mir alles dies erzählst,« sagte er noch einmal.

Bataki gab lange keine Antwort; er verdrehte nur den Kopf und kniff die Augen zusammen. »Da wir beide jetzt allein hier sind, will ich doch die Gelegenheit benützen und dich nach etwas fragen, was mir sehr wichtig ist. Hast du je genauen Bescheid darüber erhalten, unter welchen Bedingungen dir das Wichtelmännchen, das dich verwandelt hat, deine frühere Gestalt wiedergeben will?«

»Ich habe nie von einer anderen Bedingung gehört, als dass ich den weißen Gänserich wohlbehalten nach Lappland und wieder nach Schonen zurückbringen solle.«

»Das habe ich mir doch gedacht,« rief Bataki; »denn als wir uns das letztemal sahen, nahmst du den Mund sehr voll und sagtest, es gäbe nichts Hässlicheres, als einen Freund, der sich auf einen verlässt, im Stich zu lassen. Deshalb solltest du doch Akka einmal nach der Bedingung fragen. Du weißt, sie ist bei dir daheim gewesen und hat mit dem Wichtelmännchen gesprochen.«

»Davon hat mir Akka nichts gesagt,« entgegnete der Junge.

»Sie hielt es wohl fürs Beste, dich in Unkenntnis darüber zu lassen, wie die Worte des Wichtelmännchens lauteten, denn sie will natürlich lieber dir als dem Gänserich Martin helfen.«

»Es ist doch sonderbar, Bataki, so oft ich mit dir zusammen bin, gelingt es dir, mir das Herz so recht schwer und unruhig zu machen,« sagte der Junge.

»Ja, es mag wohl so aussehen,« versetzte der Rabe, »aber ich glaube, diesmal wirst du mir doch dankbar sein, denn ich will dir die Worte des Wichtelmännchens jetzt mitteilen. Sie lauteten so: Du werdest wieder ein Mensch werden, wenn du den Gänserich Martin wieder heimbringst, damit ihn deine Mutter schlachten könne.«

Nils Holgersson fuhr auf: »Das ist gewiss nur eine boshafte Erfindung von dir!« rief er.

»Du kannst ja Akka selbst fragen,« sagte Bataki. »Da kommt sie eben mit ihrer ganzen Schar angeflogen. Vergiss nun nicht, was ich dir heute erzählt habe; es gibt immer einen Ausweg aus allen Schwierigkeiten, es handelt sich nur darum, ihn zu finden. Und ich freue mich schon jetzt darauf, zu erfahren, wie dir das glücken wird.«

Am nächsten Tag, als die Wildgänse ausruhten und Akka ein wenig abseits von den anderen weidete, benutzte der Junge die Gelegenheit und fragte sie, ob es wahr sei, was Bataki gesagt hatte. Und Akka konnte es nicht leugnen. Da musste Akka dem Jungen hoch und teuer versprechen, das Geheimnis dem Gänserich Martin niemals zu verraten; denn der große Weiße war tapferer, edelmütiger Natur, und der Junge fürchtete, es könnte ein Unglück daraus entstehen, wenn er die Bedingung des Wichtelmännchens erführe.

22 Das Gold auf der Schäre

Auf dem Weg zum Meer

Seit die Wildgänse ihre Herbstreise angetreten hatten, waren sie immer geradeswegs südwärts geflogen; aber als sie das Fryksdal verließen, änderten sie die Richtung und flogen nun über das westliche Wärmland und Dalsland nach Bohuslän. Die jungen Gänse hatten nun so viel Übung im Fliegen bekommen, dass sie nicht mehr über Müdigkeit klagten.

»Weißt du, Gänserich Martin,« sagte er, während sie hoch droben dahinflogen, »es wird gewiss recht einförmig für uns, wenn wir den ganzen Winter daheimbleiben, jetzt wo wir so eine große Reise mitgemacht haben. Ich überlege mir deshalb eben, ob wir nicht mit den Wildgänsen ins Ausland reisen sollten.«

»Das kann dir doch nicht Ernst sein!« sagte der Gänserich entsetzt; denn jetzt, nachdem er den Beweis geliefert hatte, dass er mit den Wildgänsen bis nach Lappland hinauf reisen konnte, war er vollständig zufrieden, wieder in Holger Nilssons Gänsestall zurückzukehren.

Der Junge schwieg eine Weile und schaute auf das Wärmland hinunter, wo alle Birkenwälder und Haine und Gärten in herbstlich bunten Farben prangten, und wo die langen Seen dunkelblau glänzend zwischen ihren Ufern lagen.

»Ich glaube, ich habe die Erde noch nie so schön unter uns daliegen sehen wie heute,« sagte er. »Die Seen sehen aus wie blaue Seide und die Ufer wie breite goldene Bänder. Meinst du nicht auch, es wäre schade, wenn wir uns jetzt in Westvemmenhög festsetzten und nicht noch mehr von der Welt zu sehen bekämen?«

»Ich glaubte, du wolltest zu deinem Vater und deiner Mutter zurückkehren, um ihnen zu zeigen, was für ein guter Junge du geworden bist?« entgegnete der Gänserich.

Den ganzen Sommer hindurch hatte der große Weiße von nichts anderem geträumt, als von dem stolzen Augenblick, wo er sich plötzlich auf dem freien Platz vor Holger Nilssons Haus niederlassen und den Gänsen und den Hühnern und den Kühen und der Katze und auch Mutter Nilsson seine Daunenfein und die sechs Jungen zeigen würde! Deshalb war er über den Vorschlag des Jungen gar nicht besonders erfreut.

An diesem Tag hielten die Wildgänse mehrere Male lange Rast, denn überall fanden sie die herrlichsten Stoppelfelder; sie konnten sich kaum entschließen, sie zu verlassen, und so erreichten sie Dalsland erst gegen Sonnenuntergang. Sie flogen über den nordwestlichen Teil dieser Landschaft hin und da war es noch schöner als in Wärmland. Dieser Landstrich ist so voller Seen, dass sich das Land wie kleine spitzige Hügelketten hinzieht. Zum Getreidebau war dieser Boden nicht günstig; um so besser aber gediehen die Bäume, und die steilen Uferhänge der Seen sahen aus wie wunderschöne Gärten. Es musste etwas in der Luft oder im Wasser sein, das den Sonnenschein noch zurückhielt, wenn die Sonne schon längst hinter die Hügel hinabgesunken war; goldene Lichter spielten auf den dunklen, glänzenden Wasserspiegeln und über der Erde zitterte ein heller, blassroter Schein, aus dem die lichtgelben Birken, die hellroten Eschen und die gelbroten Vogelbeerbäume herausragten.

»Meinst du denn nicht auch, lieber Gänserich Martin, es wäre sehr langweilig, wenn wir nie wieder so etwas Schönes zu sehen bekämen?« fragte der Junge.

»Ich sehe lieber die fruchtbaren flachen Äcker in Schonen als diese mageren Waldhügel hier. Aber du weißt ja, dass ich mich nicht von dir trennen werde, wenn du die Reise durchaus fortsetzen willst,« antwortete der Gänserich.

»Diese Antwort habe ich von dir erwartet,« erwiderte der Junge. Es war ihm ein schwerer Stein vom Herzen gefallen und das konnte man seiner Stimme deutlich anhören.

Als sie hierauf über Bohuslän hinflogen, wurden die Hochebenen zusammenhängender; die Täler lagen tief drunten wie schmale aus dem Gebirge herausgesprengte Schluchten und die langen Seen darinnen waren so schwarz, wie wenn sie aus der Tiefe der Erde aufgestiegen wären. Ja, es war wirklich eine wunderschöne Landschaft; und so, wie der Junge sie jetzt unter sich sah, bald von einem Sonnenstrahl erhellt, bald im dunkeln Schatten liegend, hatte sie einen ganz eigenartigen Reiz. Der Junge wusste nicht, woher es kam, aber er dachte unwillkürlich, in den alten Zeiten müssten hier gewiss tapfere Recken gewohnt haben, die in diesen geheimnisvollen Gegenden gefährliche und kühne Abenteuer bestanden hätten. Und der alte Hang nach merkwürdigen Erlebnissen regte sich jetzt im Herzen des kleinen Nils Holgersson.

»Es wäre wohl möglich, dass mir etwas fehlen würde, wenn ich künftig nicht alle zwei Tage in Lebensgefahr geriete,« dachte er. »Darum ist es gewiss am besten, ich bin damit zufrieden, wie es nun einmal ist.«

Davon sagte er aber nichts zu dem großen Weißen; denn die Wildgänse flogen mit größter Geschwindigkeit über Bohuslän hin; der Gänserich keuchte heftig und hätte kein Wort erwidern können. Die Sonne stand jetzt tief am Himmel; ab und zu verschwand sie hinter einem Berggipfel; aber die Wildgänse flogen so rasch, dass der große Feuerball immer wieder vor ihnen auftauchte.

Endlich sahen sie im Westen einen hellen Streifen, der sich mit jedem Flügelschlag breiter vor ihnen ausdehnte. Das war das Meer; zwischen milchweiß, rosenrot und himmelblau immer wechselnd lag es da draußen, und als die Gänse an den Strandklippen vorüberflogen, sahen sie abermals die Sonne, die jetzt groß und rotglühend am Himmelsrand stand, eben im Begriff, ins Meer zu versinken.

Als aber der Junge das freie, unendliche Meer vor sich sah und die rote Abendsonne, die mit einem gar so milden Glanz leuchtete, dass er ihr gerade ins Gesicht sehen konnte, zogen Freude und Vertrauen in seine Seele ein.

»Es hat keinen Sinn, wenn du auch noch so betrübt bist, Nils Holgersson,« sagte die Sonne. »Die Welt ist ein herrlicher Aufenthalt, sowohl für Kleine wie für Große, und es ist auch gut, wenn man frank und frei ist und das ganze Weltall hat, in dem man sich herumtummeln kann.«

Das Geschenk der Wildgänse

Die Wildgänse hatten sich auf einer kleinen Schäreninsel vor Fjällbacka zum Schlafen niedergelassen. Aber als es nahe an Mitternacht war und der Mond hoch am Himmel stand, rieb sich Akka den Schlaf aus den Augen und weckte Yksi und Kaksi, Kolme und Neljä, Viisi und Kuusi. Schließlich stieß sie auch den Däumling mit dem Schnabel an, dass er erwachte.

»Was gibt's, Mutter Akka?« fragte er, erschrocken auffahrend.

»Nichts Gefährliches,« antwortete die Anführerin. »Nichts weiter, als dass wir sieben Alten von der Schar ein Stück weit aufs Meer hinausfliegen wollen und wissen möchten, ob du Lust hättest, mitzukommen?«

Der Junge erriet sogleich, dass Akka keinen solchen Vorschlag machen würde, wenn es sich nicht um etwas Besonderes gehandelt hätte; er setzte sich ihr also sofort auf den Rücken und Akka flog in gerader westlicher Richtung davon. Zuerst ging es über eine Reihe großer und kleiner, nahe an der Küste liegender Inseln hin, dann über eine breite Strecke offenes Wasser, und schließlich erreichten sie die große Väderöer Inselgruppe, die ganz draußen dicht am offenen Meere liegt. Es waren lauter niedrige, felsige Inseln, und im Mondschein konnte man deutlich sehen, dass sie an ihrer Westseite von den Wogen ganz glatt geschliffen waren. Einige davon waren ziemlich groß und auf diesen unterschied der Junge einige Häuser. Akka suchte eine der kleinsten von diesen Schäreninseln auf und ließ sich darauf nieder. Die Schäre bestand nur aus einer unebenen Felsplatte mit einem breiten Spalt in der Mitte, in den das Meer feinen weißen Sand und Muscheln hineingeschwemmt hatte.

Als der Junge von Akkas Rücken herabsprang, sah er dicht neben sich etwas, was einem hohen, spitzigen Stein glich. Aber schon im nächsten Augenblick bemerkte er, dass es ein großer Raubvogel war, der sich diese Schäre zum Nachtquartier ausgewählt hatte. Der Junge hatte indes kaum Zeit, sich über die Wildgänse zu verwundern, die sich so unvorsichtig neben einem gefährlichen Feinde niedergelassen hatten, als sich der Vogel auch schon mit einem langen Sprung zu ihnen herschwang und Nils Holgersson den Adler Gorgo erkannte.

Nun verstand der Junge: Akka und Gorgo hatten sich hier zusammenbestellt!

»Das hast du gut gemacht, Gorgo,« sagte Akka. »Ich hatte eigentlich gedacht, du würdest den Ort unsrer Zusammenkunft nicht vor uns erreichen können. Hast du schon lange gewartet?«

»Ich bin am Abend angekommen,« antwortete Gorgo. »Ja, die Zeit habe ich gut getroffen,« fuhr er fort, »aber ich fürchte, das wird leider auch das einzige sein, worüber du mich loben kannst; mit der Sache, die du mir aufgetragen hast, steht es nicht gut.«

»Du hast gewiss mehr erreicht, als du dir merken lassen willst,« sagte Akka. »Doch ehe du erzählst, wie deine Reise abgelaufen ist, möchte ich den Däumling bitten, mir beim Suchen von etwas, was hier auf der Insel versteckt ist, zu helfen.«

Der Junge hatte eben aufmerksam ein paar große schöne Schneckenhäuser betrachtet, als aber Akka seinen Namen nannte, schaute er auf. »Du hast dich wohl verwundert, Däumling, warum wir nicht den geraden Weg eingehalten haben, sondern hier aufs Kattegat hinausgeflogen sind?« fuhr Akka fort.

»Es ist mir allerdings ein wenig sonderbar vorgekommen,« antwortete der Junge; »aber ich weiß ja, dass Ihr für alles, was Ihr tut, stets einen guten Grund habt.«

»Du hast einen guten Glauben an mich,« sagte Akka. »Aber ich fürchte beinahe, diesmal wird er dir erschüttert werden, denn sehr wahrscheinlich wird diese Reise ohne Erfolg bleiben.«

»Vor vielen Jahren,« fuhr Akka fort, »sind wir, ich und noch einige, die jetzt die Alten in unsrer Schar sind, auf einer Frühjahrsreise von einem Sturm überfallen und auf diese Insel verschlagen worden. Als wir sahen, dass wir nur das unendliche offene Meer vor uns hatten, bekamen wir Angst, wir könnten so weit hinausgetrieben werden, dass wir das Land nie wieder erreichen würden, und wir ließen uns deshalb auf die Wogen hinunter. Der Sturm zwang uns, hier zwischen diesen kahlen Klippen mehrere Tage auszuharren. Wir litten großen Hunger, und eines Tages gingen wir hier in diese Rinne hinein, in der Hoffnung, da Futter zu finden. Wir fanden indes nicht ein einziges Grashälmchen, dafür aber einige Säcke, die fest zugebunden, halb verschüttet im Sande lagen. Da wir hofften, es sei Korn in den Säcken, rissen und zerrten wir solange daran, bis der Stoff zerriss; aber keine Körner kamen heraus, sondern lauter glänzende Goldstücke. Dafür hatten wir Wildgänse jedoch keine Verwendung und wir ließen sie deshalb, wo sie waren. In all diesen Jahren haben wir gar nicht mehr an unseren Fund gedacht; da hat sich im letzten Herbst etwas ereignet, was es uns wünschenswert macht, Gold zu besitzen. Es ist freilich sehr unwahrscheinlich, dass der Schatz noch da ist, aber wir sind trotzdem herbeigeflogen, um dich zu bitten, jetzt nachzusehen, wie sich die Sache verhält.«

Der Junge sprang in die Felsenspalte hinein, nahm in jede Hand eine Muschel und schaufelte damit eifrig den Sand weg. Säcke fand er keine, aber nachdem er ein ziemlich tiefes Loch gegraben hatte, hörte er ein Klirren wie von Metall, und er merkte, dass er auf eine Münze gestoßen war. Er tastete mit den Händen umher, fühlte, dass viele runde Münzen im Sand lagen und eilte rasch zu Akka zurück.

»Die Säcke sind verfault und zerfallen,« sagte er, »aber das Geld liegt noch im Sand verstreut, und ich glaube, es ist noch alles da.«

»Das ist gut,« sagte Akka. »Fülle das Loch wieder zu und mache die Oberfläche wie vorher, damit niemand sehen kann, dass daran gerührt worden ist.«

Der Junge tat, wie Akka ihn geheißen hatte; aber als er darauf wieder aus der Felsenspalte heraustrat, blieb er überrascht stehen, denn Akka hatte sich an die Spitze der sechs anderen Wildgänse gestellt und der ganze Zug kam nun höchst feierlich auf ihn zugeschritten. Vor dem Jungen angekommen, hielten sie an, verneigten sich vielmals mit dem Halse und sahen so vornehm drein, dass der Junge unwillkürlich die Mütze abnahm und sich auch verbeugte.

»Wir haben dir etwas zu sagen,« begann Akka. »Wir, die Alten in der Schar, haben zueinander gesagt, wenn du, Däumling, bei Menschen im Dienst gestanden und ihnen so viele und große Hilfe geleistet hättest, wie du uns geleistet hast, dann würden sie sich ganz gewiss nicht von dir trennen, ohne dich reichlich dafür zu belohnen.«

»Ach Mutter Akka, nicht ich habe euch geholfen,« sagte der Junge, »ihr seid es gewesen, die sich meiner angenommen haben.«

»Und wir meinen auch,« fuhr Akka fort, »wenn uns nun ein Mensch auf der ganzen Reise begleitet hat, sollte er nicht ebenso arm von uns gehen, wie er gekommen ist.«

»O, ich weiß recht wohl, was ich in diesem einen Jahr alles gelernt habe! Das ist mehr wert als Geld und Gut,« sagte der Junge.

»Da nun diese Goldstücke nach so vielen Jahren noch immer in der Felsenspalte liegen, haben sie sicherlich keinen Eigentümer mehr,« fuhr die Anführergans fort, »und ich meine, du solltest sie nun an dich nehmen, Däumling.«

»Habt ihr denn nicht den Schatz für euch selbst haben wollen, Mutter Akka?« fragte der Junge.

»Doch, wir wollen dich damit belohnen, damit dein Vater und deine Mutter sehen können, dass du bei ordentlichen Leuten Gänsejunge gewesen bist.«

Der Junge wendete sich halb um; er warf einen Blick übers Meer hin, und dann sah er Akka in die glänzenden Augen.

»Ich verwundere mich doch sehr über euch, Mutter Akka,« sagte er. »Ihr wollt mich verabschieden und gebt mir meinen Lohn, bevor ich euch gekündigt habe.«

»Solange wir Wildgänse noch in Schweden sind, wirst du ja wohl bei uns bleiben,« sagte Akka. »Aber ich wollte dir zeigen, wo der Schatz liegt, da wir es jetzt ohne einen allzu großen Umweg einrichten konnten.«

»Trotzdem ist es so, wie ich sage,« entgegnete der Junge. »Ihr wollt mich los sein, bevor ich selbst von euch fort will. Nach einer so langen Zeit, die wir in guter Freundschaft miteinander verbracht haben, wäre es doch wohl nicht zuviel verlangt, wenn ihr mich auch noch ins Ausland mitnehmen würdet.«

Als der Junge dies sagte, streckten Akka und die anderen Wildgänse die Hälse gerade in die Höhe und saugten mit halbgeöffnetem Schnabel schweigend die Luft ein.

»Das ist etwas, woran ich noch gar nicht gedacht habe,« sagte Akka, nachdem sie sich wieder gefasst hatte. »Aber bevor du irgend einen Entschluss fasst, wollen wir hören, was Gorgo zu berichten hat. Ich muss dir nämlich noch etwas sagen. Ehe wir Lappland verließen, sind Gorgo und ich übereingekommen, dass er nach Schonen in deine Heimat fliegen und versuchen solle, bessere Bedingungen für dich auszuwirken.«

»Ja, so ist es,« fiel Gorgo ein. »Aber wie ich dir schon gesagt habe, habe ich kein Glück dabei gehabt. Holger Nilssons Haus fand ich ganz leicht und nachdem ich einige Male darüber hingeschwebt war, gewahrte ich auch das Wichtelmännchen, das eben zwischen den Gebäuden umherschlich. Ich flog sogleich hinunter, packte es und flog mit ihm auf ein Feld hinaus, damit wir in aller Ruhe miteinander verhandeln könnten. Nun sagte ich ihm, ich käme im Auftrag von Akka von Kebnekajse, um zu fragen, ob es für Nils Holgersson nicht leichtere Bedingungen stellen würde.

›Ich wünschte, ich könnte es,‹ erwiderte das Wichtelmännchen, ›denn ich habe gehört, der Junge habe sich auf der Reise recht gut gemacht; aber es steht nicht in meiner Macht.‹

Da wurde ich zornig, und ich sagte, wenn es nicht nachgäbe, würde ich mich gar nicht scheuen, ihm die Augen auszuhacken.

›Mach mit mir, was du willst,‹ erwiderte es, ›aber mit Nils Holgersson bleibt es, wie ich gesagt habe. Du kannst ihn aber von mir grüßen und ihm sagen, er täte am besten, recht bald mit seinem Gänserich heimzukommen, denn es stehe schlecht daheim. Holger Nilsson ist leider für einen Bruder, dem er volles Vertrauen schenkte, eine Bürgschaft eingegangen, die er jetzt hat bezahlen müssen. Mit geborgtem Geld hat er sich ein Pferd gekauft; aber das Pferd lahmte vom ersten Mal an, wo Holger Nilsson mit ihm fuhr, und seitdem ist es nicht zu gebrauchen. Ja, erzähle nur Nils Holgersson,‹ hat das Wichtelmännchen noch eindringlich hinzugefügt, ›seine Eltern hätten schon zwei Kühe verkaufen müssen und sie seien gezwungen, von Haus und Hof zu gehen, wenn ihnen nicht von irgend einer Seite Hilfe zuteil würde.‹«

Als der Junge dies hörte, runzelte er die Stirne und ballte die Fäuste, dass die Knöchel weiß hervortraten.

»Das ist sehr grausam von dem Wichtelmännchen!« rief er. »Unter der Bedingung, die es gestellt hat, kann ich nicht zu meinen Eltern zurückkehren, um ihnen zu helfen. Aber es soll ihm nicht gelingen, einen treulosen Freund aus mir zu machen. Mein Vater und meine Mutter sind ehrbare Leute und ich weiß, sie wollen lieber meine Hilfe entbehren, als dass ich mit einem bösen Gewissen zu ihnen zurückkehrte.«

23 Die Reise nach Vemmenhög

Zu Anfang November flogen die Wildgänse eines Tages über das Hallandgebirge nach Schonen hinein. Sie hatten sich einige Wochen auf den großen Ebenen bei Fallköping aufgehalten und da sich mehrere andre Scharen Wildgänse auch dort niedergelassen hatten, war es eine schöne Zeit für alle gewesen; die Alten hatten viel miteinander geplaudert und die Jungen in allen Arten von Leibesübungen gewetteifert.

Was nun Nils Holgersson betrifft, so war er nicht so sehr erfreut über den langen Aufenthalt in Westgötland. Er gab sich alle Mühe, seinen Mut aufrecht zu erhalten, aber es wurde ihm sehr schwer, sich mit seinem Schicksal auszusöhnen.

»Hätte ich doch nur erst Schonen hinter mir und wäre glücklich im Ausland!« dachte er. »Dann wüsste ich, dass ich nichts mehr zu hoffen hätte und würde ruhiger werden.«

Eines Morgens in aller Frühe waren dann die Wildgänse aufgebrochen und nach Halland hinuntergeflogen. Im Anfang hatte der Junge keine große Lust, sich die Landschaft zu betrachten; er meinte, es werde da nicht viel Neues zu sehen sein. Als aber die Wildgänse immer weiter südwärts über den schmalen Küstenstrich hinflogen, beugte sich der Junge weit über den Hals des Gänserichs vor und verwandte kein Auge mehr vom Boden. Er sah, dass die Berge sich lichteten und die Ebene sich ausbreitete. Und zugleich sah er auch, dass die Küste weniger zerrissen war. Die Schären davor wurden spärlich und immer spärlicher, bis sie schließlich ganz verschwanden und das weite offene Meer bis dicht ans Festland heranreichte.

Und dann hörte der Wald auf. Weiter droben im Land hatte der Junge nun freilich schon viele schöne Ebenen gesehen; aber alle waren von Wäldern umrahmt gewesen. Der Wald hatte sich überall ausgebreitet. Es war, als ob das Land dort eigentlich nur den Bäumen gehörte und das bebaute Land sah nur wie große gerodete Plätze im Walde aus. Und auf allen Ebenen hatten Baumgruppen und Gehölze gestanden, wie um zu zeigen, dass der Wald jeden Augenblick einschreiten und von dem Land wieder Besitz ergreifen könnte.

Aber hier war das ganz anders. Hier hatte das Flachland das Übergewicht. Unbeschränkt erstreckte es sich bis zum Horizont. Es gab wohl auch große, wohlgepflegte Forste, aber keinen wilden Wald. Und gerade dass das Land so offen dalag, mit einem Acker neben dem anderen, erinnerte den Jungen an Schonen. Den offenen Strand mit seinen sandigen Ufern und Tanghaufen glaubte er auch wiederzuerkennen. Es wurde ihm froh und ängstlich zugleich ums Herz. »Jetzt kann ich nicht mehr weit von meiner Heimat entfernt sein,« dachte er.

Schon mehrere Male hatten die jungen Gänse in der Schar die alten gefragt: »Wie sieht es im Ausland aus? Wie sieht es im Ausland aus?«

»Wartet nur, wartet nur! Ihr werdet es bald erfahren,« hatten die Alten geantwortet, die das Land schon so oft auf und ab geflogen waren.

Als die jungen Gänse auf der Reise die langen bewaldeten Bergrücken um Wärmland her und die glänzenden Seen zwischen der Bohusläner Felsenwelt oder die schönen Hügel in Westgötland sahen, hatten sie sich verwundert gefragt: »Sieht die ganze Welt so aus? Sieht die ganze Welt so aus?«

»Wartet nur, wartet nur! Ihr werdet es bald erfahren, wie es in einem großen Teil der Welt aussieht,« hatten die Alten geantwortet.

Nachdem die Wildgänse nun über das Hallandgebirge hingeflogen und schon ein gutes Stück nach Schonen hineingekommen waren, rief Akka: »Schaut jetzt hinunter und seht euch um! So sieht es im Ausland aus!«

Gerade da flogen sie über den Söderberg hin. Der ganze lange Höhenzug war mit Buchenwäldern bestanden, und mitten in den Wäldern lagen schöne mit Türmen und Zinnen geschmückte Schlösser. Zwischen den Bäumen grasten Rehe und auf den Waldwiesen spielten die Hasen. Jagdhörner klangen durch die Wälder und scharfes Hundegebell drang bis zu der dahinfliegenden Schar herauf. Durch die Wälder führten schöne, breite Straßen, auf denen Herren und Damen in glänzenden Wagen dahergefahren oder auf wunderschönen Pferden geritten kamen. Am Fuß des Gebirges breitete sich der Ringsee aus mit dem alten Bosjökloster auf einer schmalen Landzunge. Die Skäralider Schlucht durchschneidet den Bergrücken, ein Bach plätschert auf ihrem Grunde, und die Felswände sind mit Gebüsch und Bäumen dicht bewachsen.

»Sieht es so im Ausland aus? Sieht es so im Ausland aus?« fragten die jungen Gänse.

»Ja, wo waldige Bergrücken sind, sieht es gerade so aus!« rief Akka. »Aber das ist nicht so sehr oft der Fall. Wartet nur, dann werdet ihr schon sehen, wie es gewöhnlich dort aussieht!«

Akka führte die Wildgänse weiter gen Süden nach Schonen auf die große Ebene. Da lag sie vor ihnen mit weiten Äckern, mit Rübenfeldern, auf denen die Arbeiter in langen Reihen beschäftigt waren, mit niedrigen, weißgekalkten, aneinandergebauten Höfen, mit unzähligen kleinen, weißen Kirchen, mit hässlichen grauen Zuckerfabriken und mit Bahnhöfen, umgeben von Marktflecken, die einen städtischen Anstrich hatten. Es gab auch viele Torfmoore mit langen Reihen ausgestochener Torfhügel und Steinkohlengruben mit schwarzen Kohlenbergen um sich her. Die Landstraßen liefen zwischen zwei Reihen gestutzter Weidenbäume hin, die Eisenbahnschienen liefen durcheinander und bildeten ein dichtes Netz über die ganze Ebene. Kleine buchenumkränzte Seen, jeder mit einem prächtigen Herrenhof am Ufer, blinkten da und dort hervor.

»Schaut jetzt hinunter! Seht euch gut um!« rief die Anführerin. »So sieht es im Ausland aus, von der Küste der Ostsee an bis hinunter zu den hohen Bergen und weiter als bis zu diesen sind wir nie gereist.«

Als die jungen Gänse die Ebene gesehen hatten, flog die Schar nach dem Öresund. Große sumpfige Wiesen fielen sanft gegen das Meer ab und lange Wälle aus schwärzlichem Tang lagen vom Meere angeschwemmt auf dem Strand. An einigen Stellen waren hohe Uferwälle, an anderen lauter Flugsand, der sich zu Dünen und ganzen Hügeln auftürmte. Die Fischerdörfer lagen am Ufer mit einer langen Reihe ganz gleichmäßig gebauter und gleichgroßer Backsteinhäuschen, einem kleinen Leuchtturm draußen am Wellenbrecher und großen mit braunen Netzen dicht behängten Trockenplätzen.

»Schaut hinunter! Seht euch wohl um!« sagte Akka. »So sieht es im Ausland an den Küsten aus!«

Schließlich flog die Anführerin auch über einige der Dörfer hin und die Gänse sahen eine Menge schlanker Fabrikschlote, lange, von hohen, rauchgeschwärzten Häusern eingefasste Straßen, prächtige, große Parke, durch die sich schöne Spazierwege schlängelten, sichere Häfen voller Schiffe, alte Festungswerke und Schlösser und ehrwürdige alte Kirchen.

»So sehen die Städte im Ausland aus, nur dass sie viel größer sind,« sagte Akka. »Aber diese hier können auch noch wachsen, gerade wie ihr jungen Gänse.«

Nachdem Akka so umhergeflogen war, ließ sie sich auf einem Moor im Vemmenhöger Bezirk nieder. Der Junge aber konnte den Gedanken nicht loswerden, Akka sei nur deshalb in Schonen umhergeflogen, um ihm zu zeigen, dass er ein Land habe, das sich mit jedem anderen im Ausland wohl messen könne. Aber das wäre nicht nötig gewesen; der Junge dachte nicht daran, ob das Land reich oder arm sei. Von dem Augenblick an, wo er die ersten Weidenhecken und die ersten niedrigen Fachwerkhäuser gesehen hatte, war sein Herz von heißem Heimweh erfüllt worden.

24 Bei Holger Nilssons

Es war ein nebeliger, trüber Tag. Die Wildgänse hatten auf den großen Feldern bei der Skuruper Kirche geweidet und hielten eben Mittagsrast, da trat Akka zu Nils Holgersson.

»Es sieht aus, als bekämen wir jetzt einige Zeit stilles Wetter,« begann sie, »und ich gedenke deshalb, morgen über die Ostsee zu fliegen.«

»Ach so,« erwiderte der Junge kurz, denn der Hals war ihm wie zugeschnürt und er konnte nicht sprechen. Er hatte eben doch immer noch gehofft, er werde, solange er in Schonen sei, von seiner Verzauberung befreit werden.

»Wir sind jetzt ziemlich nahe bei Westvemmenhög,« fuhr Akka fort; »und ich dachte, du hättest vielleicht Lust, einen kleinen Besuch daheim zu machen. Es wird ja eine gute Weile dauern, bis du wieder jemand von den Deinen zu sehen bekommst.«

»Es ist gewiss am besten, ich unterlasse das,« sagte der Junge; aber seiner Stimme war wohl anzuhören, wie sehr er sich über den Vorschlag freute.

»Wenn der Gänserich hier bei uns bleibt, kann ihm ja kein Unglück geschehen,« sagte Akka. »Ich meine, du solltest dir genauen Bescheid verschaffen, wie es bei dir daheim steht. Vielleicht könntest du deinen Eltern doch auf irgendeine Weise helfen, selbst wenn du nicht wieder ein Mensch wirst.«

»Ja, da habt Ihr recht, Mutter Akka. Daran hätte ich auch selbst denken können!« rief der Junge und er wurde plötzlich ganz eifrig.

Einen Augenblick später waren er und Akka auf dem Weg zu Holger Nilssons und schon nach einer kleinen Weile ließ sich

Akka auf dem Steinmäuerchen nieder, das das Gütchen des Häuslers rings umgab.

»Es ist doch merkwürdig, wie unverändert alles ist!« sagte der Junge; er kletterte eilig auf das Mäuerchen hinauf und schaute sich um. »Es ist mir, als sei es gestern gewesen, dass ich hier auf dem Steinmäuerchen saß und euch daherfliegen sah.«

»Ob dein Vater wohl eine Flinte hat?« fragte Akka plötzlich.

»Das will ich meinen!« rief der Junge. »Dieser Flinte wegen bin ich ja an jenem Sonntag daheim geblieben, anstatt in die Kirche zu gehen.«

»Dann wage ich nicht, hier auf dich zu warten,« sagte Akka, »und es ist wohl am besten, du schleichst dich morgen früh wieder zu uns zurück, dann kannst du die Nacht über hier bleiben.«

»Ach nein, Mutter Akka, fliegt nicht fort!« rief der Junge und sprang rasch von dem Mäuerchen herab. Er wusste nicht, woher es kam, aber er hatte das Gefühl, als müsse ihm oder den Wildgänsen etwas zustoßen, so dass sie einander nie mehr sehen würden. »Ihr seht ja wohl, dass ich betrübt bin, weil ich meine rechte Gestalt nicht wieder bekommen soll, aber ich sage Euch, ich bereue durchaus nicht, damals mit euch Gänsen fortgeflogen zu sein. Nein, nein, lieber will ich nie wieder ein Mensch werden, als dass ich diese Reise nicht mit euch gemacht hätte.«

Akka sog ein paarmal die Luft durch ihren Schnabel ein, ehe sie antwortete. »Es liegt mir etwas auf dem Herzen, worüber ich schon lange gern mit dir gesprochen hätte; da du jedoch nicht zu den Deinen zurückzukehren gedachtest, hielt ich es nicht für so eilig. Es kann indes nichts schaden, wenn ich es dir mitteile.«

»Ihr wisst, es gibt nichts, was ich nicht gerne für Euch täte,« sagte der Junge.

»Wenn du etwas Gutes gelernt hast, Däumling, dann bist du vielleicht jetzt nicht mehr der Ansicht, dass die Menschen allein auf der Welt herrschen sollten,« sagte die Anführerin feierlich. »Bedenke, ihr habt ein großes Land für euch und deshalb könntet ihr uns recht gut ein paar Schären und einige sumpfige Seen und Moore, sowie einige öde Felsen und abgelegene Wälder überlassen, wo wir armen Tiere im Frieden leben könnten. Solange ich lebe, bin ich nun beständig verfolgt und gejagt worden. Es wäre eine Wohltat, wenn sich für solche Geschöpfe, wie wir sind, auch irgendwo eine richtige Freistatt fände.«

»Wie sehr würde ich mich freuen, wenn ich euch in dieser Sache helfen könnte. Aber ich genieße gewiss niemals soviel Macht und Ansehen bei den Menschen,« seufzte der Junge.

»Aber, Däumling, wir stehen ja hier und sprechen miteinander, als ob wir uns nie wieder sehen sollten!« sagte Akka plötzlich. »Und doch treffen wir wohl schon morgen früh wieder zusammen. Jetzt will ich zu meiner Schar zurückfliegen.« Damit hob Akka die Flügel, ließ sich jedoch sogleich wieder nieder, rieb ihren Schnabel ein paarmal an dem Däumling auf und ab und flog erst dann endgültig davon.

Es war schon glockenhell, aber auf dem Hof war kein Mensch zu sehen und der Junge konnte ohne Scheu überall herumgehen. Zuerst lief er in den Kuhstall hinein, denn er wusste, bei den Kühen würde er Auskunft erhalten. Im Frühling waren drei prächtige Kühe im Stalle gewesen, aber jetzt stand nur noch eine einzige da. Diese eine war Majros und man konnte ihr wohl anmerken, dass sie Heimweh nach ihren Kameraden hatte. Sie ließ den Kopf hängen und fraß kaum ein Hälmchen von dem Futter, das vor ihr lag.

»Guten Tag, Majros!« sagte der Junge und sprang ohne Angst in den Stand zu ihr hinein. »Wie geht es meiner Mutter und meinem Vater? Und was machen die Hühner und Gänse und die Katze? Und wo hast du denn Stern und Gull-Lilja gelassen?«

Als Majros die Stimme des Jungen hörte, fuhr sie zusammen, und es sah aus, als wolle sie mit den Hörnern nach ihm stoßen. Aber sie war jetzt nicht mehr so hitzig wie früher, sondern nahm sich Zeit, Nils Holgersson näher zu betrachten, ehe sie zustieß. Er war noch ebenso klein wie bei seiner Abreise und trug auch noch denselben Anzug; aber er sah sich trotzdem gar nicht mehr ähnlich. Der Nils Holgersson, der im Frühjahr fortgezogen war, hatte einen schwerfälligen, langsamen Gang, eine träge Stimme und schläfrige Augen gehabt; der Nils Holgersson, der jetzt zurückgekehrt war, war flink und geschmeidig, sprach rasch und hatte glänzende, leuchtende Augen. Auch hatte er eine so kecke Haltung, dass man unwillkürlich Respekt vor ihm bekam. Trotz seiner Kleidung, und obgleich er nicht gerade glücklich aussah, wurde man froh, wenn man ihn nur ansah.

»Muu!« brüllte Majros. »Es hieß, er sei anders geworden, aber ich wollte es nicht glauben. Grüß dich Gott, Nils Holgersson, grüß dich Gott! Dies ist der erste frohe Augenblick, den ich seit langer Zeit gehabt habe.«

»Ich danke dir, Majros,« erwiderte der Junge, sehr angenehm überrascht über die freundliche Begrüßung. »Erzähl mir nun, wie es meinem Vater und meiner Mutter geht!«

»Seit du fort bist, haben sie nichts als immerfort Kummer und Unglück gehabt,« sagte Majros. »Das schlimmste aber ist die Sache mit dem teuren Pferd, das nun den ganzen Sommer nichts tun konnte und immer nur gefressen hat. Dein Vater kann es nicht übers Herz bringen, es zu erschießen, und verkaufen kann er es auch nicht. Des Pferdes wegen haben Stern und Gull-Lilja verkauft werden müssen.«

Der Junge hätte eigentlich etwas ganz andres gerne gewusst; aber er scheute sich, geradeheraus zu fragen. Deshalb sagte er: »Meine Mutter war wohl sehr ärgerlich, als sie entdeckte, dass der Gänserich Martin davongeflogen war?«

»Wenn sie gewusst hätte, wie alles gekommen war, hätte sie sich über den Verlust des Gänserichs Martin wohl nicht so sehr gegrämt. So aber trauert sie Tag und Nacht darüber, dass ihr eigener Sohn von daheim fortgelaufen sei und den Gänserich mitgenommen habe.«

»Wie, glaubt sie denn, ich habe die Gans gestohlen?« rief der Junge.

»Ja, was soll sie denn sonst glauben?«

»Vater und Mutter meinen wohl, ich hätte mich den Sommer hindurch wie ein gemeiner Landstreicher herumgetrieben?«

»Sie denken, es stehe schlimm mit dir,« sagte Majros, »und sie haben um dich getrauert, wie man trauert, wenn man sein Liebstes verloren hat.«

Als der Junge dies hörte, verließ er rasch den Kuhstall und ging zu dem Pferd hinein. Der Pferdestall war ein kleiner, aber hübscher Raum. Der Junge sah wohl, der Vater hatte sich alle Mühe gegeben, es dem Pferd bei seiner Ankunft so recht behaglich zu machen. Und es stand auch wirklich ein wunderschönes Pferd im Stall, das von Gesundheit strotzte.

»Guten Tag, guten Tag!« sagte der Junge. »Wie ich höre, soll ein krankes Pferd hier sein. Damit bist du doch wohl nicht gemeint, denn du siehst ja ganz frisch und ganz gesund aus?«

Das Pferd wendete den Kopf und sah den Jungen nachdenklich an.

»Bist du der Sohn des Hauses?« fragte es. »Von dem hab ich sehr viel sprechen hören. Aber du siehst so gut aus, und wenn ich nicht wüsste, dass du in ein Wichtelmännchen verwandelt worden bist, würde ich nie geglaubt haben, du seiest der kleine Nils Holgersson.«

»Ich weiß wohl, ich habe hier einen schlechten Ruf hinterlassen,« entgegnete der Junge. »Meine Mutter glaubt, ich hätte mich als ein Dieb fortgeschlichen; das ist nun freilich einerlei, denn ich bleibe nicht lange hier. Bevor ich wieder gehe, möchte ich aber doch noch wissen, was dir eigentlich fehlt.«

»Wie schade, dass du nicht hier bleibst!« sagte das Pferd. »Ich bin überzeugt, wir zwei wären sehr gute Freunde geworden. Mir fehlt gar nichts, als dass ich mir etwas in den Fuß hineingetreten habe, eine Messerspitze, oder was es sonst sein mag. Es sitzt so tief drinnen, dass es der Doktor nicht entdeckt; aber es sticht und sticht, und deshalb kann ich durchaus nicht auftreten. Wenn du nur Holger Nilsson mitteilen würdest, was mir fehlt, dann würde er mir gewiss helfen können. Ich möchte doch für all das

Futter auch etwas leisten und schäme mich wirklich, hier nichts zu tun, als immer nur zu fressen.«

»Wie gut, dass du keine eigentliche Krankheit hast!« rief der Junge. »Ich muss dafür sorgen, dass du kuriert wirst. Es täte dir wohl nicht weh, wenn ich mit meinem Messer ein wenig auf deinen Huf kritzelte?«

Nils Holgersson war mit dem Pferd eben fertig geworden, als er draußen auf dem Hof Stimmen hörte. Er öffnete vorsichtig einen Spalt an der Stalltür und lugte hinaus: Sein Vater und seine Mutter waren es, die von der Landstraße her auf das Haus zukamen. Ach ja, Nils Holgersson sah ihnen wohl an, wie niedergedrückt sie waren! Seine Mutter hatte mehr Runzeln im Gesicht, als sie im Frühjahr gehabt hatte, und sein Vater war ganz grau geworden; die Mutter versuchte eben den Vater zu überreden, von seinem Bruder Geld zu entlehnen.

»Nein, ich will nicht noch mehr Geld entlehnen,« sagte der Vater gerade in dem Augenblick, wo die beiden am Stall vorübergingen. »Schulden haben ist das allerschlimmste, dann lieber noch den Hof verkaufen.«

»Ich hätte auch nicht so sehr viel gegen den Verkauf, wenn es nicht des Jungen wegen wäre,« erwiderte die Mutter. »Aber wo soll er sich hinwenden, wenn er nun, wie man sich denken kann, eines Tages arm und elend zurückkehrt und wir dann nicht mehr da sind?«

»Ja, da hast du recht,« sagte der Vater. »Aber wir müssten eben den neuen Besitzer bitten, ihn freundlich aufzunehmen und ihm zu sagen, dass wir ihn erwarten. Und wir werden ihm kein böses Wort geben, wie er auch sein mag, nicht wahr, Mutter?«

»Ach nein, nein! Wenn ich ihn nur wieder hätte, dann wüsste ich doch, dass er nicht auf der Landstraße hungern und frieren muss; das andre wäre dann ganz einerlei.«

Nach diesen Worten gingen die beiden ins Haus hinein und der Junge hörte nichts mehr von ihrer Unterhaltung. Die Worte der Eltern hatten ihn beglückt und gerührt; er erkannte daraus, wie innig lieb sie ihn hatten, obwohl sie glaubten, er sei ganz verkommen. Er hatte die größte Lust, hinter ihnen herzulaufen. »Aber ach, wenn sie mich so sähen, wie ich jetzt bin, würden sie vielleicht noch viel betrübter!« dachte er.

Die Mutter ging ins Haus hinein, Nils Holgersson aber versteckte sich rasch in einen Winkel, denn der Vater trat in den Stall, um nach dem Pferd zu sehen. Er ging in den Stand zu ihm hinein und hob wie gewöhnlich dessen kranken Fuß in die Höhe, um zu sehen, ob er denn nicht entdecken könnte, was ihm fehle.

»Aber was ist denn das?« sagte der Vater. Auf dem Huf waren einige Buchstaben eingeritzt. »Nimm das Eisen ab!« las er und sah sich verwundert und überrascht nach allen Seiten um. Schließlich befühlte und betrachtete er die untere Seite des Hufes sehr genau. »Ich glaube wahrhaftig, es sitzt etwas Spitziges drin,« murmelte er.

Während der Vater mit dem Pferd beschäftigt war und der Junge in dem Winkel verborgen saß, kamen noch mehr Besuche auf den Hof. Mit diesen verhielt es sich aber folgendermaßen. Als der Gänserich Martin seiner alten Heimat so nahe war, hatte er der Lust nicht widerstehen können, seine Frau und seine Kinder den früheren Gefährten auf dem Gütchen vorzustellen; und so hatte er Daunenfein und die jungen Gänse einfach mitgenommen und war mit ihnen hierhergeflogen.

Als nun der Gänserich durch die Luft daherkam, war auf dem ganzen Hof kein Mensch zu sehen; er ließ sich deshalb ruhig nieder und zeigte Daunenfein, wie herrlich er es als zahme Gans gehabt hatte. Nachdem sie sich den Hofplatz besehen hatten, bemerkte er, dass die Kuhstalltür offen stand.

»Kommt einen Augenblick mit herein,« sagte er, »dann könnt ihr sehen, wo ich früher gewohnt habe. Das war etwas andres, als sich in Teichen und Sümpfen aufzuhalten, wie wir es jetzt tun.«

Der Gänserich stand auf der Schwelle und schaute in den Kuhstall hinein. »Es ist kein Mensch da,« sagte er. »Komm, Daunenfein, ich zeige dir den Gänsestall. Hab keine Angst, es ist nicht die geringste Gefahr dabei.«

Und so gingen der Gänserich, Daunenfein und alle sechs Jungen in den Gänsestall hinein, um sich anzusehen, in welchem Glanz und Überfluss der große Weiße gelebt hatte, ehe er sich der Schar der Wildgänse anschloss.

»Ja, seht, so hatten wir es. Hier war mein Platz und dort stand der Fresstrog, der immer mit Hafer und Wasser gefüllt war,« sagte der Gänserich. »Ei der Tausend, es ist wahrhaftig auch jetzt noch etwas drin!« Damit schoss er zum Trog hin und fraß Hafer in sich hinein.

Aber Daunenfein war unruhig. »Lass uns jetzt wieder gehen!« sagte sie.

»Nur noch ein paar Körner!« erwiderte der Gänserich. In demselben Augenblick jedoch stieß er einen Schrei aus und eilte dem Ausgang zu. Aber es war zu spät, die Tür fiel ins Schloss, Holger Nilssons Frau stand draußen und schob den Riegel vor; sie waren eingesperrt.

Holger Nilsson hatte ein spitziges Stück Eisen aus dem Fuß des Rappens herausgezogen und streichelte das Tier nun ganz erfreut, als seine Frau eilig in den Pferdestall hereintrat. »Komm, Vater!« rief sie. »Dann sollst du sehen, was ich für einen Fang gemacht habe!«

»Nein, wart ein wenig, Mutter, und sieh erst hierher!« sagte Holger Nilsson. »Ich hab entdeckt, was dem Pferd gefehlt hat.«

»Ich glaube, das Glück hat sich gewendet und kehrt wieder bei uns ein!« rief die Frau. »Denk dir nur, der große Gänserich, der im Frühjahr verschwunden ist, muss mit den Wildgänsen davongeflogen sein! Er ist zurückgekommen und hat sieben Wildgänse bei sich. Sie gingen in den Gänsestall hinein, und ich habe sie alle miteinander darin eingeschlossen.«

»Das ist doch merkwürdig,« sagte Holger Nilsson. »Aber weißt du, was das beste an der Sache ist, Mutter? Dass wir nun nicht mehr zu glauben brauchen, unser Junge habe die Gans mitgenommen, als er von daheim fortgelaufen ist.«

»Ja, da hast du recht, Vater. Aber ich glaube, wir müssen die Gänse heute Abend noch schlachten. In ein paar Tagen ist der Martinstag, und wenn wir die Gänse dazu noch in die Stadt bringen wollen, müssen wir uns beeilen.«

»Es kommt mir geradezu wie ein Unrecht vor, wenn wir den Gänserich schlachten, da er doch mit so einer großen Gesellschaft zu uns zurückgekehrt ist,« sagte Holger Nilsson.

»Wenn die Zeiten besser wären, würde ich ihn gern am Leben lassen, aber wenn wir doch vom Hof fort müssen, können wir die Gänse ja nicht behalten,« entgegnete die Frau.

»Ja, das ist allerdings wahr.«

»Komm und hilf mir, sie ins Haus hineinzutragen!« sagte die Mutter.

Sie verließen miteinander den Hof, und einen Augenblick später sah der Junge seinen Vater mit Daunenfein unter dem einen Arm und dem Gänserich unter dem anderen in Gesellschaft der Mutter über den Hof kommen. Der Gänserich schrie: »Däumling, komm und hilf mir!« wie immer, wenn ihm eine Gefahr drohte, obgleich er ja nicht wissen konnte, dass der Junge in der Nähe war.

Nils Holgersson hörte ihn wohl schreien, blieb aber trotzdem vor dem Stall stehen, nicht weil er wusste, dass es für ihn selbst gut wäre, wenn der Gänserich geschlachtet würde – daran dachte er in diesem Augenblick nicht einmal –, sondern weil er sich, wenn er die Gans retten wollte, vor seinen Eltern sehen lassen musste, und dazu konnte er sich nicht entschließen. »Sie haben es ohnedies schon schwer genug,« dachte er. »Sollte ich wirklich dazu verurteilt sein, ihnen auch noch diesen Kummer zu bereiten?«

Aber als sich die Tür hinter dem Gänserich geschlossen hatte, kam Leben in den Jungen. Schnell wie der Blitz lief er über den Hofplatz, sprang auf die eichene Schwelle vor der Haustür und von da in den Flur hinein. Aus alter Gewohnheit zog er die Holzschuhe aus und näherte sich der Stubentür. Aber er empfand noch immer den größten Widerwillen, sich so vor seinen Eltern sehen zu lassen, und hatte nicht die Kraft, die Hand aufzuheben und anzuklopfen.

»Aber es handelt sich doch um den Gänserich Martin,« dachte er. »Seit du zum letzten Mal hier gestanden hast, ist er immer dein bester Freund gewesen.«

In einem Nu durchlebte Nils Holgersson in Gedanken alles wieder, was er und der Gänserich auf gefrorenen Seen und stürmischen Meeren und zwischen gefährlichen Raubtieren miteinander durchgemacht hatten. Sein Herz floss über vor Dankbarkeit und Liebe; er überwand sich und klopfte an die Tür.

»Ist jemand da?« fragte der Vater, indem er die Tür öffnete.

»Mutter, du darfst der Gans nichts tun!« rief der Junge; und zugleich stießen der Gänserich Martin und Daunenfein einen Freudenschrei aus; sie lagen gebunden auf einer Bank, und an dem Schreien hörte man, dass sie noch am Leben waren.

Wer aber auch einen Freudenschrei ausstieß, das war die Mutter. »Nein, wie groß und schön du geworden bist!« rief sie.

Der Junge war nicht eingetreten, sondern auf der Schwelle stehen geblieben, wie jemand, der seines Empfangs nicht ganz sicher ist.

»Gott sei Lob und Dank, dass ich dich wieder habe!« rief die Mutter. »Komm herein! Komm herein!«

»Ja, Gott sei Lob und Dank!« sagte auch der Vater; mehr konnte er nicht herausbringen.

Aber der Junge zögerte noch immer auf der Schwelle. Wie war es nur möglich, dass sich die Eltern über das Wiedersehen freuten, wo er doch so aussah! Aber da kam die Mutter herbei, schlang ihre Arme um ihn und zog ihn in die Stube herein; und nun merkte der Junge, wie die Sache sich verhielt.

»Vater! Mutter! Ich bin groß! Ich bin wieder ein Mensch!« rief er.

25 Der Abschied von den Wildgänsen

Am nächsten Morgen war Nils Holgersson vor Tagesgrauen auf und wanderte an den Strand hinunter. Ehe es richtig hell war, stand er eine kleine Strecke östlich von dem Fischerdorf Smyge am Ufer. Er war ganz allein; vor dem Weggehen war er im Gänsestall bei dem Gänserich Martin gewesen und hatte versucht, ihn zu wecken. Aber der große Weiße hatte sich nicht von der Stelle gerührt. Ohne ein Wort zu sagen, steckte er den Kopf wieder unter den Flügel und schlief weiter.

Der Tag versprach wunderschön zu werden, fast so schön wie jener Frühlingstag, wo die Wildgänse nach Schonen gekommen waren. Still und unbeweglich breitete sich das Meer aus; kein Lüftchen rührte sich, und der Junge dachte daran, welch eine schöne Reise übers Meer die Wildgänse bekommen würden!

Er selbst ging noch immer wie im Traum umher. Bald fühlte er sich als Wichtelmännchen, bald als Mensch. Wenn er ein Steinmäuerchen am Wege sah, wagte er kaum weiterzugehen, ehe er sich überzeugt hatte, dass kein Raubtier dahinter auf der Lauer lag. Und gleich darauf lachte er über sich selbst und freute sich, dass er nun groß und stark war und sich vor nichts mehr zu fürchten brauchte.

Als er am Ufer angekommen war, stellte er sich in seiner ganzen Größe weit draußen auf den Strand, damit ihn die Wildgänse gut sehen könnten.

Heute war großer Reisetag! Unaufhörlich tönten die Lockrufe durch die Luft. Der Junge lächelte vor sich hin: er war ja der einzige, der verstand, was die Vögel einander zuriefen.

Jetzt kamen auch Wildgänse dahergeflogen, eine große Schar hinter der anderen. »Wenn das nur nicht meine Gänse sind, die da davonfliegen, ohne mir Lebewohl gesagt zu haben!« dachte er. Er hätte ihnen doch gar zu gerne erzählt, wie alles zugegangen war, und sich ihnen nun auch als Mensch gezeigt.

Jetzt kam eine Schar, die flog schneller und schrie lauter als alle anderen, und etwas in seinem Herzen sagte Nils Holgersson, dass es seine Schar sei; aber er war seiner Sache doch nicht so gewiss, wie er es am vorhergehenden Tage gewesen wäre.

Die Schar flog jetzt langsamer und schwebte über dem Strand hin und her. Da wusste der Junge, dass seine Ahnung ihn nicht betrogen hatte. Er konnte nur nicht begreifen, warum sich die Wildgänse nicht neben ihm niederließen. Da, wo er stand, mussten sie ihn sehen, es war nicht anders möglich.

Er versuchte, einen Lockton auszustoßen, der sie zu ihm herrufen würde. Aber was war denn das? Seine Zunge wollte nicht; er konnte den rechten Ton nicht herausbringen.

Jetzt hörte er Akka in der Luft droben rufen; aber er verstand nicht, was sie sagte. »Was ist denn das? Haben die Wildgänse ihre Sprache verändert?« dachte er.

Er winkte ihnen mit seiner Mütze, lief am Strande hin und her und rief: »Hier bin ich! Wo bist du?«

Aber es schien, als erschrecke er die Gänse. Sie flogen auf und aufs Meer hinaus. Da begriff der Junge endlich: sie wussten nicht, dass er wieder ein Mensch war, und erkannten ihn nicht wieder.

Und er konnte sie nicht zu sich rufen, weil ein Mensch die Sprache der Vögel nicht sprechen kann. Er konnte sie nicht allein nicht sprechen, nein, er konnte sie auch nicht verstehen.

Obgleich Nils Holgersson über seine Befreiung von der Verzauberung hochbeglückt war, tat es ihm doch recht bitter weh, dass er nun von seinen guten Kameraden ganz getrennt sein sollte. Er legte sich in den Sand und vergrub das Gesicht in den Händen. Was hatte es für einen Wert, den Gänsen nachzuschauen?

Aber gleich darauf hörte er Flügelrauschen. Der alten Mutter Akka war es schwer gefallen, von dem Däumling wegzureisen, und so hatte sie noch einmal umgedreht. Und jetzt, wo der Junge still dasaß, wagte sie sich näher an ihn heran. Und da war es ihr plötzlich, als seien ihre Augen aufgetan, sie erkannte den Dasitzenden und ließ sich am Ufer neben ihm nieder.

Der Junge stieß einen Freudenschrei aus und umschlang die alte Akka mit beiden Armen. Die anderen Wildgänse rieben ihre Schnäbel an ihm auf und ab und drängten sich um ihn zusammen. Sie schnatterten und plauderten und wünschten ihm auf alle mögliche Weise Glück; und er sprach auch mit ihnen und dankte ihnen für die herrliche Reise, die er in ihrer Gesellschaft gemacht hatte. Aber plötzlich wurden die Wildgänse merkwürdig still, als wenn sie sagen wollten: »Ach, er ist ja ein Mensch! Er versteht uns nicht, und wir verstehen ihn nicht.«

Da stand der Junge auf und trat dicht an Akka heran. Er liebkoste und streichelte sie. Dasselbe tat er Yksi und Kaksi, Kolme und Neljä, Viisi und Kuusi, allen den alten, die von Anfang an dabei gewesen waren.

Hierauf ging er vom Ufer weg landeinwärts; er wusste, der Schmerz der Tiere dauert nie lange, und so wollte er lieber von ihnen scheiden, solange sie noch betrübt darüber waren, dass sie ihn verloren hatten.

Als er den Uferrain erreicht hatte, wendete er sich um und sah den vielen Vogelscharen nach, die übers Meer hinflogen. Alle stießen ihre Locktöne aus, nur eine Schar Wildgänse zog schweigend ihres Weges, solange er ihnen mit den Augen folgen konnte.

Aber die Schar zog in regelmäßiger, schöner Ordnung mit starken und kräftigen Flügelschlägen übers Meer. Da ergriff den Jungen eine schmerzliche Sehnsucht nach den Davonziehenden, und es hätte nicht viel gefehlt, so hätte er sich gewünscht, wieder der Däumling zu sein, um mit einer Schar Wildgänse über Land und Meer hinfliegen zu können.

Weitere lieferbare Literatur im marixverlag

Gilbert Keith Chesterton

Pater Brown Geschichten

Gebunden mit Schutzumschlag

256 S.; Format: 12,5 x 20 cm

ISBN: 978-3-7374-0954-4

»Er ist so lustig, daß man fast glauben könnte, er habe Gott erfunden.«
Franz Kafka

Niemand käme wohl auf die Idee Monsieur Dupin oder Sherlock Holmes zu unterschätzen. Chestertons Father Brown hingegen ist unscheinbar, sieht sogar etwas einfältig aus – was ihm immer wieder zum Vorteil gereicht – und ist dazu noch Priester. Dieser wohl eigenwilligste und interessanteste Held der klassischen Kriminalliteratur schlägt seine Widersacher wie alle anderen großen Detektive natürlich vor allem mit genialer List und Intelligenz. Doch darüber hinaus hat er einen persönlichen Vorteil, den keiner seiner Detektivkollegen mitbringt und der sich bei der Aufklärung der abenteuerlichen Fälle immer wieder als unverzichtbar erweist: Als Priester weiß er mehr über die Sünden und Abgründe der Menschen und so ist es ihm ein leichtes, die kriminellen Absichten und Geheimnisse der Täter zu durchschauen.

Joachim Ringelnatz

Wie ich mich auf dich freue!

Liebesgedichte

Gebunden mit Schutzumschlag

ca. 160 S.; Format: 12,5 x 20 cm

ISBN: 978-3-7374-0955-1

»Sein eigentliches künstlerisches Element war die Sprachphantastik, das erfinderische Spiel des Wortes, das er mit handwerklichem Sinn für Farbe und Kraft behandelte; das konnte lärmende Kaskaden geben.«
Theodor Heuss

Joachim Ringelnatz ist den meisten Lesern vor allem als Meister der komischen und frechen Lyrik bekannt. Sein poetisches Werk hinterlässt aber auch eine Reihe von Liebesgedichten und offenbart eine einfühlsame, leidenschaftliche aber nicht weniger humorvolle Seite. Nie beliebig, immer eigen und »ringelnatzig«-originell ist er auch in seinen Liebesgedichten. Dieser Band versammelt die schönsten, heitersten und erotischsten Liebesgedichte aus dem Gesamtwerk des großen deutschen Lyrikers.